HEYNE BÜCHER

BLAUE REIHE

John Lutz

NEW ORLEANS BLUES

Kriminalroman

Aus dem Amerikanischen übersetzt
von Renate Gotthardt

Deutsche Erstausgabe

WILHELM HEYNE VERLAG
MÜNCHEN

HEYNE BLAUE REIHE
02/2333

Herausgegeben
von
Bernhard Matt

Titel der Originalausgabe:
THE RIGHT TO SING THE BLUES

Printed in Germany 1991
Umschlagillustration: Michael Nischke/die KLEINERT, München
Umschlaggestaltung: Atelier Ingrid Schütz, München
Satz: Kort Satz GmbH, München
Druck und Bindung: Presse-Druck Augsburg

ISBN 3-453-04938-1

Die Welt ist voll Musik, du mußt sie hören:
Die Erde ist ein Echo nur der Sphären.

Byron. *Don Juan*

Warum sollte der Teufel
alle guten Lieder gepachtet haben?

Rowland Hill. *Predigten*

1

Nudger rülpste und sagte: »'tschuldige.«

»Möchtest du noch einen Kaffee, Nudge?« Danny wischte gerade die rostfreie Stahltheke mit dem vergrauten Tuch ab, das gewöhnlich immer in seinem Gürtel steckte. Er hielt inne und schaute Nudger mit seinen melancholischen Bassetaugen an. »Vielleicht hilft er, deinen Magen zu beruhigen.«

Vielleicht würde er auch ein Loch in seinen Verdauungstrakt fressen, dachte Nudger. Aber er sagte nur: »Nein, danke, Danny«, und schob mit dem Daumen das Stanniolpapier von einer Rolle Antacidtabletten zurück. Er warf sich eine der kreidigen weißen Scheiben in den Mund und schaute auf den Rest seines Danny's Dunker Delites hinunter, der vor ihm auf der Theke lag.

Er frühstückte in Danny's Donuts, weil Danny ihn die Bezahlung unbegrenzt lange aufschieben ließ. Dafür war Nudger dankbar. Aber er hatte sich jetzt schon vier Vormittage hintereinander einem Dunker Delite ausgesetzt und bekam allmählich Angst, wenn sein kulinarischer Wagemut noch lange anhalte, werde er schließlich vielleicht so aussehen wie eine der formidablen Spezialitäten aus Danny's Donuts; er könnte ebenso rund werden wie ein Dunker Delite, aber nicht annähernd so hart.

Er hob den Styroporbecher und trank einen Schluck von Dannys schrecklichem Kaffee und wünschte, das Privatdetektivgeschäft würde endlich einmal florieren. Kamen denn nicht länger heiße Blondinen in Nöten in Privatdetektivbüros hineinspaziert? Redeten ein bißchen, flirteten ein bißchen und zahlten dann einen großzügigen Vorschuß?

Natürlich würde er das nie herausfinden, wenn er nicht in sein Büro hinaufging. Hier, an Dannys Theke, fanden nicht viele Geschäfte statt, gleich welcher Art.

Nudger hatte keine große Lust, sich die Treppe hochzuschleppen, zu seinem leeren Schreibtisch, dem mit albernem Geschwätz besprochenen Anrufbeantworter, den staubigen Aktenschränken und dem stummen Telefon. Das alles erinnerte ihn an nur die längst fällig gewordene Miete.

Danny wußte, weshalb Nudger im Doughnut Shop frühstückte. »Es wird schon wieder besser«, sagte er und wedelte geschickt mit dem Tuch, um einen hartnäckigen Krümel von der Theke zu schnipsen. Außer ihnen war sonst niemand im Laden, und seit die letzte Sekretärin aus dem Haus gegenüber mit ihrer fettfleckigen Schachtel mit einem Dutzend glasierter Doughnuts zum Mitnehmen gegangen war, war auch niemand mehr dagewesen. Wie Danny sich im Geschäft hielt, war Nudger ein Rätsel. »Du weißt doch, wie das ist«, sagte Danny. »Wenn du meinst, es geht nicht mehr, kommt von irgendwo ein Lichtlein her.«

»Es sei denn, man hat dir den Strom abgestellt«, sagte Nudger.

Danny ignorierte ihn und goß sich aus der riesigen stählernen Kaffeemaschine einen großen Becher Kaffee ein. Er trank soviel von dem Zeug, daß er mittlerweile dagegen immun war. »Wie letztes Jahr, als unser werter Vermieter mich räumen lassen wollte.« Er lehnte sich an die Theke und prüfte mit der Fingerspitze die Temperatur des dampfenden Kaffees in seinem Becher. »Ich habe wirklich schon geglaubt, daß ich das Handtuch schmeißen muß, und dann hat sich das mit den Sahnehörnchen ergeben.«

Nudger schaute von seinem Kaffee auf. »Sahnehörnchen?«

»Ja, tausend Stück davon. Eine Mieze, die im Supermarkt oben an der Straße gearbeitet hat, ist jeden Tag hierhergekommen und hat sich zum Mittagessen eines meiner Sahnehörnchen gekauft. Sie war verrückt nach den Dingern. Dann habe ich sie eine Zeitlang nicht mehr gesehen und später gehört, daß sie sich mit einem reichen Anwalt draußen in Ladue verlobt hat. Na, und sie wollte, daß es auf ihrem Hochzeitsempfang meine Sahnehörnchen gibt. Eine Woche vor der Hochzeit kam sie hier herein und hat tausend Sahnehörnchen bestellt. War die Rettung für mein Geschäft.«

Nudger drehte sich um und stand von seinem Hocker auf. Vom langen Sitzen in vornübergebeugter Haltung tat ihm das Kreuz weh. »Ich gehe dann jetzt nach oben und warte darauf, von jemandem zu hören, der tausend verschwundene Sahnehörnchen aufgespürt haben will.«

»Man kann nie wissen, Nudge.«

»Das könnte man manchmal meinen. Bis später dann, Danny.«

Mit dem halbvollen Becher Kaffee in der Hand, schob sich Nudger durch die Tür in die Morgenhitze hinaus. Er machte scharf kehrt und ging durch eine andere Tür, die direkt neben Dannys Tür lag und zu der engen, steilen Treppe zu seinem Büro führte.

Als er die knarzende Treppe hinaufging, schwappte ihm Kaffee über den Daumen, und er fluchte. Er bückte sich, um die Post vom Treppenabsatz aufzuheben, schloß seine Bürotür auf, ging hinein und stellte als erstes die Klimaanlage im Fenster an. Es war halb zehn in der Früh, und im Büro war es so heiß, daß man eine Kartoffel hätte backen können, ein typischer Julitag in St. Louis, der Heimat der Hitzewarnung.

Er warf die Post auf den Schreibtisch, setzte sich auf seinen quietschenden Drehstuhl und wappnete sich gegen dessen schrilles *Guteeen-Morgeeen*. Angewidert schob er den Styroporbecher mit dem Kaffee von sich. Der kühle Luftzug der brummenden, gluckernden Klimaanlage tanzte ihm zwischen den Stuhlspeichen über die feuchten Schulterblätter.

Während er darauf wartete, daß ihm kühler wurde, betrachtete er den Stapel Post. Schließlich nahm er ihn vom Schreibtisch und blätterte ihn durch.

Es waren keine Überraschungen dabei, nur Angebote, eine Unfallversicherung abzuschließen, Zeitschriften zu abonnieren, eine Wohnanlage an einem See zu besichtigen, und an einem Hunderttausend-Dollar-Preisausschreiben von *Readers' Digest* teilzunehmen. Scheiße! – die Stromrechnung. Nudger studierte sie aufmerksam und wunderte sich darüber, wieviel Strom eine IBM-Schreibmaschine aus zweiter Hand und eine gebrauchte Klimaanlage verbrauchen konnten.

Hoppla!

Ein weißer Umschlag, den Nudger zuerst gar nicht gesehen hatte, rutschte zwischen der Versicherungswerbung und dem Angebot, für die Besichtigung der Paradise-Siedlung einen Photoapparat geschenkt zu bekommen, hervor, überschlug sich einmal in der Luft, und prallte von seiner Schuhspitze ab. Trotz des Schuhs merkte Nudger, daß es ein schwerer Brief war, und er sah, daß die Adresse weder getippt war, noch aus einem Etikett bestand, sondern von Hand geschrieben war. Vielleicht lohnte es sich, ihn zu öffnen.

Nudger beugte sich auf dem quietschenden Drehstuhl vor und hob den Umschlag auf. Er war mit Briefmarken übersät und trug einen Poststempel aus New Orleans. Es stand kein Absender drauf. Nudgers Büroanschrift war mit einem dicken blauen Filzstift in einer kühnen, aber schnörkeligen Handschrift geschrieben worden. Nudger wog den Brief prüfend in der Hand, lehnte sich zurück und riß die zugeklebte Lasche auf.

Der Umschlag enthielt ein Hin- und Rückflugticket nach New Orleans, erster Klasse, auf Nudgers Namen. Der Flug ging um fünf nach elf am nächsten Morgen in St. Louis ab.

Nudger griff in den Umschlag und stieß auf ein gefaltetes Blatt Papier und eine Visitenkarte. Der Brief war kurz und auf einfaches weißes Papier in derselben schnörkeligen Handschrift geschrieben wie die Adresse auf dem Umschlag.

Mein lieber Nudger,
ich benötige dringend die Dienste eines Privatdetektivs. Lassen Sie uns alles weitere persönlich besprechen, sowie Sie in New Orleans angekommen sind. Im Hotel Majestueux ist ein Zimmer auf Ihren Namen reserviert. Rufen Sie mich an, wenn Sie da sind, und dann können wir uns treffen. Es wird sich für Sie lohnen. Wenn Sie mich angehört haben und an dem Fall nicht interessiert sein sollten, können Sie ja wieder nach Hause fliegen. Sie haben dabei nichts zu verlieren. Ich habe alles zu verlieren. Kommen Sie und reden Sie mit besorgten Menschen mit Geld. Bitte.

Fat Jack McGee

Auf der Visitenkarte stand das Logo einer Klarinette, die in einer Sprechblase Noten ausstieß. Außerdem stand darauf noch ›Fat Jack McGee‹, eine New Orleanser Adresse und zwei Telefonnummern.

Fat Jack McGee. Die Klarinette.

Nudger war Fat Jack McGee ein Begriff; er hatte einige seiner Platten aus den Sechzigern und frühen Siebzigern in seiner Jazzsammlung stehen. Wie so viele begabte Jazzmusiker war Fat Jack dem allgemeinen Publikum fast unbekannt, aber er zählte zur Elite der Jazzwelt. Er hatte jahrelang mit seiner eigenen Band Klarinette gespielt, und sich dann in einen Jazzclub zurückgezogen, den er sich in New Orleans gekauft hatte. Auch wenn er immer noch für andere Musiker komponierte, unter anderem auch für Popstars, so nahm er jedoch keine Platten mehr auf und spielte, nach dem, was Nudger gelesen hatte, nur noch gelegentlich für seine zahlenden Gäste. Alles in allem hatte er eine vorzügliche und lukrative Karriere gemacht.

Nudger wußte, wie Fat Jack zu seinem Geld gekommen war. Er fragte sich nur, wie er zu seinen Sorgen gekommen war.

Er fragte sich außerdem, ob es sich lohnte, nach New Orleans zu fliegen, um es herauszufinden. Benedict & Schill, ein paar Anwälte, für die Nudger manchmal arbeitete, hatten versprochen, ihm am Ende ihrer nächsten Rettungswagenverfolgungsjagd ein paar Jobs zuzuschustern. Wenn Nudger die Stadt verließ, könnte er diese Gelegenheit verpassen und mehrere Tage in New Orleans verschwenden, während seine Miete weiterlief. Bis Nudger dort aufkreuzte, könnte die Fat-Jack-McGee-Sache bereits geklärt sein oder sich in Luft aufgelöst haben. Oder McGee könnte es sich einfach anders überlegen und doch keinen Privatdetektiv engagieren wollen. Benedict & Schill waren schon früher rübergekommen. Fat McGee nicht, außer auf Langspielplatten.

Das Klingeln des Telefons ließ Nudger zusammenzukken und den Drehstuhl *Iigitt*! schreien.

Er ließ es dreimal klingeln, ehe er ranging; durfte nicht erpicht wirken. Dann zog er das Telefon über den Schreibtisch zu sich heran, nahm den Hörer ab und meldete sich, mit einem Herzen voller Hoffnung, mit Namen.

»Ich bin's«, sagte seine Ex-Frau Eileen. »Du weißt recht gut, weshalb ich anrufe.«

Nudger wußte es. »Doch nicht wegen unserem Hochzeitstag?«

»Ich will mich nicht mit unbedeutendem Small talk aufhalten«, sagte sie. »Ich will den ausstehenden Unterhalt, den du mir schuldest. Fünfhundert Dollar.«

»Im Moment ist das völlig unmöglich«, sagte Nudger.

»Dich wieder vor Gericht zu zerren ist *nicht* unmöglich.«

Nudger war sich nicht sicher, ob sie das tun würde.

Dank ihres Anwalts, der von Aasgeiern abstammte, war ihr ein exorbitanter Unterhalt zugestanden worden. Und auch wenn Eileen zum Zeitpunkt der Scheidung keine Möglichkeit gehabt hatte, sich ihren Lebensunterhalt zu verdienen, stand sie nun an der Spitze der Vertreterpyramide eines Haushaltswarenherstellers und kassierte einen obszönen Prozentsatz der Einnahmen der Vertreter unter ihr und eine Provision, wann immer diese jemanden für die Firma anwarben. Sie war Bezirksleiterin. Die Pyramidenmacht gehörte ihr. Sie verdiente mehr als Nudger momentan verdiente oder je verdient hatte. Ein Richter würde das doch bestimmt berücksichtigen. Naja, vielleicht...

»Bist du noch da?«

»Ja.«

»Ich habe mit meinem Anwalt gesprochen. Er sagt, ich soll dir eine Woche Zeit lassen und dann ziehen wir dir die Haut bei lebendigem Leibe ab und kratzen das Fett von deinem Fell.«

»Er hat eine komische Art, sich auszudrücken.«

»Und zu bekommen, was er will. Ich habe keine Lust, noch mehr Geld fürs Gericht auszugeben, aber wenn ich muß, werde ich es tun. Ich will mein Geld. Und zwar bald.« Seit sie unter die Vertreter gegangen war, hatte sie aber wirklich gelernt, sich durchzusetzen. Heute schien sie besonders unerbittlich.

»Schickst du es bar? Oder einen Scheck?«

Nudger seufzte. »Einen Scheck. Sobald wie möglich.«

»Und das ist wann?«

»In ein paar Tagen. Höchstens ein paar Wochen. Ich bekomme bald einen Vorschuß.«

»Höchstens Vorschußlorbeeren.«

»Nein, einen richtigen Vorschuß. Ich habe einen Job in New Orleans.«

»Na schön, du hast eine Woche«, sagte sie. »Aber nicht mehr. Sieben Tage. Verstanden?«

»Klar. Wie macht sich denn dein Sexualleben, Eileen?« Er konnte es einfach nicht verkneifen, sie in Harnisch zu bringen. Pervers.

Als sie den Hörer aufknallte, schrie sie etwas, das er nicht ganz mitbekam, aber das Wort ›Gott‹ kam darin vor. Konnte sie zur Religion gefunden haben?

Nudger lauschte ein paar Sekunden lang dem verlorenen Geräusch der unterbrochenen Verbindung und legte dann den Hörer auf. Nichts war besser, als wenn einem jemand die Entscheidung abnahm. Er rief den Flughafen an und bestätigte seine Reservierung nach New Orleans, und eine ausgesprochen liebenswürdige Frau namens Rhonda versicherte ihm, daß er für einen Flug erster Klasse gebucht war. Nudger schloß das Flugticket in der obersten Schreibtischschublade ein und dachte sich, daß er allemal lieber mit Rhonda telefoniere als mit Eileen.

Sorgfältig füllte er das Hunderttausend-Dollar-Preisausschreiben aus und ging dann, falsch pfeifend, hinunter, um sich eine Tasse Kaffee und ein Sahnehörnchen zu genehmigen.

2

Der Flug nach New Orleans dauerte etwas über eine Stunde in einem Himmel, der ebenso gleichförmig blau war wie die Innenseite einer Schale aus chinesischem Porzellan.

Nudger mietete sich auf dem New-Orleans-International-Airport ein Auto – einen billigen Mini, da er nicht wußte, ob er den Auftrag annehmen würde und ihm die Spesen erstattet werden würden – und fuhr in die Stadt. In Louisiana war es genauso heiß wie in Missouri, nur daß hier Spanisches Moos von den Alleebäumen herabhing wie schwarzes Christbaumlametta, das jemand vergessen hatte, herunterzunehmen. Schon der bloße Anblick der zarten, aber erdrückenden Tillandsien ließ die Hitze glühender und stickiger erscheinen. Nudger stellte die Klimaanlage an und drehte sie voll auf. Staub und Fusseln bliesen ihm mit dem kalten Luftschwall ins Gesicht und trudelten dann wieder zu Boden.

New Orleans ist eine alte Stadt pastellfarbenen Stucks, verschnörkelten Schmiedeeisens, farbenprächtiger Bougainvillearanken, weiß-grauer Tropenkleidung, der Cajun-Küche und schwarzer Musik. Das Hotel Majestueux paßte genau in dieses Bild, ein altes zehnstöckiges Gebäude, mit einer verwitterten Fassade aus imitiertem Stuck. Vor dem Eingang hing eine goldfarbene Markise über dem Bürgersteig, auf deren Seiten in zierlicher, weißer Schrift der Name des Hotels geschrieben stand. Ein uniformierter Türsteher stand im tiefen Schatten unter der Markise und las aufmerksam eine zusammengefaltete Zeitung.

Nudger parkte den Mini eine halbe Querstraße weiter unten, kletterte aus dem winzigen Schalensitz und vergewisserte sich, daß sich seine Gliedmaßen immer noch zu ihrer vollen Länge ausstrecken ließen. Minihaftigkeit könnte ansteckend sein. Er schloß den Miniaturkofferraum des Autos auf und holte sein Gepäck heraus.

Er ging mit seinem braunen Nylonkoffer zum Hotel und musterte dabei das Viertel. Es war alt, zu einem gewissen Grad heruntergekommen, aber noch nicht gar so arg. Die Industrie- und Handelskammer würde es interessant nennen. Die Touristen würden dem zustimmen, aber ihr Geld dennoch lieber in der Bourbon Street und im Superdome ausgeben.

»Darf ich Ihnen das abnehmen, Sir?« fragte der Türsteher, als es offensichtlich wurde, daß Nudger mit seinem Koffer ins Foyer gehen wollte.

Nudger schüttelte den Kopf und ging an ihm vorbei. Von nahem besaß die verzierte Uniform des Türstehers dieselbe aparte Heruntergekommenheit wie das Viertel. Er war ein älterer Schwarzer, drahtig und gebückt. Als Nudger die Glastür aufschob, sah er, daß der Türsteher die Pferdesportseite studierte und sich wohl überlegte, welche Wetten er plazieren sollte. Er sah nicht so aus, als hätte er ein Auge für Gewinner.

Das Foyer war groß, mit rotem Teppichboden ausgelegt und in einer Art französischem Landhausstil eingerichtet, der ihm eine Atmosphäre von Gemütlichkeit verlieh. Die getäfelten Wände bildeten einen reizvollen Kontrast zu großen Topffarnen und blühenden Pflanzen, die echt aussahen. Über den Fahrstühlen waren eine reichverzierte Messinguhr und kunstvolle Messingstockwerkanzeiger in die prächtige Eichentäfelung eingebaut. Hinter der gefirnißten hölzernen Rezeption ragte ein zwei Meter zehn großer, schmaler, grauhaariger Mann empor. Ein Page stand am anderen Ende des Foyers und fummelte an einem klemmenden Fenster herum, versuchte, es entweder einen Stückchen weiter hinauf- oder hinunterzuziehen. Eine kreolische Schöne, die wie eine Restauranthosteß angezogen war, stand mit verschränkten Armen in der Tür des Hotelcafés und schaute ihm mit einer herablassenden Noblesse dabei zu. Ein anderer Page stand hinter ihr und sah ihr über die Schulter. Niemand hier beeilte sich, Nudger das Gepäck abzunehmen.

Der menschliche Turm hinter dem Empfang sah nach und sagte, ja, es gebe eine Reservierung auf Nudgers Namen. Nudger holte seine VISAcard hervor und fragte sich im stillen, ob er noch genug Kredit darauf habe, um den Portier nötigenfalls beeindrucken zu können.

Aber er brauchte hier kein Statussymbol. Der Portier schüttelte den leichenhaft schmalen Kopf und sagte: »Das Zimmer wurde im voraus bezahlt, Mr. Nudger.«

Während Nudger die Kreditkarte wieder in seiner Brieftasche verstaute, klingelte der Große mit einer altmodischen Tischglocke. Sie hatte einen viel zu schönen und sonoren Klang, um einem solch profanen Zweck zu dienen. Der Portier rief in einem scharfen Befehlston: »Rezeption«, und der Page am Fenster riß sich von seiner Bosselei los und kam durch das Foyer zum Empfang geschlendert.

»Dreihundertvier, Larry«, sagte der Portier von hoch oben.

Larry nahm den Schlüssel entgegen und hob Nudgers Koffer hoch. Er war ein untersetzter, mittelgroßer Mann mit rabenschwarzem Haar und einem fleckigen Teint, der an Kaffee mit einem kräftigen Schuß Sahne erinnerte, der nicht umgerührt worden war. Er blieb kurz stehen, um nicht mit einem jungen Pärchen zusammenzustoßen, das die selbstvergessene Atmosphäre von Flitterwöchnern ausstrahlte, und ging dann flink um sie herum, in den Fahrstuhl, drückte auf ein Stockwerk und trat einen Schritt zurück, um Nudger Platz zu machen.

Das Zimmer im dritten Stock war groß, kurz davor, einer Renovierung zu bedürfen, aber im großen und ganzen recht nett. Es war ganz in Blautönen gehalten, mit dicken Vorhängen in derselben Farbe wie die Tagesdecke. Kopfbrett, Kommode und Schreibtisch paßten nicht zusammen und waren aus wuchtigem Nußbaum, nicht die übliche massengefertigte Hoteleinrichtung. Larry demonstrierte Nudger routiniert, daß der Farbfernseher funktionierte, und machte ihn mit dem weißgekachelten Badezimmer vertraut, aber nicht mit der kleinen Kakerlake, die hinter das Waschbecken krabbelte, und überreichte ihm dann den Zimmerschlüssel.

Larry hatte schwarze, lebhafte Augen. Er hatte kein einziges Wort gesagt, und vielleicht konnte er auch gar nicht sprechen, aber er war ein verdammt guter Beobachter. Nudger brannte darauf, ihn loszuwerden, und gab ihm zwei Dollar Trinkgeld. Larry steckte die Scheine mit einem Brummen ein, ließ ein mechanisches Lächeln in Nudgers Richtung blitzen, ging rückwärts aus dem Zimmer und zog die Tür hinter sich zu. Nudger ging hinüber und schob den Riegel vor, schloß die Tür von innen ab.

Er packte eilends aus, drehte den Thermostat der Klimaanlage niedriger und zog das Sportsakko aus. Aus einer Innentasche des Sakkos zog er den Umschlag, den ihm Fat Jack McGee geschickt hatte, und hängte dann das Sakko auf die Lehne des Schreibtischstuhls. Er breitete den Inhalt des Umschlags vor sich auf dem Bett aus und las sich den Brief noch einmal durch. Er nahm das Tastentelefon vom Nachttisch und tippte mit dem Zeigefinger die Büronummer, die auf Fat Jack McGees steifer, weißer Visitenkarte stand. Es war an der Zeit, das Treffen zu vereinbaren, an dem der rundlichen Jazzlegende so viel lag.

»Eines sollte man über Jazz wissen«, sagte Fat Jack Nudger eine Stunde später. »Und zwar, daß man nichts über Jazz wissen muß, um sich an ihm zu erfreuen, und das ist auch schon alles, was man wissen muß.« Er legte den riesigen Kopf in den Nacken, daß die Hängebacken wabbelten, und trank den letzten Schluck Brandy aus seinem kristallenen Kognakschwenker. »Es ist das Feeling«, sagte er über den Tisch hinweg zu Nudger und tupfte sich mit der eigenartigen Eleganz eines äußerst fetten Menschen mit einer weißen Serviette den Mund ab. »Jazz ist reines Feeling.«

»Besitzt Willy Hollister das Feeling?« fragte Nudger. Er schob seinen Teller von sich, fühlte sich bis obenhin satt. Die einzige Beilage des Gourmet-Essens, zu dem ihn Jack eingeladen hatte, die unberührt geblieben war, waren die Grits, eine Maisgriespampe, die Nudgers Meinung nach erst gar nichts auf dem Teller zu suchen gehabt hatte. Fat Jack hatte ihm erzählt, Hollister mache ihm Sorgen, aber er hatte nicht gesagt, inwiefern oder weshalb.

»Willy Hollister«, sagte Fat Jack mit der unverkennbaren Hochachtung, die ein vollendeter Künstler für die Arbeit eines anderen empfindet, »spielt supergut Klavier.«

Ein Kellner in einer weißen Weste tauchte wie ein Dschungelbewohner aus der Gegend einer Topfpalme auf; er brachte auf einem silbernen Tablett Zichoriekaffee und stellte die Tassen mit einer Behutsamkeit vor die beiden, die einen auf den Gedanken bringen konnte, die dunkle Flüssigkeit könne explodieren, wenn sie verschüttet wurde.

»Was ist dann also Ihr Problem mit Hollister?« fragte Nudger und trank das starke Gebräu. Schon allein wegen des Aromas hätte er es als köstlich eingestuft, aber auch der Geschmack enttäuschte ihn nicht. »Haben Sie ihn denn nicht engagiert, um mit seinem phantastischen Klavierspiel in Ihrem Club aufzutreten?«

»Eh, mit seiner Musik ist alles in Ordnung«, sagte Fat Jack hastig. »Ehe ich Ihnen Genaueres sage, Nudger, muß ich erst wissen, ob Sie in New Orleans bleiben werden, bis Sie diese Sache für den alten Fat Jack aufgeklärt haben.« Fat Jacks kleine, rosa Augen strahlten verschmitzt. »Selbstverständlich gegen ein fettes Honorar.«

Nudger war immer mißtrauisch bei Leuten, die von sich selbst in der dritten Person sprachen, aber er wußte, daß das Honorar üppig sein würde. Fat Jack hatte ein ebenso fettes Bankkonto, und tatsächlich hatte er ja auch schon eine stattliche Summe für das Flugticket und das Hotel hingeblättert, nur damit Nudger nach New Orleans gereist kam und im Magnolia-Blossom-Restaurant zu Mittag aß und sich anhörte, was Fat Jack zu sagen hatte. Die Frage, die Nudger nun aussprach, war: »Warum gerade ich?«

Fat Jack schenkte ihm ein breites, fettgepolstertes Lächeln. »Wenn das nicht das größte aller Warums ist? Die universelle Frage?«

»In meinem Universum ist sie das«, sagte Nudger.

Fat Jack wiederholte Nudgers springende Frage. »Warum gerade Sie? Weil ich aus Ihrer schönen Stadt eine Frau namens Jeanette Boyington kenne. Jeanette hat gemeint, Sie seien phantastisch in Ihrem Job; und das sagt sie nicht von vielen Leuten.«

Um ein Haar hätte Nudger seinen Kaffee verschüttet. Jeanette Boyington verblüffte auch weiterhin, selbst Monate nachdem er sie zuletzt gesehen hatte. Und doch hätte es ihn nicht überraschen sollen, daß die Frau, die ihn zu ihrem Mordkomplicen hatte machen wollen und im Verlauf ihrer Beziehung nahezu zerstört worden war, ihn empfehlen würde. Das war typisch für Jeanette Boyington; sie war ein Sportfisch, der Hartnäckigkeit mehr als alles andere bewunderte. Selbst aus ihrem Zimmer in der staatlichen Anstalt für schuldunfähige Straftäter. Nudger fragte sich, ob Fat Jack McGee wohl Jeanette Boyingtons derzeitige Adresse kannte.

»Und wegen Ihrer Sammlung«, fügte Fat Jack hinzu. Ein ebenholzfarbener Tropfen Kaffee hing in wackliger Schwebe an seinem dreifachen Kinn und glitzerte beim Reden. »Ich meine, ich habe gehört, Sie sammeln alte Jazzplatten.«

»Habe ich früher einmal getan«, sagte Nudger ein wenig wehmütig. Ihm wurde klar, daß Fat Jack mit einiger Gründlichkeit Auskünfte über ihn eingeholt haben mußte. »Ich hatte Willie the Lion. Duke Ellington und Mary Lou Williams aus ihrer Zeit in Kansas. Bessie Smith. Art Tatum.«

»Wieso ›hatte‹?« fragte Fat Jack.

»Eines bitterbösen Monats habe ich den Großteil der Sammlung verkauft, um die Miete zu zahlen.« Nudger schaute zwischen den grünen Palmwedeln aus dem Fenster und durch das verschnörkelte Schmiedeeisen auf die Touristen, eine halbe Querstraße weiter auf der Bourbon Street, auf die die merkwürdige Mischung aus französischer und spanischer Architektur, schwarzem Amerika und weißer Anzüge und der glühenden halbtropischen Sonne, die New Orleans ausmachte, wo der Jazz lebte wie in keiner anderen Stadt. »Verdammte Miete«, murmelte er.

»Amen«, sagte Fat Jack feierlich, und machte dabei nicht einmal sich selbst etwas vor. Er hatte sich schon seit Jahren um seine Mietzahlung keine Sorgen mehr gemacht. Der Tropfen Kaffee verlor seinen zitternden Halt auf seinem Kinn, fiel hinunter und befleckte wie ein Sakrileg die schneeweiße Hemdbrust.

Nudger schaute von dem Fleck weg, wieder zur Bourbon Street. Seit Nudger sie zum letzten Mal gesehen hatte, war sie heruntergekommen und zog nun teilweise die falschen Leute an – oder besser, die *falschen* falschen Leute –, aber sie war immer noch die Bourbon Street und wie keine andere Straße. Hohe Töne und tiefe Töne; Oben-ohne- und Unten-ohne-Tänzerinnen und -Tänzer; Touristen und wahre Jazzliebhaber. Alles in einer prächtigen, bunten Mischung, die durch das Herz des French Quarter lief – die das Herz des French Quarter war. Die relativ wenigen Rowdys änderten daran nichts. Die Tradition war bis zu einem gewissen Grade unverwüstlich.

»Also bleiben Sie nun eine Weile hier?« fragte Fat Jack. »Es geht um Ineida Collins. Sie singt momentan im Club, und wenn sie weiterhin fleißig übt, wird sie eines Tages vielleicht mittelmäßig sein. Eh, das ist kein Sarkasmus, Nudger; das ist einfach eine ehrliche Einschätzung ihres musikalischen Talents. Und musikalisches Talent ist etwas, was ich wirklich beurteilen kann.«

»Warum haben Sie sie dann überhaupt engagiert?«

»Wegen David Collins. Ihm gehört eine Menge des French Quarters und ein Anteil an dem höchst erfolgreichen Restaurants, in dem wir gerade sitzen. In jedem Stadtteil von New Orleans hat er mehr Macht als eine Tonne Kreditkarten. Und er ist ebenso dürr und starrsinnig, wie ich fett und umgänglich bin.«

Nudger trank wieder einen Schluck des pikanten Kaffees. »Und er hat Sie gebeten, Ineida Collins zu engagieren?«

»Sie haben es erfaßt, Nudger. Ineida ist seine Tochter. Sie will als Sängerin groß herauskommen. Und das wird sie auch, und wenn Daddy für ein Plattenstudio mehr als die doppelte Miete zahlen muß. Da David Collins das Haus gehört, in dem mein Club ist, ganz zu schweigen von zwölfeinhalb Prozent des Ladens, habe ich mir gedacht, ich wäre besser gefügig, als seine Tochter auf seine Empfehlung hin vorgesungen hat. Und weil Ineida nicht gar so miserabel ist, daß sie außer sich selbst auch noch andere blamieren würde, nenne ich das Diplomatie.«

»Ich habe gedacht, Sie würden es Probleme nennen«, sagte Nudger. »Ich habe gedacht, deshalb hätten Sie mich engagiert.«

Fat Jack nickte, daß die üppigen Hängebacken über den weißen Kragen quollen. »Und die sind daraus auch entstanden«, erwiderte er. »Hollister ist ein hübscher junger Kerl, und schon in der ersten Woche, die Ineida im Club war, hat er seine Annäherungsversuche gemacht, und sie haben sich rasch miteinander angefreundet und sind dann bald über bloße Freundschaft hinausgegangen.«

»Und Sie glauben, ihn lockt Daddys Geld?«

»Nichts dergleichen«, sagte Fat Jack. »Das wäre zu simpel. Als ich Ineida engagiert habe, haben wir abgemacht, daß ich ihre wahre Identität geheimhalte – darauf hat David Collins bestanden. Sie will aus eigener Kraft groß herauskommen oder durchfallen; dieser ganze Es-alleine-schaffen-Käse. Deshalb singt sie auch unter dem Bühnennamen Ineida Mann, der vermutlich eine Schnapsidee aus der Werbeabteilung ihres Vaters ist. Das macht es mir nicht gerade leichter, ihr Schutzengel zu sein.«

»Ich verstehe immer noch nicht, wo Ihr Problem liegt«, meinte Nudger.

»Ich habe ein komisches Gefühl bei Hollister, aber ich weiß nicht genau, warum. Aber ich weiß, wenn Ineida durch ihn zu Schaden kommt, wird David Collins dafür sorgen, daß ich mit meiner Klarinette durch die Clubs von Butte, Boise und Anchorage touren muß.«

»Auf ihre Art nette Städte«, meinte Nudger, »aber keine Jazzstädte. Ich verstehe Ihr Problem.«

»Also, stellen Sie für mich über Willy Hollister Nachforschungen an«, flehte Fat Jack. »Überprüfen Sie ihn, erklären Sie ihn für bestanden oder durchgefallen, aber geben Sie mir meine Seelenruhe wieder. Eh, mehr will ich nicht, bloß meine Seelenruhe.«

»Selbst wir harten Privatdetektive wollen die«, sagte Nudger.

Fat Jack nahm die Serviette vom Schoß und hob matt die fette Hand. Ein Ober, der nur auf der Welt war, um auf diesen Wink zu reagieren, kam mit der Rechnung herübergesaust. Fat Jack nahm einen winzigen Kugelschreiber entgegen und zeichnete sie mit einem großen, aber eleganten Schnörkel ab. Nudger sah ihm zu, wie er sich ein Pfefferminz nahm. Es war, als beobachte man die Anmut und Geschicklichkeit eines Elefanten, der eine Erdnuß aufpickte. So massig Fat Jack auch war, bewegte er sich doch, als wöge er nicht mehr als zehn oder zwölf Pfund.

»Ich muß zurück, Nudger, ein bißchen Buchführung erledigen, ein bißchen Geld zählen.« Er stand auf, erstaunlich groß in den hellbraunen Hosen und dem weißem Sportsakko. Nudger fand das Sakko todschick; er beschloß, sich vielleicht auch so eins zu kaufen und es sommers wie winters zu tragen.

»Kommen Sie heute abend so gegen acht im Club vorbei«, sagte Fat Jack. »Dann sage ich Ihnen, was Sie sonst noch wissen müssen, und zeige Ihnen Willy Hollister und Ineida. Vielleicht können Sie sie sogar singen hören.«

»Und während sie singt«, sagte Nudger, »könnten wir uns dann vielleicht über mein Honorar unterhalten.«

Fat Jack lächelte so breit, daß die ungeheuren Hängebakken die Schwerkraft Lügen zu strafen schienen. »Eh, wir beide werden gut miteinander auskommen.« Er zwinkerte und ging zwischen den Tischen hindurch zur Tür.

Der Ober füllte Nudgers Kaffeetasse auf, und er trank das Zichoriegebräu und schaute dabei Fat Jack McGee nach, der auf dem sonnigen Bügersteig zur Bourbon Street ging. Für einen Fettsack hatte er einen recht flotten, federnden Gang.

Nudger war nicht so erpicht auf das Honorar wie Fat Jack meinte. Na ja, nicht ganz so erpicht: er wußte, daß er für seine Arbeit bezahlt werden würde. Er hatte den Fall nicht wegen des Honorars so bereitwillig angenommen, auch wenn er dringend etwas brauchte, das er Eileen und den diversen Wölfen, die vor seiner Tür Schlange standen, hinwerfen konnte. Vor Jahren hatte Nudger Fat Jack McGee in der Odds-Against-Bar in St. Louis auf die Art und Weise Klarinette spielen hören, die ihn zu einer Jazzlegende gemacht hatte, und das hatte er nie vergessen. Fat Jack machte Musik, die einem immer im Gedächtnis blieb, an die man dann und wann dachte; wenn man in einem Hauseingang darauf wartete, daß es zu regnen aufhörte, oder wenn man auf der Bettkante saß und sich die Schuhe zuband. Eine Musik, die Träume durchdrang und nach der wahre Jazzfans für immer süchtig waren.

Natürlich mußte Nudger das Geld haben. Aber außerdem mußte er auch wieder einmal diese Klarinette hören.

3

Fat Jacks Club lag in der Conti, ein paar Ecken von der Bourbon Street entfernt. Nudger blieb vor dem Eingang stehen und betrachtete das rotgrüne Neonschild, das die identischen Namen des Clubs und seines Besitzers förmlich hinausschrie. Und da war auch ein roter Neon-Fat-Jack, eine korpulente, herumzuckende beleuchtete Gestalt, die mit der derselben beschwingten Leichtfüßigkeit herumsprang wie die Fleisch-und-Blut-Version.

Aus dem Club drang ein Trompetensolo beinahe fühlbar in die heiße, schwüle Nacht hinaus. Leute kamen und gingen, unter ihnen offensichtlich etliche Touristen auf Besichtigungstour durch die Clubs der Bourbon Street. Doch Nudger bekam den Eindruck, daß der Großteil von Fat Jacks Gästen seinen Jazz ernst nahm und wegen der Musik und nicht nur wegen der Atmosphäre hier war.

Die Trompete stieg langsam zu einem bewundernswert hohen C empor und erntete stürmischen Applaus. Nudger ging hinein und schaute sich um.

Schummrig, verqualmt, eine Menge Leute an einer Menge Tischen. Männer in Anzügen und in Jeans und T-Shirts; Frauen in langen Kleidern und Freizeithosen. Die kleine Bühne war momentan leer; die Band machte gerade Pause. Die Gäste streiften umher, drängten sich in mehreren Reihen an der langen Bar, die sich eine ganze Wand entlangzog. Kellnerinnen in schwarzen T-Shirts mit der roten Aufschrift ›Fat Jack's‹ wieselten mit vollen Getränketabletts umher. Auf der linken Seite der Bühne stand ein glänzendes, dunkles Klavier, das selbst im Schummerlicht wie ein nagelneues Auto funkelte. Nudger kam zu dem Schluß, daß Fat Jack's genauso war, wie ein Jazzclub sein sollte.

Nudger fühlte sich sofort heimisch, bahnte sich einen Weg zur Bar und bestellte nach einer fünfminütigen Wartezeit ein Bier vom Faß. Das Glas war mit Reif überzogen, das Bier eisgesprenkelt. In diesem Moment war Nudger froh, daß er sich bereit erklärt hatte, für Fat Jack zu arbeiten.

»Da fehlt ein Zehner«, sagte eine tiefe, samtene Stimme ein wenig weiter unten an der Bar. »Ich habe Ihnen einen Zwanziger gegeben.«

»Tut mir leid, Sir, aber das war nur ein Zehner.«

Nudger beugte sich vor und sah, daß die tiefe Stimme einem hochaufgeschossenen, breitschultrigen Schwarzen mit einem zottigen Spitzbart gehörte, dessen große Hände mit ihren plumpen Fingern kräftig genug aussahen, um an die Industrie vermietet zu werden. Das ›Tut mir leid, Sir‹ stammte vom Barkeeper, der noch nicht alt genug zu sein schien, um in einem Lokal zu arbeiten, in dem Alkohol ausgeschenkt wurde, dessen Blick jedoch die überlegene Gelassenheit eines Revolverhelden besaß.

»Sie wollen mich wohl bescheißen!« sagte der Schwarze. Er steigerte sich mächtig in seine Wut hinein. Um ihn herum versickerten die Unterhaltungen der anderen Gäste zu einem angespannten Schweigen. »Sie schulden mir noch Wechselgeld von einem Zwanziger, Sie Witzbold, und das werden Sie mir auch geben!«

Der Barkeeper mit dem High-School-Gesicht und den weisen Augen sagte gar nichts, rührte sich auch nicht. Statt dessen lächelte er beinahe unmerklich.

»Ich verpasse Ihnen gleich ein Lächeln unter dem Kinn!« sagte der Schwarze. Er streckte die große rechte Hand aus, um den Barkeeper an der Hemdbrust zu packen, aber der Barkeeper trat schnell zurück und benutzte die Theke, um sich vor Schaden zu schützen. Die andere Riesenpranke des Großen fuhr unter die Lederweste, die er über dem roten Hemd trug, als wollte er ein Messer ziehen und seine Drohung von einem Luftröhrenlächeln wahrmachen.

Der Barkeeper sagte: »Marty.« Es klang nicht verängstigt, sondern so, als könne er sehr wohl auch alleine damit fertig werden – nur daß übergroße mordlustige Gäste eben nicht zu seinem Job gehörten.

Marty war schon da. Er war ein mittelgroßer Mann mit einem nichtssagenden Gesicht, in einem braunen Anzug, der zu seinem glatten, braunen Haar mit der Messerschnittfrisur paßte. Mr. Durchschnitt, mit einem Versandhauskatalog-Look.

Marty packte den Großen blitzschnell am breiten Handgelenk. Die plötzliche, geschmeidige Bewegung erinnerte Nudger an eine Schlange, die zustößt. Marty lächelte liebenswürdig, während sich in dem großen schwarzen Gesicht über ihm erst Empörung abzeichnete, dann Erstaunen über die Furchtlosigkeit des kleineren, nichtssagenden Weißen und die Kraft der Finger auf seinem Handgelenk. Ein feiner Mr. Durchschnitt. Der Große beruhigte sich und zog die Hand wieder aus der Lederweste, als Marty allmählich seinen Griff lockerte.

»Er hat mich um einen Zehner beschissen«, sagte der Mann und wies mit dem Kopf auf den Barkeeper. Er war immer noch fuchsteufelswild, immer noch unberechenbar und gefährlich. Aber seine Entrüstung hatte an Schärfe verloren.

»Sind Sie sich da auch ganz sicher, Sir?« fragte Marty.

»Scheiße. Klar bin ich mir da sicher!«

»Dann lassen Sie uns darüber reden«, sagte Marty, um die Situation weiter zu entschärfen. »Was trinken Sie?«

Der Mann kratzte sich den struppigen Bart. »Oh, einen Wodka.«

Marty nickte zu dem Barkeeper hinüber, der zwei große Wodkas über Eis eingoß und sie auf den Tresen stellte.

»Auf Kosten des Hauses«, sagte Marty, schnappte sich die beiden Gläser und ging, ohne zurückzuschauen, zu einem Tisch in der Ecke.

Der Große schaute ein paar Sekunden lang unschlüssig drein. Dann, froh, eine Schlägerei vermeiden zu können, ohne sein Gesicht zu verlieren, folgte er Marty und dem Wodka durch das überfüllte Lokal.

Die beiden setzten sich und unterhielten sich leise. Der lange Schwarze beugte sich vor, redete eifrig auf ihn ein, da er das Gefühl hatte, auf ein unparteiisches Ohr gestoßen zu sein. Nudger wußte, daß Marty ihm früher oder später den zusätzlichen Zehner Wechselgeld geben würde

– als eine Geste guten Willens, und guten Geschäftsgebahrens, ganz zu schweigen davon, den Barkeeper am Leben zu erhalten.

Rund um die Bar wurden die Gespräche wieder aufgenommen. Nudger hob sein Glas und trank einen Schluck. Er hätte den Barkeeper gern gefragt, wer Marty war, aber der unerschütterliche Jüngling bediente gerade am anderen Ende der Bar eine Gruppe Frauen im mittleren Alter, die exotische Drinks bestellt hatten, die mit Ananasscheiben und kleinen Papiersonnenschirmchen verziert waren.

Das Licht wurde dreimal heller und wieder abgedimmt, ein Signal, das die Stammgäste im Fat Jack's offensichtlich verstanden, denn sie gingen allmählich wieder zu ihren Tischen zurück.

Dann wurde das Licht erheblich gedämpft, und plötzlich war nur noch die Bühne mit dem funkelnden Klavier erleuchtet. Ein großer, anmutiger Mann in den Dreißigern kam unter vereinzeltem, aber enthusiastischem Applaus auf die Bühne, der Respekt und ein gemeinsames Band zwischen Künstler und Publikum ahnen ließ.

Der Mann lächelte leicht bei dem Beifall und setzte sich ans Klavier. Er hatte ein gequältes, hochmütiges Gesicht und blonde Haare, die sich auf dem Kragen seines schwarzen Fat-Jack's-T-Shirts ringelten. Er war dünn, aber in seinen bloßen Armen sah man die Muskelstränge; seine Hände wirkten gepflegt, aber kräftig. Das war Willy Hollister, die Hauptattraktion, auf dem Weg zum Starruhm gehörte er immer noch ihnen, der Mann, um dessentwegen die zahlenden Gäste gekommen waren. Im Lokal wurde es still, und er begann zu spielen.

Es war eine Variation von ›Good Woman Gone Bad‹, einer alten Nummer, die ursprünglich für Tenorsaxophon geschrieben worden war. Hollister spielte sie auf seine Art, und schon nach zwei Takten wußte Nudger, daß er besser als nur gut war und ihn nur viel Pech daran hindern könnte, ein ganz großer Musiker zu werden. Er wurde von Blechbläsern und einer Snare begleitet, aber er brauchte sie nicht, er brauchte nichts auf dieser Welt außer dem Klavier, und das sah man an dem verzückten Ausdruck auf seinem aristokratischen Gesicht. Er spielte die Musik nicht, er *war* die Musik.

»Habe ich Ihnen nicht gesagt, daß da alles drin ist?« sagte Fat Jack leise neben Nudger. »Was immer auch sonst mit ihm nicht stimmen mag, Klavier spielen kann er.«

Nudger nickte schweigend. Jazz ist im Grunde schwarze Musik, aber der hellhäutige, blonde Hollister spielte ihn mit der ganzen Seele und dem Leid seines Ursprungs. Er beendete die Nummer unter tosendem Beifall, der erst wieder abflaute, als er die nächste begann, einen Blues. Diesmal sang er, während seine Hände das Klavier bearbeiteten. Seine Stimme war so schwarz wie seine Musik; in seinem Ton, seiner Modulation lagen Echos eines jahrhundertelangen Leidens.

»Ich bin beeindruckt«, sagte Nudger, als der Applaus für die Bluesnummer abgeebbt war.

»Sie und alle anderen, die Ohren haben.« Fat Jack trank einen Schluck Absinth aus einem goldumrandeten Glas. »Hollister wird nicht mehr lange hier spielen, ehe er die Showbusiness-Leiter hinaufklettert – nicht für das, was ich ihm zahle, und ich zahle ihm eine ganze Menge.«

»Wie kamen Sie denn dazu, ihn zu engagieren?«

»Er kam mit einer Empfehlung eines Clubbesitzers aus Chicago. Anscheinend hat er in kleinen Clubs in Cleveland angefangen und ist dann in die besseren Clubs vorgedrungen, in Kansas City, in Ihrer Stadt, St. Louis, und dann in der Rush Street in Chicago. Ich habe ihn bloß fünf Minuten lang spielen hören müssen, um zu wissen, daß ich ihn engagieren wollte. Es ist, als wenn man einen Ray Charles oder einen Garner auf dem Weg nach oben erwischt. Der Mann ist ein Genie.«

Nudger erinnerte sich nicht daran, daß Hollister in St. Louis aufgetreten war, aber das war nicht weiter erstaunlich. Nudger hatte schon seit Jahren keinen Livejazz mehr gehört, und seit seine Sammlung von erzürnten Gläubigern geplündert worden war, auch kaum noch Jazzplatten. In letzter Zeit hatte verwässerte Radiomusik den Großteil seiner musikalischen Kost ausgemacht. Das Zeugs aus den Fahrstühlen.

»Und was genau an Hollister macht Ihnen also Sorgen?« fragte Nudger. »Warum sollte er denn nicht mit Ineida Collins zusammen sein?«

Fat Jack verzog das fettgepolsterte Gesicht, suchte nach dem Wort, der dem Gedanken Ausdruck verleihen könnte. »Die Qualität seiner Musik schwankt.«

»Das ist kaum ein Verbrechen«, wandte Nudger ein, »schon gar nicht, wenn er so phantastisch spielt, wenn er gut ist.«

»Er ist nicht mehr so gut, wie ich ihn schon gehört habe«, sagte Fat Jack. »Glauben Sie mir, Hollister kann sogar noch besser spielen als heute abend. Aber eigentlich ist es nicht seine Musik, um die es mir geht. Hollister benimmt sich manchmal merkwürdig, heimlichtuerisch. Vergangene Woche kam Sam Judman, der Schlagzeuger, in seine Wohnung, fand die Tür unverschlossen und ist hineingegangen, um dort zu warten, bis Hollister nach Hause kam. Und was passiert? Als Hollister ihn dort entdeckt, schlägt er Sam zusammen – mit den bloßen Fäusten. Können Sie sich vorstellen, daß ein Klavierspieler wie Hollister seine Hände für so etwas benutzt?«

Fat Jack sah drein, als hätte er in seinem Absinth ein Haar gefunden. »Er hat Judman gewarnt, nie wieder in seiner Wohnung herumzuschnüffeln. Er hat ihn richtiggehend zusammengestaucht!«

»Na schön, dann ist er eben zwanghaft heimlichtuerisch«, meinte Nudger. »Ich verstehe immer noch nicht, weshalb Sie mich brauchen.« Er fragte sich, was er hier machte, was ihm bloß einfiel, sich um einen Job reden zu wollen? Was würde Eileen denken, wenn sie ihn hören könnte? Was würde dieser Hai von ihrem Anwalt denken? Blut im Wasser.

Aber Fat Jack sagte: »Eh, glauben Sie mir, ich brauche Sie. Hollister ist schon den ganzen letzten Monat lang gereizt, nervös und unberechenbar gewesen. Er hat Probleme, und er ist mit Ineida Collins zusammen, also habe ich auch Probleme. Ich denke mir, es wäre klug, mehr über Willy Hollister in Erfahrung zu bringen.«

»Ich verstehe«, sagte Nudger. »Um besser wissen zu können, ob er der Dame gegenüber auch ehrenwerte Absichten hat, wie man früher gesagt hat.«

»Und es in manchen Kreisen immer noch tut«, sagte Fat Jack. »Nur daß man sich wegen so etwas nicht länger duelliert; in einem Duell haben beide Seiten eine Chance: Heutzutage wird so etwas mit einem einzigen Schuß erledigt, gewöhnlich in jemandes Rücken.«

Nudger spürte einen eisigen Hauch von Furcht. Er hatte etwas gegen Mord; er hatte sogar schon etwas dagegen, über Mord auch nur zu reden.

»Haben Sie Angst, David Collins könnte Sie erschießen?« fragte er.

Fat Jack zuckte mit den massigen Schultern. »Nö, das wohl nicht. Ich habe eher Angst, er sorgt dafür, daß ich mich am liebsten selbst erschießen würde.«

Nudger war nicht völlig beruhigt. Niemand konnte so Angst ausstrahlen wie ein Fettsack, und die Angst schien in Fat Jack zu leben und zu wachsen wie ein unbesiegbarer, bösartiger Bandwurm.

»Wer ist Marty?« Nudger schaute sich um, konnte aber den Mann im braunen Anzug, der mit der brenzligen Situation früher am Abend so spielend fertig geworden war, nirgends sehen.

»Marty Sievers«, sagte Fat Jack, »das ist mein Geschäftsführer.«

»Sie meinen Rausschmeißer?«

»Nö. Wenn ich nicht da bin, hat Marty hier das Sagen. Und solange er da ist, brauchen wir keinen Rausschmeißer. Er war früher bei den Green Berets. Schwarzer Gürtel und das ganze tückische Zeugs. Aber er wendet es nur an, wenn er unbedingt muß.«

»Die Leute, die es nicht nötig haben, sind meistens so«, sagte Nudger.

»Vermutlich. Beherrschen Sie einen Kampfsport? Jemand in Ihrem Metier sollte das können.«

»Nö. Mir ist nie nach kämpfen«, antwortete Nudger. »Haben Sie mit Marty über Hollister gesprochen?«

»Ein bißchen. Nicht viel, ich habe ihn gebeten, die Situation im Auge zu behalten, mich auf dem laufenden zu halten, wenn zwischen Ineida und Hollister etwas passiert, über das ich Bescheid wissen sollte. Aber Marty ist so beschäftigt, den Laden zu führen, daß er sich nicht auch noch um andere Dinge kümmern kann. Er hat genug damit zu tun, auf den Alkohol aufzupassen, und dafür zu sorgen, daß sich die Angestellten nicht an der Kasse vergreifen.«

Das Licht wurde wieder dreimal abgedimmt, das Publikum wurde ruhig, und Willy Hollister saß wieder am Klavier. Aber im Zentrum der Aufmerksamkeit stand diesmal eine große dunkelhaarige Frau, die sich mit einer Hand auf das Klavier gestützt hatte und in der anderen ganz leicht ein Mikrophon hielt, als könnte die Hitze ihrer Fingerspitzen es zum Schmelzen bringen. In dem marineblauen Kleid steckte eine hübsche Figur. Sie hatte nette Fesseln, ein nettes Lächeln, nette Augen. Nett war ein Wort, das nur für sie geschaffen worden sein könnte. Ein Bühnenname wie Ineida Mann paßte überhaupt nicht zu ihr. Sie war Abschlußballkönigin, Pfadfinderin und Elternvertreterin und sah aus, als würde sie bei einem etwas gewagten Witz knallrot werden. Aber vielleicht war das alles auch nur eine Rolle; vielleicht hatte sie es ja gerade auf diesen Kontrast abgesehen. Leute im Showgeschäft verstanden sich auf so etwas.

Fat Jack wußte, was Nudger dachte. »Sie ist genauso bieder und naiv wie sie aussieht«, sagte er. »Aber sie würde gern anders sein, in ein paar einfachen Lektionen alles über die Liebe und das Leben lernen. Sie wissen doch, wie einige dieser höheren Töchter sind.«

Nudger wußte es. »Ist Hollister der Richtige, um es ihr beizubringen?«

»Wenn man ihn nach seinen offensichtlichen Qualitäten beruteilt, könnte man das meinen, aber ich glaube, er könnte ein Pseudo sein. Ich glaube, er führt sie schnurstracks zum Abschluß, aber ohne Urkunde. Und das macht mir ja eine solche Angst.«

Jemand aus der Begleitband sagte Ineida Mann an. Es gab schwachen Applaus, und sie bedankte sich mit einem Lächeln, paßte sich der nachdenklichen Stimmung der Musik an und sang den traurigen Text eines alten Bluesstandard.

Sie konnte singen, hatte aber keine besonders große Spannbreite. Nudger ertappte sich dabei, daß er versunken der Begleitband zuhörte, zu der auch eine sanfte Klarinette gehörte.

Die Band mochte Ineida und gab sich große Mühe, sie in gutem Sound zu verpacken, aber das Publikum im Fat Jack's ließ sich nichts vormachen. Ineida beendete den Song unter schwachem Beifall, verbeugte sich anmutig und trat von der Bühne ab. Tüchtig, aber nicht großartig, und dazu sah sie auch noch aus, als wäre sie geradewegs aus einem Vorort hereingeschneit. Aber dies war, was sie wollte, und ihr reicher Vater sorgte dafür, daß sie es bekam. Elternliebe konnte ebenso blind sein wie die andere Art von Liebe. Mitunter konnte sie auch ebensoviel Ärger verursachen.

Das Licht wurde wieder zu voller Helligkeit aufgedreht, und die Gespräche und der Getränkeverkauf nahmen an Lautstärke und Hektik zu. Offensichtlich würde es eine Zeitlang keine Musik mehr geben. Einige Gäste schlenderten zur Tür hinaus, um ihren Streifzug durch die Nacht auf der Suche nach Spaß oder Blues oder was sie sonst so brauchten, fortzusetzen. Es war noch früh; Erwartung lag in der Luft.

»Bald wird sich das Publikum hier lichten«, sagte Fat Jack. »Die Leute sind nur gekommen, um Hollister zu hören.«

»Sie sind aber für Ineidas Auftritt geblieben.«

»Jazzfreaks sind ein höfliches Publikum. Und wie ich Ihnen schon gesagt habe, ist Ineida so schlecht auch nun wieder nicht. Sie ist den Preis des Gedecks wert, wenn die Gäste erst einmal da sind. Aber es sind Leute wie Hollister, die die Gäste herlocken.« Als Fat Jack wieder einen Schluck Absinth trank, blitzten sein Diamantring und Goldarmband auf. »Wie wollen Sie nun an den Fall herangehen, Nudger? Wollen Sie, daß ich Sie mit Hollister und Ineida bekannt mache? Oder wollen Sie wie ein Schnüffler herumspionieren?«

»Gewöhnlich beginne ich einen Fall damit, daß ich über mein Honorar verhandle und einen Vertrag abschließe«, sagte Nudger.

Fat Jack winkte ab. »Eh, machen Sie sich um Ihr Honorar mal keine Gedanken. Sagen wir, Sie bekommen Ihren üblichen Satz plus zwanzig Prozent plus Spesen. Vertrauen Sie mir.«

Bis auf die Sache mit dem Vertrauen hörte sich das für Nudger gut an. Er griff in die Innentasche seines Sakkos, holte eine Rolle Antacidtabletten hervor, schob mit dem Daumen das Stanniolpapier zurück und warf sich eine der weißen Scheiben in den Mund, alles in einer routinierten, fließenden Bewegung.

»Wozu soll das Zeug denn gut sein?« fragte Fat Jack.

»Nervöser Magen.«

»Sie sollten es mal mit dem hier probieren.« Fat Jack wies auf seinen Absinth. »Letztlich wird es den Magen ganz beseitigen.«

Nudger zuckte zusammen, spürte seinen Unterleib zucken.

»Ich möchte mit Ineida reden«, sagte er, »aber es wäre besser, wenn unser Gespräch nicht im Club stattfindet. Und ohne daß uns jemand miteinander bekannt gemacht hat.«

Fat Jack schürzte nachdenklich die Lippen und nickte. Er sagte: »Ich kann Ihnen ihre Adresse geben. Sie wohnt nicht mehr zu Hause bei ihrem Vater; sie hat eine kleine Wohnung, drüben in der Beulah Street. Das gehört alles zu ihrer Auf-eigenen-Füßen-stehen-Illusion. Ich kann Ihnen auch Hollisters Adresse geben.«

»Prima.«

»Sonst noch etwas?«

»Vielleicht. Spielen Sie immer noch Klarinette?«

»Singt Andy Williams immer noch ›Moon River‹?«

Nudger lächelte. Eine blöde Frage hatte eine blöde Antwort verdient.

Fat Jack legte den Kopf schief, schaute Nudger merkwürdig an und kniff dabei wegen des Zigarettenqualms, der die Bar einnebelte, ein Auge zu. »Ehrlich gesagt, spiele ich jetzt nur noch ab und an, bei besonderen Anlässen. Sie wollen mich doch jetzt nicht etwa bitten, bei Ihrer Hochzeit zu spielen?«

»Dafür ist es zu spät«, sagte Nudger, »Aber ein Blues wäre zu diesem Anlaß perfekt gewesen. Warum einigen wir uns nicht darauf, daß ich für diesen Auftrag mein übliches Honorar bekomme, plus nur zehn Prozent mehr, und Sie spielen dafür eines Samstagabends hier einen Set mit Ihrer Klarinette?«

Fat Jack strahlte, warf den Kopf in den Nacken und ließ ein schallendes Gelächter ertönen, das die Blicke auf sie zog und die Flaschen hinter der Bar zum Klirren zu bringen schien.

»Einverstanden! Sie sind aber wirklich ulkig, Nudger! Zuerst vertrauen Sie mir, daß ich Sie auch ohne Vertrag bezahle, und dann senken Sie auch noch Ihr Honorar und wollen, daß ich statt des Geldes ein Klarinettensolo für Sie spiele. Eh, ein Klarinettensolo kann man nicht ausgeben! Ich mag Sie ja, aber als Geschäftsmann kann man Sie nicht gerade bezeichnen.«

Nudger verzog keine Miene und trank langsam sein Bier. Fat Jack hatte sich nicht die Mühe gemacht, Nudgers üblichen Satz herauszufinden, deshalb hatte dieses ganze Gerede über Prozente gar nichts zu sagen. Wenn Detektive schon keine guten Geschäftsmänner waren, Jazzmusiker waren es ebenfalls nicht. Er gab Fat Jack einen Stift und ein Streichholzbriefchen mit dem Werbeaufdruck des Clubs. »Wie wäre es jetzt mit den Adressen?«

Immer noch breit grinsend, schlug Fat Jack das Streichholzbriefchen auf und schrieb.

4

Die Beulah Street war schmal und gewunden und wurde von flachen Häusern im französisch-spanischen Stil gesäumt. Es gab eine Unmenge an Bogen, reichverzierten Fensterläden, pastellfarbenem Stuck, verschnörkeltem Schmiedeeisen und hölzerner Schnörkelverzierung. Die Häuser waren vor langer Zeit in Wohnungen unterteilt worden, jede mit einem separaten Eingang. Hinter jeder Wohnung war ein kleiner Garten.

Ein Ungetüm von einer Straßenkehrmaschine donnerte und zischte mit einer Geschwindigkeit von drei Meilen in der Stunde den Randstein entlang, so mühsam, als werde seine gesamte Masse nur von der kreisenden Bewegung der runden, dickborstigen Bürste vorwärtsgezogen, die den Rinnstein entlangkratzte. Nudger hielt sich auf der anderen Seite des Bürgersteigs, damit er nichts von dem Wasserstrahl abbekam, der vor der heftig kreisenden Bürste herausschoß.

Er fand Ineida Collins' Adresse mitten in einer Häuserzeile. Sie gehörte zu einem blaßgelben Gebäude mit einem verwitterten Ziegeldach und einer Orgie vielfarbiger Bougainvillea, die sich bis zur Mitte der rissigen, oft reparierten Stuckfassade hochrankten. Greller Sonnenschein tauchte die eine Hälfte der Fassade in ein läuterndes helles Licht; die andere Hälfte lag im tiefen Schatten.

Nudger warf einen Blick auf seine Armbanduhr. Zehn. Ineida war vielleicht noch im Bett. Falls sie die Straßenkehrmaschine nicht geweckt hatte, würde er das tun. Er trat auf die kleine Vorderveranda aus rotem Backstein und betätigte den Löwenkopf-Klopfer an der Bohlentür, die in gewaltigen, rostfleckigen schmiedeeisernen Angeln hing. Eine dicke Honigbiene kam langsam von den Bougainvillea herübergebrummt, um zu sehen, was das ganze Theater sollte.

Ineida kam ohne große Verzögerung an die Tür, fix und fertig angezogen, in schwarzen Hosen und einer apricotfarbenen Seidenbluse. Trotz ihrer spätabendlichen Arbeit im Fat Jack's wirkte sie überhaupt nicht verschlafen. Das dunkle Haar war in einem Zopf zurückgebunden. Selbst das unbarmherzige Sonnenlicht war ihr gnädig; sie sah jung aus, und so unschuldig und naiv wie sie Fat Jacks Meinung nach auch war. Eine Prinzessin von den Gebrüdern Grimm, mit dem nötigen Geld, um Märchen wahrzumachen.

Nudger lächelte und erzählte ihr, er sei Journalist und schreibe einen Artikel über Fat Jack's Club. »Ich habe Sie gestern abend singen gehört«, sagte er, ehe sie seine Legitimation in Zweifel ziehen konnte. »Es war wirklich toll. Ich habe mir gedacht, es wäre eine gute Idee, wenn wir uns einmal unterhalten würden.«

Es war ihr unmöglich, etwas abzulehnen, das in ihren Augen wie ein richtiges Interview aussah. Der große Durchbruch könnte jeden Moment aus jeder nur erdenklichen Ecke kommen. Selbst in dem gleißenden Sonnenlicht strahlte sie auf einmal wie ein Honigkuchenpferdchen und bat Nudger herein.

Die Wohnung war geschmackvoll, aber billig eingerichtet; sie lebte wirklich unabhängig von ihrem Vater. Auf dem Parkettboden lag eine Perserimitation, es gab eine Unmenge von Korbmöbeln, und die langsam kreisenden, breiten Flügel eines Casablanca-Ventilators verursachten zwar keinen Luftzug, warfen aber beruhigende, flackernde Schatten.

Durch beige Gardinen sah man auf den gepflegten und farbenprächtigen Garten. Ein schwacher Duft hing in der reglosen Luft, entweder ein Hauch von Räucherstäbchen oder von etwas, das im Garten wuchs. Auf einem kleinen Schreibtisch lagen blaßblaues Briefpapier und ein Füller; Ineida war gerade dabeigewesen, einen Brief zu schreiben.

»Darf ich Ihnen eine Tasse Kaffee anbieten, Mr. Nudger?« fragte sie.

Nudger nahm das Angebot an, und schaute dem Schwung ihrer schmalen Hüften zu, als sie in die kleine Küche ging. Von seinem Sitzplatz aus sah er eine Kaffeemaschine mit einer halbvollen Glaskanne auf der Anrichte stehen. Er sah, wie Ineida den Kaffee eingoß und dann mit zwei Tassen zurückkam. Sie fragte Nudger, ob er Sahne oder Zucker wolle, und er lehnte ab.

Er fragte: »Wie alt sind Sie, Ineida?«

»Zweiundzwanzig.« Sie stellte seinen Kaffee auf das Tischchen neben ihm.

»Jung genug, um über Ihr Alter nicht lügen zu müssen«, sagte er.

Sie lächelte gezwungen. »Ich wünschte, ich wäre etwas älter.«

»Darüber werden Sie noch einmal anders denken«, erwiderte Nudger. »Das geht allen so. Sie können noch nicht sehr lange professionell singen.«

Sie setzte sich, stellte ihre dampfende Tasse auf einen Untersetzer. »Schon seit etwa vier Jahren. Ich habe in Collegeaufführungen gesungen und dann eine Zeitlang in New York studiert. Seit etwa zwei Monaten singe ich im Fat Jack's. Ich finde es himmlisch.«

»Und das Publikum scheint sie himmlisch zu finden«, schwindelte Nudger. Er sah sie lächeln und dachte sich, daß sich die Lüge gelohnt habe. Ineida hatte eine Verletzlichkeit an sich, die des Schutzes bedurfte. Manche Männer könnten meinen, das ausnützen zu müssen. Nicht Nudger. Auf gar keinen Fall!

Er tat so, als mache er sich Notizen, während er ihr eine ganze Latte journalistischer Fragen stellte, ihr Ego massierte. Es war ein Ego, das sich nur bis zu einem gewissen Punkt massieren ließ. Nudger kam zu dem Schluß, daß er Ineida Collins mochte, und hoffte, sie würde sich beeilen und erkennen, daß sie nicht Ineida Mann war.

Die Straßenkehrmaschine donnerte wieder vorbei, kroch nun im Schneckentempo auf ihrer Straßenseite den Randstein entlang. Nudger hörte die Bürste über den Asphalt kratzen. Er schwieg und wartete geduldig, bis das Ungetüm vorbeigefahren war.

»Ich habe gehört, Sie und der Pianist Willy Hollister seien recht eng miteinander befreundet«, sagte er in die allmähliche Stille hinein.

Ineidas Stimmung schlug abrupt um. Argwohn schlich sich in den Blick ihrer dunklen Augen, der jugendliche, lächelnde Mund wurde verkniffen und urplötzlich zehn Jahre älter.

Es war eine Vorschau darauf, wie sie aussehen würde, nachdem das Leben über sie hergefallen war.

»Sie sind kein Journalist«, sagte sie, als fühle sie sich verraten.

Nudger verspürte Schuldgefühle, weil er sie getäuscht hatte, als hätte er versucht, sie mit Süßigkeiten in sein Auto zu locken. »Nein, bin ich nicht«, gab er zu. Sein Magen verpaßte ihm einen maultierartigen Tritt. In was für einen Beruf war er da hineingestolpert!

»Wer sind Sie denn dann?«

»Jemand, dem Ihr Wohlergehen sehr am Herzen liegt, Ineida.«

Sie machte schmale Augen und schob das glatte Kinn auf eine Art vor, die mehr als nur einen Hauch von Halsstarrigkeit ahnen ließ. Nudger bekam eine Ahnung davon, weshalb Fat Jack ein Problem in ihr sah.

Zeit für eine Antacidtablette. Er warf sich eine der kreidigen weißen Scheiben in den Mund und kaute. Das Zerbeißen der Tablette verursachte ein überraschend lautes Knacken.

»Vater hat Sie geschickt«, sagte sie.

»Nein«, antwortete Nudger. Schmatz, schmatz.

»Lügner!« Sie stand auf und stürzte erregt zur Tür. Sie konnte phantastisch erregt stürzen. »Raus!« sagte sie.

»Ich möchte mit Ihnen über Willy Hollister reden.« Nudger blieb hartnäckig. Er wußte, daß sich in seinem Metier Hartnäckigkeit so oder so auszahlte. Er konnte nur hoffen, daß es diesmal nicht das letztere *so* wäre.

»Raus«, wiederholte Ineida. »Oder ich rufe die Polizei. Noch besser, ich werde nach ihr schreien. Gleich hier, in der offenen Tür.«

Schreien? Polizei?

Binnen zehn Sekunden stand Nudger wieder draußen in der Beulah Street und starrte auf die unnachgiebige Barriere von Ineidas verschlossener Tür. Offensichtlich war sie beim Thema Willy Hollister empfindlich. Nudger schob sich noch eine Antacidtablette zwischen die Lippen. Er kehrte der wärmer werdenden Sonne den Rücken zu und marschierte los, hielt sich dabei auf der trockenen Hälfte des Bürgersteigs, weg vom Randstein.

Er war noch nicht bei der nächsten Querstraße angekommen, als er merkte, daß er drei Schatten warf. Er blieb stehen. Der mittlere Schatten blieb ebenfalls stehen, aber die größeren auf den Seiten kamen näher. Die großen Gestalten, die diese Schatten geworfen hatten, standen urplötzlich vor Nudger. Zwei hünenhafte Männer schauten zu ihm herunter – der eine lächelte, der andere nicht. Wenn man bedachte, was für eine Art Lächeln es war, machte das keinen großen Unterschied.

»Wir haben gesehen, daß Sie mit Miß Mann geredet haben«, sagte der Mann auf der linken Seite. Er hatte einen schwarzen Schnauzer, breite Wangenknochen, eine dunkle, pockennarbige Haut und graue Augen, die kein Pardon gaben. »Was immer Sie auch zu ihr gesagt haben, scheint sie aufgeregt zu haben.« Sein Akzent war eine Mischung zwischen dem schleppenden Singsang der Südstaaten und einem silbenverschluckenden Französisch. Nudger erkannte, daß es Cajun war. Die Cajuns waren ein rauher, überwiegend französischstämmiger Menschenschlag, der sich im südlichen Louisiana angesiedelt, sich aber nie etabliert hatte.

Nudger erlaubte sich die Hoffnung, daß die Hünen sich nur kurzfristig für ihn interessierten, und wollte weitergehen. Der zweite Mann, der kleiner war, aber einen breiten Hals und breite Schultern hatte, schob sich mit den trippelnden Schritten eines Schwergewichtsboxers vor und versperrte ihm den Weg. Nudger schluckte die Antacidtablette hinunter.

»Nervös, mein Freund?« fragte der Boxer in demselben starken Akzent.

»Ständig«, brachte Nudger mit erstickter Stimme heraus.

Pockengesicht sagte: »Wir sind an Miß Manns Wohlergehen interessiert. Worüber haben Sie sich mit ihr unterhalten?«

»Das Gespräch war vertraulich.« Nudgers Magen war ins Trudeln geraten. »Möchten Sie beide sich nicht vorstellen?«

»Möchten wir nicht«, sagte der Boxer. Er lächelte wieder. Mensch, war das ein fieses Lächeln. Nudger sah, daß die Spitze seiner rechten Augenbraue von einer schmalen Narbe durchzogen wurde und schneeweiß nachgewachsen war.

»Dann tut es mir leid, aber dann haben wir uns nichts zu sagen.«

Pockengesicht schüttelte geduldig den Kopf. »Wir haben folgendes zu sagen, mein Freund. In diesem großartigen Staat Louisiana gibt es riesige Sumpfgebiete. Nicht weit von hier ist das wilde Bayou, die Heimat einer überraschend großen Menge von Alligatoren. Menschen gehen ins Bayou und manche davon kommen nie wieder heraus. Wer weiß, was mit ihnen geschehen ist? Und nach einer Weile fragt auch keiner mehr danach.« In den kalten grauen Augen lagen Diamantensplitter. »Sie verstehen doch, was ich damit sagen will?«

Nudger nickte. Er verstand. Sein Magen verstand es ebenfalls.

»Ich glaube, wir haben uns klar ausgedrückt«, sagte Pokkengesicht. »Wir sind nicht nett, Sir. Nicht nett zu sein ist unser Geschäft und unser Vergnügen. Deshalb sollte ein Mann wie Sie, Sir, ein vernünftiger Mensch, bei guter

Gesundheit, auf uns hören und sich von Miß Mann fernhalten.«

»Sie meinen Miß Collins.«

»Ich meine Miß Ineida Mann.« Er sagte es mit dem unbewegten Gesicht eines wahren Profis.

»Warum sagen Sie nicht Willy Hollister, er soll sich von ihr fernhalten?« fragte Nudger. Ein Teil der Furcht war von ihm gewichen und von einer Neugier abgelöst worden, die lebensgefährlich war.

»Mr. Hollister ist ein netter junger Mann und Miß Manns eigene Wahl«, sagte Pockengesicht seltsam gespreizt. »*Sie* mag sie offensichtlich nicht. Sie beunruhigen sie. Und das beunruhigt uns.«

»Und ich und Frick sind nicht gern beunruhigt«, sagte der Boxer. Er packte Nudger am Revers, doch weder zerrte er ihn, noch schubste er ihn, knautschte nur den Stoff. Nudger spürte die pulsierende Energie seiner Kraft, als wäre sie elektrischer Strom. »Benehmen Sie sich«, fauchte der Boxer mit seinem starren Lächeln.

Abrupt ließ er das Revers wieder los, und die beiden drehten sich um und gingen davon.

Nudger schaute auf sein malträtiertes Revers hinunter. Es war so zerknittert, als wäre es tagelang verkrumpelt in einen Schraubstock gepreßt gewesen.

Nudger fragte sich, ob man da in der chemischen Reinigung überhaupt noch etwas machen konnte, wenn das Sakko gebügelt wurde.

Dann merkte er, daß er am ganzen Körper zitterte. Er verabscheute Gefahr und hatte keinen Sinn für Gewalt. Er brauchte noch eine Antacidtablette und dann, auch wenn es noch früh war, einen Schnaps.

New Orleans versprach, eine aufregende Stadt zu sein, aber auf andere Art, als es die Reiseagenturen und die Industrie- und Handelskammer in ihrer Werbung anpriesen.

5

Nudger dachte daran, Sam Judman anzurufen, um sich zu vergewissern, daß er zu Hause war, ehe er bei ihm hereinschneite.

Dann entschied er sich jedoch dagegen. Es wäre besser, mit Judman zu reden, ohne dem Schlagzeuger Gelegenheit zu geben, sich auf das Gespräch vorzubereiten. Das Überraschungselement würde die Chancen erhöhen, daß Judman, der möglicherweise immer noch wütend darüber war, von Hollister verprügelt worden zu sein, zufällig etwas sagte, das einen Einblick in das gewähren würde, weshalb Fat Jack so besorgt war.

Judman wohnte in einem verfallenden Backsteinhaus im French Quarter, in einer geräumigen Wohnung im ersten Stock, in deren Fenster Fliegengitter eingesetzt worden waren. Er war klein, lebhaft, dunkelhaarig, Anfang Vierzig und hatte ein schmales, faltiges Gesicht und einen blassen Teint, der auf schlechte Gesundheit schließen ließ. Er hatte weder blaue Flecken noch Abschürfungen; von Hollisters Prügel waren keine Spuren mehr zu sehen.

Als Nudger sich vorstellte und ihn freundlich fragte, ob er mit ihm über Hollister reden könne, nickte Judman und bat ihn herein.

Nach der Mittagshitze draußen war die Wohnung kühl. Vier große Deckenventilatoren kreisten synchron, und alle Fenster standen offen. Einer der Ventilatoren verursachte ein leises rhythmisches Ticken, ein träges Sommergeräusch. An allen Fenstern des geräumigen einzigen Zimmers waren die Bambusjalousien exakt halb heruntergelassen worden, und diese horizontale Präzision ließ die Wohnung sogar noch größer wirken, als sie ohnehin schon war. Es gab ein paar wenige moderne, aber bequem aussehende Sitzmöbel. Bücher, Schallplatten und Kassetten säumten eine Wand. Über den Fenstern spiegelten sich

Lichtreflexe in den gerahmten Photos von Judman, der mit diversen Leuten aus dem Showgeschäft abgelichtet war. Wo es im Zimmer hell war, war es strahlend hell, wo die Sonne nicht hinkam, war es stockduster. Eine Tür führte zu einer Kammer mit einem Schrankbett; durch eine andere Tür konnte Nudger in die Küche sehen. In der der Tür entgegengesetzten Ecke stand eine sündteure Stereoanlage.

Judman erbot sich, Nudger etwas zu trinken zu holen. Nudger hatte bereits seine Tagesration Alkohol intus, und Kaffee würde seinen Magen in eine Säurerevolte treiben. Er schlug Judmans Angebot aus, und die beiden Männer setzten sich in niedrigen, üppig gepolsterten Sesseln einander gegenüber.

»Sie haben gesagt, Sie seien Privatdetektiv, Mr. Nudger«, sagte Judman. »Darf ich Sie nach der Identität Ihres Klienten fragen?«

»Im Moment würde ich die lieber vertraulich behandeln.«

»Aber Sie wollen etwas über Willy Hollister wissen?«

»Alles, was Sie mir sagen können. Ich weiß, daß Sie beide in seiner Wohnung aneinander geraten sind. Wissen Sie, weshalb?«

Judman drehte ratlos die Handflächen nach oben und legte sie dann auf die Knie. »Er war ganz aus dem Häuschen, weil ich einfach in seine Wohnung gegangen bin, um dort auf ihn zu warten. Ich habe keine Ahnung, weshalb er derart empfindlich gewesen ist; er hatte die Tür nicht abgesperrt, und es war nicht so, als hätte ich die Schubladen durchwühlt oder nach Staub gesucht. Ich habe bloß ganz ruhig auf dem Sofa gesessen und darauf gewartet, daß er von der Arbeit nach Hause kam. Ich hätte doch nicht gedacht, daß der Kerl paranoid ist.«

»Wie lange waren Sie da, ehe Willy Hollister gekommen ist?«

»Keine fünf Minuten. Das hab' ich ihm auch gesagt, aber das war ihm ganz egal. Er hatte eine Mordswut.«

Aus der Küche drang ein Geräusch. Nudger drehte sich um.

Marty Sievers kam herein und hielt dabei ein hohes Glas dunkler Flüssigkeit, mit Eiswürfeln, in der Hand. Als er näherkam, sah Nudger, daß es Eiskaffee war. Nudger stand auf und gab Sievers die Hand, der gar nicht überrascht zu sein schien, ihn hier zu sehen.

»Ich weiß, wer Sie sind«, sagte Sievers. »Ich habe Sie gestern abend im Club gesehen, und ich habe gehört, wie Sie sich Sam vorgestellt haben.«

Nudger war sich sicher, daß Sievers' ausdruckslosen braunen Augen nur wenig entging. Sievers trank seinen Eiskaffee; er strahlte die Ruhe und Beherrschtheit eines Menschen aus, der höchstes Vertrauen in seine Fähigkeit hat, jeder Situation physisch gewachsen zu sein. Green-Beret-Art.

»Sie haben diesen potentiellen Gästezoff gestern abend im Club souverän gehandhabt«, meinte Nudger.

Sievers ließ die Eiswürfel in seinem Glas herumwirbeln. »Das gehört zu meinem Job.«

»Sie fragen sich sicher, wieso Marty hier ist«, sagte Sam Judman.

Nudger nickte: »Mich so etwas zu fragen, gehört zu meinem Job.«

»Und auch Antworten zu finden«, fügte Marty Sievers hinzu.

»Diesmal mache ich es Ihnen leicht. Ich bin hier, um Sam wegen ein paar anderer Clubs in der Stadt ein paar Tips zu geben.«

»Tips?«

»Arbeitsmöglichkeiten.«

Nudger sah Judman an. »Sie steigen aus der Band im Fat Jack's aus?«

Für einen kurzen Moment verdüsterte sich das blasse Gesicht des Drummers vor Zorn. »Nicht freiwillig. Nach meinem Krach mit Hollister hat Fat Jack mich freigesetzt.«

»Das mußte er«, sagte Sievers achselzuckend.

Judman nickte widerwillig. »Ja, dafür hat Hollister gesorgt; er hat Fat Jack gesagt, entweder ich oder er. Hollister ist ein Schwein, aber ich muß zugeben, daß ich leichter zu ersetzen bin als er. Das hier ist eine Jazzstadt, voller Spitzenmusiker, die irgendwo einsteigen wollen.«

»Es ist wirklich unfair«, sagte Sievers. »Fat Jack und ich wollen zusehen, daß Sam auf die Füße fällt.«

Er ging mit seinem Glas zu einem geblümten Sofa, setzte sich in eine Ecke, wurde so reglos wie ein Wachsmuseums-Exponat und überließ Nudger und Sam Judman die Szene.

»Warum sind Sie an dem Tag, an dem Sie den Krach hatten, zu Willy Hollister gegangen?« fragte Nudger Judman.

»Aus keinem besonderen Grund. Ich hatte ein paar Vorschläge zum Arrangement einer seiner Nummern. Ich wollte den Rhythmus ändern.«

»Arrangiert Hollister seine Stücke selbst?«

»Ja«, sagte Judman. »Er macht alles. Und obwohl er mich den Job gekostet hat, muß ich zugeben, daß er es sehr gut macht.«

»Warum ist er so aus dem Häuschen geraten, als er nach Hause kam und Sie in seiner Wohnung vorgefunden hat? Hat er sich so benommen, als wenn er etwas zu verbergen hätte?«

»Er hat sich wütend benommen. Er hat mir nicht einmal eine Gelegenheit gegeben, zu erklären, weshalb ich da war, sondern ist einfach sofort mit den Fäusten auf mich los. Und hat mir nicht einmal erklärt, weshalb er mich dort nicht haben wollte.«

»Dealt er?« fragte Nudger.

»Nein«, kam es entschieden aus der Sofaecke von Sievers.

»Nimmt er Drogen?« fragte Nudger.

»Klar«, sagte Judman. »Aber nichts Hartes, ab und an ein bißchen Koks, ein bißchen gutes Gras. Hat nichts zu bedeuten.«

»Hat er sich bei Ihnen entschuldigt oder sich nach der Schlägerei wieder versöhnen wollen?«

Judman lachte. »Entschuldigt? Hollister?«

»Und er hat weder Ihnen noch jemand anderem gesagt, weshalb er auf sie eingeprügelt hat?«

»Als ich ihn tags darauf gefragt habe«, meinte Judman, »hat er bloß gemeint, er könne es nicht leiden, wenn jemand in seine Privatsphäre eindringe.«

»Vielleicht war das auch schon alles«, meinte Sievers.

»Vielleicht«, sagte Nudger, glaubte es aber nicht. »Was wissen Sie über Hollister und Ineida Mann?« fragte er Judman.

»Bloß, daß sie sehr eng miteinander befreundet sind. Ineida ist ein nettes Mädel; sie hat Hollister nicht verdient.«

»Was halten Sie von ihr als Künstlerin?«

»Ein nettes Mädel.«

Nudger schaute zu Sievers hinüber und sah, daß dessen Gesicht so ausdruckslos wie immer war. Er fragte sich, ob Sievers wußte, daß Ineida Mann David Collins' Tochter war. Das war etwas, das er Fat Jack unbedingt fragen mußte.

»Wenn Fat Jack Sie gefeuert hat«, sagte Nudger zu Judman, »dann unterhält Hollister nicht seine eigene Begleitband.«

»Nein«, sagte Judman. »Der Club hat seine eigene Band; ich habe schon ein paar Jahre lang da gespielt.«

»Es dauert nicht mehr lange, dann wird Hollister seine eigenen Begleitmusiker mitbringen, wenn er irgendwo auftritt«, meinte Sievers. »Die werden für den Job Schlange stehen. So gut ist er.«

Nudger sah Judman an. »Finden Sie auch, daß er so gut ist? Ein aufsteigender Stern?«

»Stern? Das Schwein ist ein wahrer Meteor.« Er sagte es nur ungern und brachte es widerwillig heraus. Dean Martin hatte Judman den Arm um die Schultern gelegt und lächelte von einem großen Hochglanzphoto beifällig auf ihn herab.

»Meteore strahlen zwar«, meinte Nudger, »aber sie sausen nach unten und verglühen schnell.«

Judman lächelte bei diesem Gedanken, sagte jedoch: »Ich bin kein Astronom, Nudger. Ich hau' bloß aufs Schlagzeug.«

Nudger stand auf und bedankte sich bei Judman, daß er sich die Zeit genommen hatte, mit ihm zu reden.

»Null Problemo«, meinte der Drummer und stand auf, um Nudger zur Tür zu begleiten. »Ich denke, ich werde in nächster Zeit eine Menge freier Zeit haben.«

»Nicht für lange«, meinte Sievers, der ebenfalls aufgestanden war. »Sie sind ein zu guter Musiker, um nicht bald wieder irgendwo einzusteigen. Ich gehe mit Ihnen hinaus, Nudger.« Er schenkte Judman ein beruhigendes Lächeln. »Sagen Sie mir Bescheid, wie das Vorspiel gelaufen ist, das wir für Sie drüben in der Rampart angeleiert haben.«

»Mach ich, Mr. Sievers. Und nochmals vielen herzlichen Dank.«

An der Tür gab Judman erst Sievers, dann Nudger die Hand. Sein Blick war müde, und seine Hand fühlte sich kühl und schlaff an.

Sievers ging im Gleichschritt neben Nudger den gekrümmten Bürgersteig der St. Philip entlang. »Ich wollte allein mit Ihnen reden«, sagte er. »Fat Jack hat Sie engagiert.« Er war eine Feststellung, keine Frage.

»Hat er Ihnen das gesagt?« fragte Nudger.

»Nein. Ich habe gesehen, wie Sie beide sich gestern abend im Club unterhalten haben. Und ich weiß, daß er sich mächtig Sorgen macht.«

»Weswegen?«

»Wir beide wissen, weswegen. Oder wegen wem. Willy Hollister.«

»Glauben Sie, daß er Grund zur Sorge hat?«

Sievers ging eine Zeitlang schweigend weiter, ehe er antwortete, seine Absätze schlugen einen leisen Rhythmus auf den Bürgersteig. »Ich bin mir nicht sicher. Je näher man Hollister kennt, desto weniger kann man ihn leiden. Fat Jack hat mir gesagt, die Qualität seiner Musik schwanke, aber mich dürfen Sie da nicht fragen. Ich beurteile ihn nur nach der Anzahl der Gäste, die er anzieht, und die scheint konstant zu sein. Ich bin völlig unmusikalisch. Für mich hört sich alles wie das ›Star-Spangled Banner‹ an, sogar Hollisters Musik.«

»Was ist mit Hollister und Ineida?«

»Die sind ein Liebespaar«, sagte Sievers. »Das ist kein Geheimnis. Was hat denn ihr Privatleben damit zu tun?«

»Keine Ahnung«, sagte Nudger. »Ich bin immer noch dabei, mir einen Einblick zu verschaffen, einen Anhaltspunkt zu finden.«

»Wozu, genau, hat Fat Jack Sie engagiert?« fragte Sievers ausdruckslos.

»Vielleicht sollten Sie ihn das besser selber fragen.«

»Klar, mach' ich.« Sievers schien sich überhaupt nicht auf den Schlips getreten zu fühlen, daß Nudger sich geweigert hatte, darauf zu antworten. Hier war ein Mensch, der seine Wut niemals vergeudete.

»Wie, genau, ist Ihre Beziehung zu Fat Jack?« fragte Nudger. »Ich habe den Eindruck, Sie sind mehr als nur ein einfacher Angestellter.« Er lächelte. »Wenn es Ihnen lieber ist, kann ich auch Fat Jack fragen.«

Sievers lachte. »Nein, das ist schon okay. Ich sage es Ihnen. Ich bin sein Minoritätspartner im Club – formal gesehen haben wir eine Kommanditgesellschaft. Aber hauptsächlich bin ich der Geschäftsführer. Ich sorge dafür, daß der Laden reibungslos läuft. Erledige das Heuern und Feuern, die Vorratsbeschaffung. Fat Jack engagiert die Musiker, macht die Buchführung und sackt den Großteil des Gewinns ein. Ich bekomme ein Gehalt und einen Prozentsatz des Nettogewinns.«

»Wie gefällt Ihnen das Arrangement?«

»Prima. So hatten wir es von Anfang an abgemacht. Fat Jack hat den Großteil des Anfangskapitals beigesteuert, den Großteil des Risikos getragen. Keiner von uns hat Grund zur Klage. Uns beiden geht es finanziell ganz gut.«

»David Collins besitzt auch einen Anteil am Club, oder?«

»Richtig. Zwölfeinhalb Prozent, genau wie ich. Bloß, daß er auf das Geld nicht angewiesen ist.«

»Gibt es noch andere Minoritätspartner?«

»Nö, die anderen fünfundsiebzig Prozent gehören Fat Jack.«

»Sie waren früher einmal Berufssoldat, oder?« fragte Nudger.

»Merkt man mir das so an?«

»Tut man. Aber ich weiß es, weil es mir Fat Jack erzählt hat. Sie waren bei den Green Berets?«

»Stimmt. Vietnam und sieben Jahre danach.«

»Warum haben Sie damit aufgehört?«

»Am Anfang war es okay, aber dann bekam ich es satt, immer nur Spielchen zu spielen.«

»Spielchen?«

»Genau, Nudger. Die Kriege, die wir heutzutage führen, sind zwar blutig und unselig, aber nichts als Politikerspielchen, die mit zu vielen Regeln und Einschränkungen gespielt werden. Kriege sollten nur dann geführt werden, wenn es keinen anderen Weg mehr gibt, und sie sollten mit aller Kraft geführt werden; entweder man selbst überlebt oder der Feind überlebt. Kriege sollten niemandes Spielchen sein, die mit Waffen ohne Munition geführt werden.«

»Und wie kam es, daß Sie sich mit Fat Jack zusammengetan haben?«

»Nachdem ich aus dem Militärdienst ausgeschieden bin, kam ich hierher, weil es meine Heimatstadt ist. Meine Frau und ich haben vor langer Zeit, vor unserer Scheidung, einmal hier gelebt. Eine Zeitlang habe ich als Polier auf dem Bau gearbeitet, oben am Pontchartrainsee. Dann ist es mit der Bauindustrie bergab gegangen. Mit dem Rest meiner Abfindung von der Armee habe ich angefangen, eifrig an der Börse zu investieren – eigentlich habe ich eher gespielt. Fat Jack und ich waren im selben Investmentclub. Wir haben uns näher kennengelernt, haben über manche Anlagemöglichkeiten ähnlich gedacht. Als ich gehört habe, daß er seinen eigenen Jazzclub aufmachen wollte, wollte ich mich daran beteiligen. Wir haben es besprochen und dann unsere Vereinbarung getroffen.«

»In was für einer Art von Investmentclub waren Sie denn?« fragte Nudger.

»Einer von jenen, in denen alle Mitglieder ihr Kapital in einen großen Topf werfen und große Aktienblöcke oder Immobilien kaufen. Als der Aktienmarkt vor ein paar Jahren eingebrochen ist, hat sich der Investmentclub aufgelöst.«

»Sie müssen den Großteil der Begleitmusiker im Club kennen«, sagte Nudger.

»Klar, ich kenne sie alle.«

»Was halten die denn von Willy Hollister?«

»Als Begabung halten sie ihn für Gott. Als Mensch können sie ihn nicht besonders leiden, aber das stört sie nicht weiter. Oder ihn. Die wissen, daß sie dableiben und er auf die Grammys, den Olymp und die David-Letterman-Show zusteuert.«

»Hat er mal mit irgendeinem der anderen Musiker Zoff gehabt?«

»Nein, bloß mit Judman.« Sievers' Ton wurde lebhaft. »Es ist nur gut, daß er sich nichts gebrochen hat.«

»Judman scheint ganz okay zu sein.«

»Ich habe nicht von Judman gesprochen«, sagte Sievers leicht überrascht. »Ich habe von Willy Hollister gesprochen. Er hat seine Fäuste benutzt. Er hätte sich einen Knöchel brechen und dann nicht mehr Klavier spielen können.«

»Und das käme den Club teuer zu stehen«, sagte Nudger.

»Genau. Hollister zieht das zahlende Publikum in Scharen an und trägt dazu bei, daß mein Bankkonto gemästet wird.«

»Herzloser Kapitalist«, meinte Nudger, nur halb im Scherz.

»Ich habe sehr wohl ein Herz«, erwiderte Sievers grinsend. »Bloß ist es steinern und kalt.« Sie waren an einer Kreuzung angelangt. »Gehen Sie zum Club?«

»Nein«, sagte Nudger. »In mein Hotel. Das liegt in der anderen Richtung.«

»Okay«, sagte Sievers. »Ich nehme an, ich sehe Sie dann später im Club.«

»Werden Sie«, sagte Nudger und schaute ihm nach. Sievers ging gestelzten Schrittes und in einer militärisch aufrechten Haltung, die ihn aus der Entfernung größer aussehen ließen als er eigentlich war. Es war ein Gang, der auf Beherrschtheit und Tüchtigkeit schließen ließ. Als er an der nächsten Ecke ankam, sprang die Ampel nur für ihn um, und er überquerte die Kreuzung, ohne aus dem Tritt gekommen zu sein.

Nudger dachte sich, wahrscheinlich summe er dabei alle möglichen Melodien, die alle das ›Star-Spangled Banner‹ waren.

6

»Sie sind kein Jazzjournalist«, sagte Willy Hollister in einem kleinen Hinterzimmer in Fat Jack's Club zu Nudger. Es war nicht direkt eine Garderobe, auch wenn es mitunter dazu als solche benutzt wurde. Es war eine Art Allzweckraum, in dem man sich schnell umziehen und in den Pausen zwischen den Sets aufhalten konnte. Der hellgrüne Anstrich war verblaßt und splitterte schon ab, und an einer Wand lief ein Heizungsrohr vom Boden zur Decke. In der Mitte des Rohrs war ein großes farbverschmiertes Ventil, das so aussah, als sei es seit Jahrzehnten nicht mehr verstellt worden. Hinter der zusammengeschusterten Ansammlung von Möbeln klebten vergilbte Poster von Jazzgrößen an den Wänden. Duke Ellington, Bessie Smith, Billie Holiday, Louis Armstrong. Der Raum war von einem Geruchsgemisch nach altem Alkohol und Zigarettenrauch erfüllt.

»Aber ich bin ein *Jazzfan*«, sagte Nudger. »Jedenfalls Fan genug, um zu wissen, wie gut Sie sind, und daß Sie auf eine Art Klavier spielen, die Sie sich nicht selbst beigebracht haben.« Er lächelte. »Ich wette, Sie können sogar Noten lesen.«

»Man muß Noten lesen können«, entgegnete Hollister herablassend, »um an der Juilliard School of Music einen Abschluß zu machen.«

Beeindruckend. Selbst Nudger wußte, daß Juilliard-Absolventen nicht gerade Luschen waren. Man mußte Beethovens Fünfte von vorn bis hinten pfeifen können, um dort auch nur aufgenommen zu werden. »Dann haben Sie Ihre Wurzeln in der klassischen Musik«, sagte er.

Hollister zuckte die Achseln. »Das ist nichts Besonderes; viele Jazzmusiker haben ihre Wurzeln in der klassischen Musik. Das sollten Sie doch wissen, wenn Sie ein Jazzkenner sein wollen.«

Nudger betrachtete sich Hollister genauer. Wenn er nicht auf der Bühne war, wirkte er älter. Die blonden Haare wurden schon schütter, und sein Gesicht hatte seine Jungenhaftigkeit eingebüßt und war zerfurcht. Sein Teint hatte einen ungesunden Nikotinfarbton. Von nahem hatte Hollister eine Derbheit, die seine Bühnenpersönlichkeit Lügen strafte. Dieser Junge hier war ein Jäger. Des Lebens traurige Weisheit lag in seinem Blick, kauerte und war bereit zum Sprung.

Die Tür ging auf, und Marty Sievers steckte den Kopf herein, schaute sich kurz um, als suche er jemanden, schenkte Nudger und Hollister ein Lächeln, hob grüßend die Hand und zog sich wieder zurück. Nudger fragte sich, ob Sievers draußen gelauscht hatte und womöglich durch jemandes Erscheinen dazu gezwungen worden war, die Tür zu öffnen und hereinzuschauen, damit es nicht so aussah, als lausche er an der Tür.

»Wie gut kennen Sie Ineida Mann?« fragte Nudger.

»Gut genug, um zu wissen, daß Sie sie belästigt haben«, erwiderte Hollister mit dem gelangweilten, doch wachsamen Ausdruck eines Tieres, das sich auf einem Stein sonnt. »Wir wissen zwar nicht, was für eine krumme Tour Sie beabsichtigen, aber ich schlage vor, daß Sie aufhören, Ineida zu belästigen.« Sein Selbstvertrauen schien ihn einzulullen. »Und geben Sie sich keine Mühe, aus mir Informationen herausholen zu wollen.«

»Keine krumme Tour«, sagte Nudger. »Ich interessiere mich bloß für Jazz.«

»Unter anderem.«

»Klar; wie die meisten Leute interessiere ich mich nicht nur für eine Sache.«

»Aber nicht so wie ich«, meinte Hollister. »Ich interessiere mich nur für meine Musik. Man könnte sie ›meine alles verzehrende Leidenschaft‹ nennen.«

»Und was ist mit Miss Mann?«

»Ich habe Ihnen doch schon gesagt, daß Sie das nichts angeht. Sie haben wohl nicht zugehört.« Hollister stand auf, drückte schwungvoll, aber unsauber seine Zigarette aus und schien sich daran zu ergötzen, daß sie im Aschenbecher zu Tode schmorte. »Ich habe in ein paar Minuten einen Auftritt.« Er steckte sein Fat-Jack's-T-Shirt in die Hose, machte ein finstres Gesicht und straffte die Schultern. Offensichtlich war jetzt eine Drohung angesagt. »Ich lege keinen gesteigerten Wert darauf, Sie noch einmal zu sehen, Nudger. Wer immer, was immer Sie auch sind, das ist mir egal, solange Sie Ineida in Ruhe lassen.«

»Könnte ich noch ein Autogramm von Ihnen haben, ehe Sie gehen?«

Weit davon entfernt, von diesem Sarkasmus beleidigt zu sein, kritzelte Hollister seine Unterschrift auf eine herumliegende zusammengefaltete Zeitung und warf sie Nudger zu, als wäre sie von großem Wert und könnte als Bestechung dienen, um Nudger von Ineida fernzuhalten. Nudger sah darin ein Zeichen des künstlerischen Egos des Mannes und war unwillkürlich beeindruckt. Willy Hollister besaß alles, was einen großen Künstler ausmachte, aber auch noch etwas ganz anderes.

Nudger steckte die zusammengefaltete Zeitung in die Tasche seines Sportsakkos und ging wieder in den Club hinaus. Das Publikum war an diesem Abend lebhaft, viel Gerede und Gelächter, und es schien einen höheren Prozentsatz von Frauen zu geben. Vielleicht war es Ladies' Night.

Marty Sievers lehnte in der Nähe der Bühne, mit dem Rücken an der Wand, und ließ den Blick über die Menge schweifen.

Nudger ging um eine Gruppe ausgelassener Gäste herum und bahnte sich durch den schummrigen Raum einen Weg zur zyklopischen Gestalt Fat Jacks, um vor Hollisters nächstem Auftritt mit ihm zu reden. In diesem Moment sah er am anderen Ende des Lokals Ineida. Sie trug eine paillettenbesetzte grüne Bluse, die ihre dunklen Haare und Augen betonte und ihr ein leicht zigeunerhaftes Aussehen verlieh. Nudger bedauerte, daß sie nicht so gut sang, wie sie aussah. Sie schaute ihn aus dunklen Augen an, erkannte ihn und drehte sich rasch um, um einem grau werdenden, bärtigen Mann zuzuhören, der zu der Gesellschaft an ihrem Tisch gehörte. Er schien über ihr plötzliches Interesse erfreut und erstaunt zu sein; er nahm die krumme Pfeife aus dem Mund und gestikulierte ausdrucksvoll mit ihr herum, wie es Pfeifenraucher so an sich haben. Nudger fragte sich, ob sein IQ steigen würde, wenn er auch mit dem Pfeifenrauchen anfangen würde.

»Eh, Nudger«, sagte Fat Jack, als Nudger an der Bar angekommen war, »sind Sie sicher, daß Sie wissen, was Sie tun, alter Schnüffler? Sie schleichen nicht gerade auf Samtpfötchen herum. Ineida hat mich nach Ihnen gefragt, sagte, Sie hätten sie zu Hause belästigt. Hollister hat mich gefragt, wer Sie seien. Der Captain des hiesigen Reviers hat mich dasselbe gefragt. Ich komme mir vor, als wäre ich in einer Quizsendung und Sie wären mein Spezialgebiet.«

Nudger krampfte sich der Magen zusammen. »Ein Captain der New Orleanser Polizei?«

Fat Jack nickte. »Aber sicher. Captain Raoul Livingston.« Er lächelte breit und beherzt und trank einen Schluck Absinth. »Sie schlagen genug Wellen, um Schiffe zu versenken.«

»Wissen Sie etwas über diesen Livingston?«

»Klar«, sagte Fat Jack. »In meiner Branche sollte ich das besser tun. Er führt sich auf, als hätte er das Gesetz geschrieben und könnte es jederzeit ändern, wenn es ihm in den Kram paßt.«

»Ein harter Cop?«

»Sagt man.«

»Wer ist *man*?«

»Diejenigen, die mit Livingston zu tun gehabt haben. Ich nehme an, sobald Livingston Sie erwischt, werden Sie zu ihnen gehören.«

Nudger fand, es sei an der Zeit, das Gespräch in andere Bahnen zu lenken. Er wies mit dem Kopf zur anderen Seite des Lokals. »Wer ist der Grauhaarige neben Ineida? Der mit der Pfeife.«

»Das ist Max Reckoner.« Fat Jack schwenkte gedankenverloren den Absinth im Glas herum. »Er ist ein großer Jazzfan und Antiquitätenhändler; hat eine Kette von Läden, die Antiquitäten und Stilmöbel verkaufen. Man könnte sagen, er ist an Ineida interessiert und zwar nicht auf väterliche Art.«

»Was hält sie von ihm?« fragte Nudger.

»Sie duldet ihn und wehrt ihn freundlich ab, ohne ihn in seinen Gefühlen zu verletzen.«

»Weiß er, wer sie in Wirklichkeit ist?«

»Wenn er das tut, dann sagt er es nicht. Max ist so schon in Ordnung; er hat nur eben Drüsen, die jünger sind als er, und eine Frau, die zuviel Verständnis für ihn hat. Das da ist sie, die große Brünette am Ende des Tischs.«

»Was ist mit Marty Sievers? Kennt er Ineidas wahre Identität?«

»Marty? Nö, der hat keine Ahnung. Eh, wollen Sie etwas trinken?«

»Nein, danke.«

»Ein Sandwich oder sonst irgend etwas aus der Küche?«

»Nö.«

»Was wollen Sie denn dann, alter Schnüffler?«

»Ich würde jetzt gern kurz mal verreisen.«

»Viele Leute würden wollen, daß Sie das tun.«

»Ich muß nach Cleveland, Kansas City, St. Louis und Chicago.« Nudger hörte sich an wie eine Lautsprecherdurchsage in einem Bahnhof. »In jeder Stadt bleibe ich vielleicht ein paar Stunden, höchstens ein paar Tage. Ich muß ein paar Hintergrundinformationen über Willy Hollister zusammentragen, wenn ich Ihnen helfen soll. Sind Sie bereit, die Kosten zu übernehmen?«

»Ich nehme an, Sie können diese Informationen wohl nicht mit ein paar Ferngesprächen bekommen?«

»Nicht richtig.«

»Wann wollen Sie los?«

»Heute abend noch, sobald wie möglich.«

Fat Jack nickte. Er holte ein Scheckbuch in einer Krokohülle hervor, kritzelte flink etwas hinein, riß einen Scheck heraus und reichte ihn Nudger. Nudger kniff die Augen zusammen, konnte aber in dem schwachen Licht den eingesetzten Betrag nicht entziffern.

»Eh, wenn Sie mehr brauchen, müssen Sie es mir nur sagen«, meinte Fat Jack. Sein Lächeln strahlte in dem Dämmerlicht. »Beeilen Sie sich, Nudger. Ich würde diese Sache gern so schnell wie möglich zu Ende bringen.«

»Apropos Ende«, meinte Nudger. »Wissen Sie etwas über ein Paar muskulöser Roboter? Der eine hat eine Narbe über der rechten Augenbraue und ein Gesicht wie ein ehemaliger Berufsboxer. Sein Partner hat einen dunklen Schnauzer, Augen wie ein Heckenschütze und heißt Frick. Möglicherweise ist der andere Frack. Und beide reden sie mit einem starken Cajun-Akzent.«

Fat Jack zog die Augenbrauen hoch. Er hatte solche Angst, daß er ein fahnengroßes weißes Taschentuch hervorziehen und sich die Stirn abwischen mußte. »Das sind bestimmt Rocko Boudreau und Dwayne Frick«, sagte er leise, mit von schrecklicher Angst hervorgerufener Ehrfurcht. »Die arbeiten für David Collins.«

»Das habe ich mir schon gedacht. Sie haben mich aufgefordert, mich von Ineida fernzuhalten.« Nudger spürte, daß sich seine Eingeweide zu einem komplizierten Pfadfinderknoten verschlangen. Er holte die Antacidtabletten heraus und legte sich zwei davon auf die Zunge. »Sie haben durchblicken lassen, wenn ich ihren Rat nicht befolge, müßte ich vielleicht meinen postmortalen Wohnsitz im Sumpf aufschlagen.« Als er wieder an das Gespräch mit Frick und Frack dachte, fühlte Nudger eine düstere Beinahepanik in sich aufwallen. Vielleicht lag es daran, daß er in dem Gedränge an der Bar so nah neben dem riesigen und verängstigten Fat Jack McGee stand; vielleicht war Angst tatsächlich ansteckend. Er bot Fat Jack eine Antacidtablette an. Der Große nahm die Tablette, kaute sie hektisch und spülte sie mit Absinth herunter. Nudger glaubte nicht, daß sie ihm viel helfen würde.

»Ich bin sicher, deren Job ist es, auf Ineida aufzupassen, ohne daß sie davon weiß«, sagte Nudger. »Apropos, sie scheinen es gutzuheißen, daß sie mit Willy Hollister zusammen ist.«

»Das wird mir gar nichts helfen, wenn Ineida etwas zustößt, das irgendwie mit dem Club zu tun hat«, sagte Fat Jack. »Dann heißt es für den freundlichen Fettsack, ab in die Sumpfstadt.«

Nach allem, was er über David Collins gehört hatte, glaubte Nudger, daß Fat Jack da nicht übertrieb. Frick und Frack standen nicht bloß in Collins' Diensten, um Staub zu wischen und Kanapees zu besorgen.

Nudger stieß sich von der Bar ab. Er war müde und ihm war unwohl. Sein Magen war dabei, sich selbst zu verdauen. »Ich lasse jetzt meine Flüge reservieren und packe«, sagte er. »Ich komme so schnell ich kann wieder zurück.«

Fat Jack murmelte etwas Unverständliches vor sich hin und nickte, ganz in seine eigenen düsteren Vorahnungen versunken; ein schwergewichtiger Mann, der mit schwergewichtigen Problemen zu kämpfen hatte. Er winkte Nudger zum Abschied nur matt zu.

Als Nudger gerade im Gehen war, begann Willy Hollister mit seiner ersten Nummer. Nudger blieb stehen und hörte zu. Fat Jack hatte dafür Verständnis.

7

»Wo warst du denn?« fragte Claudia Bettencourt.

»Cleveland, Kansas City, Chicago.«

»Klingt wie drei Jahre Shriners-Versammlung.«

»Außerdem war ich noch in New Orleans.« Die durch die Jalousien in Claudias Schlafzimmer hereinknallende Morgensonne ließ Nudger zusammenzucken. »Da ist mein neuer Fall. Ich habe versucht, dich vor dem Abflug noch anzurufen, aber du warst nicht zu Hause.«

Claudia schlüpfte in ihren blauen Morgenmantel und schüttelte kurz heftig den Kopf. Ihre Haare waren immer noch feucht von der Dusche, und der Morgenmantel hatte Wasserflecken. Es war ein neuer Morgenmantel, mit Seide an den Ärmeln und am Saum und reichte ihr nur etwa halb bis zu den Knien. Ihre Beine sahen darin phantastisch aus. »Du hättest anrufen können, ehe du gestern abend hierhergekommen bist.«

»Als ich um Mitternacht in die Stadt gekommen bin? Jede Anstandsdame würde einem da etwas husten.«

Claudia lächelte. »Deshalb hast du dir mit deinem eigenen Schlüssel aufgeschlossen und bist zu mir ins Bett gestiegen? Vollendete Etikette.«

»Schien in diesem Moment eine gute Idee zu sein. Scheint es immer noch.«

Sie erwiderte etwas, aber da sie dabei den Fön anstellte, konnte Nudger sie nicht verstehen. Er legte sich im Bett zurück und schaute ihr zu, wie sie die langen dunklen Haare noch einmal schüttelte, während sie den heißen Luftstrom darüberstreichen ließ. In den letzten sechs Monaten hatte sie die Haare wachsen lassen; ihm gefielen sie lang. Im letzten halben Jahr war sie auch fülliger geworden, und auch das gefiel ihm. Sie war immer noch schlank, und ihr schmales Gesicht wurde immer noch von einer Nase dominiert, die zu lang war, ihr aber eine gewisse Noblesse verlieh. Aber das Gesicht war nun nicht mehr so hager, die Hüftknochen standen im Bett nicht mehr so vor; sie wirkte gesünder, was Nudger ungeheuer freute.

Claudia stellte den Fön ab und bürstete sich vor dem Toilettenspiegel das Haar aus, beugte sich dabei mit der Grazie einer Tänzerin weit vor, um sich ganz im Spiegel sehen zu können. Sie benutzte eine seltsam aussehende Bürste mit stumpfen, weit auseinanderstehenden Borsten, eine von diesen Dingern, die in Fernsehwerbespots von Versandhäusern für irgend etwas-neunundneunzig angeboten wurden.

»Wie läuft es mit der Arbeit?« fragte Nudger und verschränkte die Hände im Nacken.

»Prima.« Ihre Blicke trafen sich im Spiegel, und als sie sich ineinanderbohrten, lächelte sie beinahe unmerklich. Nudger hatte ihr dabei geholfen, in einer privaten Mädchen-High-School, in einem Vorort von St. Louis, die Stellung als Lehrerin zu finden. Nach ihrem Intermezzo als Kellnerin fand sie offensichtlich Gefallen an ihrer Rückkehr in den Lehrberuf, und alles, was Nudger so hörte, ließ darauf schließen, daß die Stowe School auch an ihr Gefallen fand. »Ich muß später am Tag noch in die Schule«, sagte sie.

»Es ist Samstag.«

»Ich weiß. Ich muß ein paar Klausuren korrigieren.«

»Du hättest sie mit nach Hause nehmen können.«

»Ich arbeite lieber in der Schule.« Die Bürste verursachte ein überraschend lautes, abruptes Zischen, als Claudia sie mühsam durch die immer noch feuchten Haare zerrte. Es war ein Geräusch, das Nudger nicht sonderlich angenehm war. »An was für einer Art von Fall arbeitest du denn in New Orleans?« fragte sie.

»Etwas mit einem Jazzpianisten.« Nudger ließ sich nicht weiter darüber aus. Sie wußte, daß er über seine Fälle, wenn überhaupt, nur diskutieren wollte, wenn er dazu bereit war, und sie würde ihn nicht drängen. Mitunter gab es Dinge in seiner Arbeit, die Claudia lieber nicht wissen wollte.

»Klingt interessant«, sagte sie nur. *Schhhhk!* machte die Bürste.

»Die Abstecher in die anderen Städten haben dazu gedient, Hintergrundinformationen zu sammeln.«

Claudia nickte, ohne ihn anzusehen. *Schhhhk!*

»Hör bitte damit auf.«

»Womit soll ich aufhören?« fragte sie und legte die Bürste hin.

»Schon gut.« Nudger schwang sich aus dem Bett und tappte barfuß ins Bad, um sich zu duschen. Der Parkettboden war angenehm kühl unter seinen bloßen Füßen.

»Ein Ei oder zwei?« fragte sie, als er auf dem Weg zur Tür an ihr vorbeikam.

»Ich habe mir gedacht, wir gehen frühstücken.«

»Mir macht es nichts aus, etwas zu kochen«, sagte sie. »Es macht mir immer noch Spaß, mit der Küche zu spielen.« Sie war erst seit etwas über einem Monat in der Wohnung in der Wilmington Avenue in South-St.-Louis. Wenn er an den Kakerlakenpalast dachte, in dem sie in der Innenstadt gehaust hatte, konnte Nudger verstehen, weshalb ihr die neue Küche gefiel.

»Zwei Eier«, sagte er und trat über seine zusammengeknüllte J.C.-Penney-Unterwäsche, die er am Abend zuvor in der Hitze der Leidenschaft von sich geschleudert hatte. Zum Glück hatte er in Claudias Wohnung immer genug Kleidung zum Wechseln.

In dem geräumigen, alten, gekachelten Bad stellte er sich unter den prickelnden heißen Strahl der Dusche und dachte über Claudia nach. Ihre Welt hatte sich seit ihrem Selbstmordversuch vor nur neun Monaten ungeheuer verbessert. Sie hatte ihren Job, die neue Wohnung, eine Selbstachtung, die sie schon für immer verloren zu haben geglaubt hatte. Und Nudger dachte gern, er sei ein Anreiz für sie, weiterzuleben. Es war schön, gebraucht zu werden.

Er seifte seinen reisemüden Körper ein. Die Seife war parfümiert und hatte die Konsistenz von Schlagsahne, aber sie würde genügen müssen.

Nachdem Nudger sich geduscht und angezogen hatte, fühlte er sich besser. Als er in die Küche kam, hatte der Duft nach frisch gebrühtem Kaffee seinen Appetit verschärft. Er setzte sich Claudia gegenüber an den Tisch. Sie hatte seine Spiegeleier schon fertig, zusammen mit schwarzem Kaffee, gebuttertem Toast und drei Scheiben Schinkenspeck. Sie kochte gern und gut. Nudger und sein Magen wußten diesen Hauch von Häuslichkeit in seinem ansonsten wilden Leben zu schätzen.

»Siehst du Nora und Joan heute?« fragte Nudger und streute sich dabei zuviel Salz über die Eier. Nora und Joan waren Claudias dreizehn- und elfjährige Töchter aus ihrer unglückseligen Ehe. Die Mädchen lebten zusammen mit ihrem Vater, Ralph Ferris, in einem nördlichen Vorort von St. Louis.

Claudia trank einen Schluck Kaffee. »Nein, Ralph verreist dieses Wochenende mit ihnen. Behauptet er jedenfalls. Dieses Schwein.«

Nudger lächelte. *Schwein*. Es tat gut, sie so von Ralph sprechen zu hören. Ihren Gefühlen Luft machte. ›Ihren Bauch nicht unterdrückte‹, wie es im Jargon hieß. Ihrem Psychoanalytiker, Dr. Oliver, würde das gefallen. Außerdem war Ralph ganz unbestritten ein Schwein.

»Ich werde den Großteil des Tages damit zubringen, die Shelleyaufsätze meines Englisch-II-Kurses zu lesen«, sagte sie.

»Winters oder Berman.«

»Und was machst du heute?« fragte Claudia. Sie hatte gelernt, seinen Unsinn zu überhören. Sie schüttete sich Ketchup über ihre Eier. Nudger konnte nicht begreifen, wie sie sie auf diese Art essen konnte. Oder auch nur dirckt anschauen konnte.

»Ich werde einen alten Freund besuchen«, sagte er. »Er ist nicht annähernd so literarisch gebildet wie dein Englisch-II-Kurs; er kommuniziert am besten per Saxophon. Aber das tut er sehr beredt.«

Claudia sah von ihren farbenprächtig mißhandelten Eiern auf und schaute ihn stirnrunzelnd an. Einen Augenblick lang dachte er, sie würde ihn bitten, das näher auszuführen, aber das tat sie nicht. Statt dessen griff sie nach ihrer Gabel. »Iß dein Frühstück«, sagte sie nur.

Nudger aß sein Frühstück. Dann gab er ihr einen Abschiedskuß, ging hinaus, und wischte sich dabei mit dem Handrücken den Mund ab. Ketchup.

Billy Weep wohnte in der Hodiman Avenue, im Norden der Stadt, in einer Wohnung im ersten Stock. Billy Weep war nicht sein richtiger Name. Nudger hatte ihn einmal gehört, aber das war schon lange her, und er hatte ihn wieder vergessen. Er dachte sich, daß das keine Rolle spielte. Nicht für ihn, und wahrscheinlich auch nicht für Billy.

Nudger schleppte sich die schmale, düstere Treppe hoch, die nach altem Urin stank, und klopfte dann an der ersten Tür rechts.

Er stand ein paar Minuten lang da und klopfte dann noch einmal. Lauter. Von innen war ein leises Geräusch zu hören. Nudger entschloß sich, das als Aufforderung, einzutreten, zu interpretieren. Er drehte am Knauf, fand die Tür unverschlossen und schob sie auf.

In dem Ein-Zimmer-Apartment stank es schlimmer als im Treppenhaus, aber auf andere Art. Im Zimmer hing der unverkennbare scharfe Geruch von Schweiß und Vergeblichkeit, der mit Krankheit verbunden war. Als Nudger den Gestank in der Wohnung wahrnahm, hielt er inne und blieb starr stehen, als hätte ihn ein Schlag getroffen.

Die Vorhänge des einzigen Fensters waren beinahe ganz zugezogen. Als Nudger in dem Dämmerlicht die Augen zukniff, sah er in einem kleinen Sessel vor dem Fenster eine reglose Gestalt. Einen Augenblick lang meinte er, auf eine Leiche gestoßen zu sein, dann zuckte die Gestalt, wandte einen schmalen, schemenhaften Kopf und starrte ihn an.

»Billy?« fragte Nudger.

»Is' das eine Frage oder eine Feststellung?« kam eine hohe, matte Stimme aus dem Sessel. Es war eine Stimme, die die Schmerzen monoton gemacht hatte.

»Ich bin's, Billy, Nudger. Vor ein paar Jahren bin ich oft ins Rush's gekommen, um dich spielen zu hören. Wir haben ein paarmal miteinander gebechert. Ich habe einmal für dich gearbeitet.«

»Vor ein paar Jahren, daß ich nicht lache«, sagte Billy. »Das ist schon acht Jahre her, daß ich Laverne von dir hab' beschatten lassen.«

Nudger dachte darüber nach. Vielleicht war es tatsächlich schon so lange her, daß Billy ihn beauftragt hatte, die Beweise zu besorgen, die er brauchte, um sich von seiner Frau, der er nicht vertraute, scheiden zu lassen. Es war einer von Nudgers leichteren Jobs gewesen, bis ein vollgeknallter Trompetenspieler aus Lavernes Bett gesprungen war und ihn erwürgen wollte. Laverne hatte sich an dem Kampf beteiligt und einen hochhackigen Schuh wie einen Baseballschläger geschwungen. Nudger wäre um ein Haar nicht mehr lebend aus der Sache herausgekommen und trug immer noch die Narben aus dieser Nacht.

»Woher hast du denn meine Adresse?« fragte Billy.

»Vom Musikerverband, unten in der Fifty-ninth Street. Ich mußte sie erst dazu übereden, sie herauszurücken; willst du denn nicht gefunden werden?«

»Heutzutage nicht mehr.«

»Weshalb nicht?«

»Es ist nicht mehr wie früher.« Im schwachen Gegenlicht reckte sich ein spindeldürrer Arm und zog die Vorhänge auf. »Arther-itis«, sagte Billy, und hielt die Hände in die Sonne, damit Nudger sie deutlich sehen konnte. Die langen, schmalen Finger, die einmal auf Billys Altsaxophon herumgetanzt hatten, waren ungeheuer deformiert. Billy krümmte die mitleiderregenden Finger, um Nudger zu zeigen, daß sie sich nicht mehr bis zur Handfläche biegen ließen. »Arther-itis ist bestialisch, Nudger.«

Nudger gab sich alle Mühe, daß ihm das Mitleid nicht im Gesicht geschrieben stand. Nicht nur Billys Hände sahen schlimm aus. Der ganze Mann konnte nicht mehr als neunzig Pfund wiegen, das meiste davon hautüberzogene, hervorstehende Knochen. Billy Weep, der auf dem Horn gezaubert hatte, sah nicht so aus, als hätte er die Kraft, sich mit dem schweren Instrument auch nur hinzustellen. Arthritis war bestialisch, dachte Nudger. Die Zeit war bestialisch. Letztlich zu uns allen.

Er schaute sich in der schwülen, unordentlichen Wohnung um. Er sah nicht, was er erwartet hatte, aber schließlich war es im Zimmer, trotz der aufgezogenen Vorhänge, immer noch düster. »Hast du gesoffen, Billy?«

»Nein«, sagte Billy. »Kein Alkohol.«

Nudger ging näher zu dem uralten Mann von zweiundfünfzig hinüber. »Ich werde jetzt kein Blatt vor den Mund nehmen«, sagte er.

»Hast du noch nie getan, Nudger.«

»Du siehst aus wie der leibhaftige Tod. Bringst du dich mit irgend etwas um, Billy?«

»Vielleicht.« Billy zuckte leicht mit den schmalen, knochigen Schultern. Er drehte sich um, um zum Fenster hinauszuschauen, und die schräg einfallende Morgensonne fiel auf sein zerfurchtes, schmales Gesicht. Es waren keine guten Falten, keine Lachfalten. »Is' mir doch egal, Nudger. Sollte dir doch auch egal sein.«

Das war Billys Art, anzudeuten, Nudger solle sich um seine eigenen Angelegenheiten kümmern. Was Nudger auch tat.

»Je von einem Pianisten namens Willy Hollister gehört?« fragte er. Er schaute an Billy vorbei aus dem Fenster. Hübsche Aussicht. Neben einem Geschäft, dessen Läden und Türen vernagelt waren, war eine Karosseriewerkstatt, die den Großteil ihrer Arbeit im Freien zu verrichten schien. In der Nähe des Bürgersteigs waren drei Autos aufgebockt, denen diverse Kotflügel, Motorhauben und Räder fehlten.

»Ich hab' von ihm gehört«, erwiderte Billy.

Ein agiler junger Schwarzer legte sich auf ein Rollbrett, machte es sich auf dem Rücken bequem und schob sich mit den Füßen unter ein Auto. Nudger wartete. Billys Gedächtnis war wahrscheinlich in demselben jämmerlichen Zustand wie seine Hände; er brauchte vermutlich Zeit, um nachzudenken.

»Ein Weißer, nich'? Blond?«

»Das klingt ganz nach ihm, Billy.«

»Der Junge hat phantastisch gespielt.« Billy starrte immer zum Fenster hinaus, schien aber überhaupt nicht daran interessiert zu sein, was da draußen zu sehen war. Schien an gar nichts mehr interessiert zu sein. Die Welt war eine abgespielte Platte.

»Wann hast du ihn zuletzt gesehen, Billy?«

»Oh, vor etwa vier Jahren oder so. Er is' im Rush's aufgetreten, dann irgendwohin weitergezogen.«

»Kansas City?«

»Könnte sein.« Billy schüttelte langsam den Kopf.

»Ehrlich gesagt, kann ich mich nicht mehr dran erinnern, Nudger. Aber ich erinnere mich noch gut dran, wie der Junge gespielt und gesungen hat. Wir sind immer ins Rush's gegangen, um ihn uns anzuhören. Er war damals ein Publikumsmagnet, er und Jack Collinsworth und Fat Jack McGee. Die sind alle im Rush's aufgetreten.«

Nudger war nicht wirklich überrascht. »Du kennst Fat Jack McGee?«

Billy lächelte beinahe. »Klar, jeder kennt den Fettsack. Die Jazzwelt ist klein, Nudger.«

»Mit wem war Hollister denn befreundet, als er in St. Louis aufgetreten ist?« fragte Nudger.

»Keine Freunde. Hollister hat sich immer für sich gehalten. Abgesehen von dieser Jacqui.«

»Jacqui?«

»Ja, hat es mit q-u-i geschrieben, hat behauptet, sie hätte indianisches Blut. Aber so wie die aussah, war das ausgeschlossen.«

»Erinnerst du dich noch an ihren Nachnamen?«

»James. Jacqui James. Ich nehme an, das war nich' ihr richtiger Name. Aber schließlich heiß' ich in Wirklichkeit ja auch nicht Weep.«

»Erzähl mir von ihr, Billy.«

»Sie war eine Lady im alten Sinn des Wortes, Nudger. Sie hat ein bißchen gesungen, aber nicht viel, denn sie wußte, daß sie nicht genug Talent hatte. Aber sie hatte Hollister.«

Nudger setzte sich in einen uralten Ohrensessel, dessen Baumwollfüllung überall herausschoß, und beugte sich zu Billy vor. »Wo kann ich Jacqui James finden?«

Billy lachte leise, ein trockenes Kichern, das beinahe ein Gurgeln war. Von seiner Lunge war nicht mehr viel übrig. »Niemand kann Jacqui James finden. Eines Tages ist sie einfach auf und davon. Niemand hat je herausgefunden, wohin.«

»Was war mit Hollister?«

»Was soll mit ihm gewesen sein? Er war völlig am Boden zerstört, daß sie einfach so abgehauen is', Nudger. Als er sich schließlich eingestanden hat, daß sie für immer gegangen war, hat man den Schmerz davon in seiner Musik gehört. Er hat dann waschechten Blues gespielt. Damals gab es im Rush's den besten Blues, aber niemand hat den Blues so gut gespielt wie Willy Hollister.«

»Glaubst du, daß er Jacqui James wirklich geliebt hat?«

Billy schürzte die vollen, blutleeren Lippen in dem unbarmherzigen Sonnenlicht. »Kein Zweifel, daß er sie geliebt hat, Nudger.«

»Glaubst du, daß er etwas mit ihrem Verschwinden zu tun gehabt haben könnte?« fragte Nudger.

Billy schüttelte langsam den Kopf. »Nö, der Junge hätte Jacqui nie etwas getan. Sie ist eines Tages einfach auf und davon, Nudger. Jacqui war so. Ein hübsches Mädchen, rote Haare und grüne Augen, ein Herz wie Baumwollsamen – driftet im leisesten Wind...«

Nudger stand auf. Er mußte hier raus, raus aus der Hitze und dem Gestank. Er wünschte, er könnte Billy hier herausholen, doch er wußte, daß jeder Versuch zwecklos war. Er fragte sich, was der gebrechliche, verbrauchte Jazzer nahm, das so an ihm zehrte.

»Danke, Billy.« Nudger steckte die Hände in die Hosentaschen. »Brauchst du, äh...?«

»Ich brauch' nix, Nudger. Ich dank' dir, aber ich brauch' nix. Hab' nie was gebraucht. Und wenn du nix dagegen hast, mach' ich auch so weiter.«

Nudger lächelte zu ihm herunter. »Okay. Und ich wollte dir schon eine Fensterklimaanlage anbieten.«

Billy grinste so breit, daß Nudger seine gelben Zähne sah. »Den Teufel wolltest du, Nudger. Der Vermieter hier erlaubt keine Klimaanlage. Außerdem hast du dir noch nie auch nur leisten können, deine Kneipenrechnung sofort zu zahlen.«

Nudger breitete hilflos die Arme aus. »Daran hat sich von gelegentlichen Ausnahmen abgesehen, nichts geändert.« Er ging zur Tür. Auf der anderen Straßenseite fing der Mann unter dem Auto an, in einem langsamen Rhythmus auf das Metall einzuhämmern.

»Armut is' eine Krankheit, Nudger, und dir läuft bloß die Nase.« Billy wies mit einer ungestalten, dunklen Hand auf das Zimmer. »Das steht dir auch noch bevor, wenn du dich nicht am Riemen reißt. Laß dich von mir warnen, das passiert jedem auf seine guten alten Tage.«

»Ich werde diesen aufmunternden Gedanken im Kopf behalten«, sagte Nudger. »Sei nett zu dir, Billy. Hast du dir verdient.«

»Eh«, sagte Billy leise, als Nudger schon die Tür aufgemacht hatte. »Hast du immer noch deine Jazzplattensammlung?«

Nudger schüttelte den Kopf. »Ich mußte den Großteil davon verkaufen. Ich konnte nur das Beste davon behalten.«

»Hast du etwas von mir behalten?«

»Klar habe ich das, Billy.«

Die deformierte Hand zerrte die Vorhänge wieder zu. »Klar«, drang eine schwache Stimme aus der Dunkelheit. »Du hast ja gesagt, das Beste.«

Das unablässige Hämmern von Metall gegen Metall drang immer noch unter dem Unfallwagen hervor, als Nudger die Straße hinunter zu seinem VW ging und wegfuhr. Der Hammer prallte nach jedem Schlag noch einmal leicht auf: *BUM-bum! BUM-bum! BUM-bum!* – verursachte einen dumpfen Rhythmus. Das quälende, deprimierende Gewummer durchdrang das Ghetto wie ein gleichbleibender, nicht menschlicher Herzschlag, den Nudger noch straßenweit hören konnte. Ein Requiem auf erloschene Träume.

Er hielt an einer Haushaltswarenhandlung und kaufte einen billigen zweistufigen Tischventilator und bezahlte zusätzlich dafür, daß er an Billy Weeps Adresse geliefert wurde. Es war keine Klimaanlage, aber mehr konnte sich Nudger momentan nicht leisten, und er würde helfen, falls Billy sich überhaupt die Mühe machte, ihn anzuschalten.

Nudger hatte ein paar schöne Stunden im Rush's damit verbracht, sich Billy Weeps sanftes, klagendes Altsaxophon anzuhören. Es war an der Zeit, daß er sich revanchierte.

Als er aus der Haushaltswarenhandlung kam, fuhr er auf der Olive nach Osten, in Richtung Innenstadt und zum Third District. Damit er ihn nicht vergaß, notierte er sich auf einem Fetzen Papier aus dem Handschuhfach den Namen Jacqui James.

8

»Ich muß etwas über eine Jacqui James wissen«, sagte Nudger zu Hammersmith in dessen Büro im Third District. »Schreibt sich mit q-u-i.«

Lieutenant Jack Hammersmith lehnte sich mit seinem ganzen Fett auf seinem bequem aussehenden gepolsterten Bürostuhl zurück und bedeutete Nudger, auf einem der harten Holzstühle vor dem Schreibtisch Platz zu nehmen.

»Du warst zwei Tage lang weg, Nudge«, sagte Hammersmith, »und dann kommst du hier hereingeschneit, ohne dich auch nur telefonisch anzumelden, und fragst mich nach einer Frau, von der ich noch nie etwas gehört habe. Hast du es etwa eilig?«

»Etwas.« Nudger setzte sich. Er wußte, es würde nicht für lange sein; Hammersmiths Besucherstühle waren Folterinstrumente, die so konstruiert waren, daß die Gespräche kurz und sachlich blieben und der Lieutenant viel Zeit hatte, sich um seine Arbeit zu kümmern und seine übelriechenden grünlichen Zigarren zu rauchen, ohne daß sich jemand beschwerte oder sich übergab.

»Ich habe in deinem Büro angerufen, Nudger, und nur mit einer Maschine geredet«, sagte Hammersmith. »Ich habe in deiner Wohnung angerufen, in Claudias Wohnung, in Danny's Donuts, an all deinen Lieblingsorten.« Hammersmiths blaue Augen blitzten; ihm machte das Spaß. »Kein Nudger. Spurlos verschwunden. Offen gesagt, habe ich mir schon Sorgen gemacht.«

»Vielleicht hättest du die Polizei verständigen sollen.«

Hammersmith lächelte, nahm eine Zigarre aus der Hemdtasche und legte sie auf den Schreibtisch, etwa so, wie ein mißtrauischer Pokerspieler einen Revolver auf den Tisch legen mochte, ehe die Karten ausgeteilt wurden. Hier würde es keine Mätzchen geben, sonst gebe es Feuer und Rauch.

»Ich war in New Orleans«, sagte Nudger.

»Wohlverdienter Urlaub?«

»Beruflich. Wieso hast du versucht, mich zu erreichen?«

Hammersmith spielte mit der Zigarre, rollte sie auf dem Schreibtisch ein wenig hin und her. Er spannte einen gern auf die Folter, ehe er einem eine Frage beantwortete. »Ich habe gedacht, du solltest wissen, daß Hugo Rumbo auf Kaution draußen ist.«

Hammersmith redete von einem haushohen Menschen, der in Nudgers letztem Fall dessen Leben gefährdet hatte. Nudger nickte. »Danke, daß du mir Bescheid gesagt hast, Jack.«

»Machst du dir Sorgen?«

»Sollte ich, tue ich aber nicht. Ich glaube nicht, daß Rumbo genug Grütze hat, um nachtragend zu sein.«

»Vielleicht nicht«, sagte Hammersmith. Er hörte auf, die Zigarre herumzurollen. »Was ist eine Jacqui James?«

»Eine Frau von der verschwundenen Sorte. Sie war hier in der Stadt die Freundin eines Jazzmusikers, als sie vor etwa vier Jahren von der Bildfläche verschwunden ist.«

Hammersmith zog die glatten Augenbrauen hoch. »War ein Verbrechen im Spiel?«

»Nein, ein Klavier. Er ist Pianist.«

Hammersmith wickelte die Zigarre aus und steckte sie

zwischen gerade, tabakfleckige Zähne. »Mit jedem Jahr kann ich leichter verstehen, weshalb du den Polizeidienst quittieren mußtest. Du paßt nicht in einen Apparat, Nudge. Du bist da am falschen Platz. Gehe ich recht in der Annahme, du möchtest, daß ich in der Vermißtenabteilung frage, ob sie eine Akte über diese Frau haben?«

»Tust du.«

Während er so tat, als lasse er sich diese Bitte durch den Kopf gehen, zündete sich Hammersmith die Zigarre an, paffte und schnaufte, und stieß eine ungeheuer dichte grünliche Qualmwolke aus. Dann, die Zigarre immer noch im Mund, nahm er den Telefonhörer in die Hand und tippte die Nummer der Vermittlung. »Verbinden Sie mich mit der Vermißtenabteilung.«

Nudger lächelte ihn an. Hammersmith lächelte zurück und stieß Qualm aus.

»Es wird ein paar Minuten dauern«, sagte Hammersmith, nachdem er den Hörer wieder aufgelegt hatte. »Wenn es eine Vermißtenakte über Jacqui James gibt und sie im Computer ist, können wir für dich einen Ausdruck herkommen lassen, den du hier lesen kannst.«

»Ich bin dir sehr dankbar.«

»Das solltest du auch.«

Nudger hatte nie daran gezweifelt, daß Hammersmith ihn die Polizeiakten benutzen lassen würde. Die beiden Männer verband ein gegenseitiges Vertrauen und eine wechselseitige Abhängigkeit, die mehr als ein Jahrzehnt zurückgingen, zu jener Zeit, in der sie Partner in einem Streifenwagen gewesen waren. Hammersmith wußte, weshalb Nudger den Polizeidienst quittiert hatte. Es waren die Nerven gewesen, ein Magen, der sich nie an den täglichen Streß und die gelegentliche Gewalt gewöhnt hatten, die das Los eines Streifenpolizisten ausmachten. In einer Schießerei im Dunkeln, mit einem Einbrecher, hatte Nudger Hammersmith das Leben gerettet, auch wenn er ihn dabei mit einem seiner unsicheren, panikartigen Schüsse ebensoleicht hätte töten können.

Danach war es mit seinen Nerven immer schlimmer geworden, und die Polizei hatte Nudger vom Streifendienst abgezogen und ihn in Coppy den Clown verwandelt, eine Fernsehfigur im Lokalfernsehen, die kleine Kinder lehrte, daß man in unserer perversen Gesellschaft vor Polizisten keine Angst zu haben braucht. Aber ein neuer Polizeichef hatte gemeint, ein Clown sei schließlich nicht das wünschenswerteste Symbol der Polizei, und Nudger hatte lieber gekündigt als zu dem zermürbenden Streifendienststreß zurückzukehren. Weil er nichts anderes gelernt hatte, war er zwangsläufig Privatdetektiv geworden. Das versetzte ihn mehr oder weniger in die Lage, auf seiner Reise durch die gefahrvollen Straßen des Lebens die Rechnungen zu bezahlen. Sein nervöser Magen war ihm dabei ein ständiger Begleiter.

»An was für einer Sache arbeitest du in New Orleans?« fragte Hammersmith.

»Ich stelle Nachforschungen über einen Arbeitnehmer an«, sagte Nudger vage.

»Ich werde nicht fragen, weshalb der Arbeitgeber nicht einen Detektiv von dort engagiert hat«, sagte Hammersmith. »Vielleicht einen mit einer Louisiana-Lizenz.«

»Mein Klient wollte nur mich. Ich bin ihm von Jeanette Boyington wärmstens empfohlen worden.«

Hammersmith stieß eine stinkende grünliche Qualmwolke aus und gluckste in sich hinein. »Ein unberechenbares Luder, was?«

»Ganz deiner Meinung«, sagte Nudger. »Genaugenommen versuche ich etwas über einen gewissen Hollister in Erfahrung zu bringen, einen Jazzmusiker, der mit Jacqui James sehr eng befreundet gewesen ist.«

»Warum?« fragte Hammersmith sehr direkt.

»Er ist jetzt mit einer anderen Frau zusammen, einer Kollegin, die die Tochter eines einflußreichen Mannes namens Collins ist.«

Hammersmith nahm die Zigarre aus dem Mund und schaute Nudger über ihre glühende Spitze hinweg an. Seine blauen Augen blickten leicht bestürzt. »David Collins?«

Nudger verlagerte sein Gewicht auf die linke Pobacke; es war unbequem auf dem harten Stuhl. »Woher kennst du David Collins?« fragte er. Sein Magen nahm die Antwort vorweg und zog sich zu einem eng gedrehten Seil zusammen.

»Ich habe von Collins gehört«, sagte Hammersmith. »Und das reicht mir völlig. Das meiste, was ich gehört habe, waren nur Gerüchte, aber keins davon war ein gutes Gerücht. Beteiligung an einem Immobilienschwindel an der Golfküste, eine Reihe von überzogenen Kostenvoranschlägen und Schmiergelder, als die Weltausstellung in New Orleans auf die Beine gestellt wurde, Gerüchte, daß Collins an einem großen südamerikanischen Drogenschmuggel nach Südflorida beteiligt war. Collins soll sich eher als Finanzier von Verbrechen betätigen denn als aktiver Teilnehmer. Er sichert sich durch Strohmänner doppelt und dreifach ab und entgeht so einer Strafverfolgung.«

»Interessant«, sagte Nudger. »Aber wie kommt es, daß ein Lieutenant in St. Louis alles über David Collins in New Orleans weiß?«

»Es gibt Leute, die mit dem organisierten Verbrechen in jeder Großstadt in Verbindung stehen«, sagte Hammersmith. »Und Polizisten der höheren Dienstgrade wissen, wer sie sind, oder sollten es zumindest tun, denn das Verbrechen ist ein zwischenstaatliches Geschäft.«

Nudgers Magen stürzte sich in so wilde Verrenkungen, daß er sich beinahe auf dem Stuhl zusammengekrümmt hätte. »›Organisiertes Verbrechen‹, hast du gesagt? ›Geschäft‹ hast du gesagt?«

Hammersmith nickte. »Habe ich gesagt.« Er legte die Zigarre sorgfältig so in den Glasaschenbecher, daß sie nicht ausging, und schaute dann mit zusammengekniffenen Augen durch den Qualm, um die Wirkung seiner Worte auf Nudger abzuschätzen.

»Redest du von der Mafia?« fragte Nudger.

Hammersmith zuckte die Achseln. »Wer kann das schon mit Sicherheit sagen? Aber wer auch immer die Sache im großen und ganzen deichselt, hält seine schützende Hand über Collins. Versuch ja nicht, ihm an den Karren zu fahren, Nudge.«

»Werde ich nicht«, sagte Nudger. »Jedenfalls nicht direkt. Vielleicht komm ich ihm bloß mal ein bißchen in die Quere.«

Hammersmith brummte zweifelnd, nahm die Zigarre, zog wieder seine Schlotnummer ab und überließ Nudger seinen düsteren Gedanken.

Ein paar Minuten später gab es ein respektvoll leises Pochen an der Tür, und ein verpickelter junger Verwaltungsangestellter kam in das Büro und legte Hammersmith einen gelben Aktendeckel auf den Schreibtisch. Er zog sich rasch wieder zurück, wobei er um ein Haar einen Kratzfuß gemacht hätte, und Hammersmith öffnete den Aktendeckel und las einige Minuten lang schweigend. Nudger fiel auf, daß sein ehemaliger Partner sich weit von den Unterlagen auf seinem Schreibtisch zurücklehnte, und fragte sich, ob Hammersmith in das Alter gekommen war, in dem er eine Brille brauchte.

Immer noch ohne aufzusehen, kratzte sich Hammersmith eine glattrasierte Hängebacke und sagte: »Jacqueline Jamison, alias Jacqui James, wurde vor vier Jahren, am vierundzwanzigsten Januar, als vermißt gemeldet. Weiblich, weiß, damals sechsundzwanzig Jahre alt, mittelgroß, schlank, kastanienbraune Haare und grüne Augen, keine besonderen Kennzeichen, als man sie zuletzt gesehen hat, trug sie eine weiße Baumwollbluse, einen blauen Baumwollrock, bla, bla, bla.«

»Wer hat sie als vermißt gemeldet?« fragte Nudger und versuchte dabei, sich ein Baumwollblablabla vorzustellen.

»Hier steht, die Hausmeisterin aus dem Haus, in dem sie gewohnt hat, eine Miß Irma Gorman, eine Adresse drüben in der Alabama Avenue. Jacqui James hatte ihre Miete nicht bezahlt und war schon eine Zeitlang nicht mehr gesehen worden, deshalb hat Irma Gorman rechtliche Schritte unternommen, um ihre Sachen aus der Wohnung entfernen zu können, damit sie sie wieder neu vermieten konnte.«

»Was haben die Ermittlungen ergeben?« fragte Nudger.

»Ah, jetzt kommen wir zu Jacqui James intim und ganz privat. Hat im Showgeschäft herumgekrebst. Hat in der Stadt als Sängerin gearbeitet, hatte keine näheren Angehörigen, und in ihrer Wohnung wurden Drogenutensilien gefunden. Außerdem war sie polizeilich bekannt. Zwei Verstöße gegen das Betäubungsmittelgesetz und ein kleineres Vergehen – Ladendiebstahl unter hundert Dollar. Die Urteile wurden zur Bewährung ausgesetzt, sie hat nie eine Freiheitsstrafe verbüßt. Kleine Fische, Nudge.«

»Was für eine Art Sängerin?«

»Ich habe sie nie auftreten sehen«, sagte Hammersmith. »Außerdem kann ich musikalisches Talent ohnehin nicht beurteilen. Aber im Protokoll steht, sie habe Opern und Blues gesungen. Hm!«

»Gibt es in der Akte ein Photo von ihr?« fragte Nudger.

Hammersmith nickte und drehte den aufgeschlagenen Aktendeckel auf dem Schreibtisch so, daß Nudger hineinschauen konnte.

Jacqui James sah jung und frisch aus, abgesehen von ihren Augen, in denen eine beinahe unmerkliche Melancholie lag. Der Schwarzweiß-Schnappschuß war nicht ganz scharf, und sie starrte Nudger aus dem Aktendeckel durch eine Art Dunstschleier an; vielleicht war die Sonne im Objektiv gewesen. Im Hintergrund waren Bäume und ein kleiner Weiher. Sie war durchschnittlich hübsch, mit einem hübschen, ovalen Gesicht. Wenn sie auch kein Ineida-Collins-Typ war, so war sie doch weit davon entfernt, das Gegenteil davon zu sein.

»Hat sich noch jemand gemeldet, der sie gesehen hat, nachdem die Hausmeisterin gesagt hat, daß sie vermißt wurde?« fragte Nudger.

Hammersmith schloß den Aktendeckel und schüttelte den Kopf. »Nein, soweit es die Polizei betrifft, ist dieses Protokoll das letzte, was man von Jacqui James in St. Louis gesehen hat. Und offen gesagt, Nudge, ist sie nicht die Art von vermißter Person, nach der an allen Ecken und Enden gesucht wird. Sie war eine polizeibekannte Süchtige und hat unregelmäßig als Unterhaltungskünstlerin gearbeitet. Solche Leute bleiben häufig nur kurz an einem Ort. Nachtmenschen. Es ist nicht ungewöhnlich, wenn sie mit der Morgendämmerung verschwinden. Vielleicht hat sie ihrem Dealer Geld geschuldet und konnte es nicht auftreiben. Vielleicht hat sie einen Mann kennengelernt. Vielleicht ist sie auch nur eines Morgens aufgestanden, und es hat sie einfach gejuckt, mal etwas anderes zu sehen.« Hammersmith lehnte sich mit der Zigarre im Mund zurück und erhöhte die beträchtliche Luftverschmutzung in dem winzigen Büro. »Wenn du nichts dagegen hast, Nudge, kümmere ich mich jetzt um Verbrechen neueren Datums.«

Nudger stand auf und stellte fest, daß der Dunst näher an der Decke so dicht war, daß ihm die Augen davon tränten. Er bedankte sich bei Hammersmith für die Auskunft und ging zur Tür.

»Geh bei David Collins kein Risiko ein«, warnte Hammersmith hinter einer weiteren wabernden grünen Wolke. »Du bewegst dich da auf dünnem Eis. Und deine paar Freunde, die dich vielleicht herausziehen könnten, sind hier und nicht in New Orleans.«

Ein weiser Rat, dachte Nudger, auch wenn er zur falschen Jahreszeit gegeben wurde. Er nickte Hammersmith zum Abschied zu und ließ ihn in der Luft, die nur er atmen konnte, allein zurück.

Nudger ging über den asphaltierten Polizeiparkplatz zu seinem VW und dachte dabei über die schon lange verschwundene Jacqui James nach. Hammersmith hatte recht; sie war nicht die Art von Frau, nach der angestrengt gesucht werden würde. Anders als Ineida Collins, nach der mit allen Mitteln gesucht werden würde, von Bluthunden bis zu Spionagesatelliten. Aber natürlich wußte Willy Hollister das nicht; für ihn war Ineida Collins Ineida Mann, und wahrscheinlich schien sie ihm gar nicht so verschieden von Jacqui James, die eine jener selbständigen, ungebundenen Frauen gewesen war, die Ineida nur zu sein vorgab. Jacqui James war verbrannt worden; Ineida Collins flatterte immer noch experimentierfreudig um die verlockende Flamme. Die immer noch heftig loderte.

Nudger stieg in den sonnenerhitzten VW, fuhr zu Jacqui James letztbekannter Adresse und fragte sich dabei, ob er der einzige Mensch auf der Welt war, den es noch kümmerte, was ihr wohl zugestoßen war.

9

Jacqui James hatte in einem Sechsfamilienbacksteinhaus in einem heruntergekommenen Abschnitt der Alabama Avenue in South-St.-Louis gewohnt. Die Fensterrahmen waren abgesplittert und rissig und dürsteten nach Farbe, und oben in der Nähe des Flachdachs waren Teile der Fassade abgebröckelt und hatten ungleichmäßige Lücken hinterlassen. Der obere Teil des Hauses erinnerte Nudger an einen Kiefer mit Zahnlücken.

Nudger besah sich die Briefkästen in der mit Müll verschandelten und graffitiverschmierten Eingangshalle und sah, daß die Hausmeisterin in 2-D wohnte. Er stellte erfreut fest, daß ihr Name immer noch Miß I. Gorman lautete. Er ging die Treppe hinauf, zum Absatz, und klopfte an die Tür.

Irma Gorman war eine Überraschung. Nudger hatte eine ältere Frau erwartet. Sie sah aus wie höchstens fünfundzwanzig und war drall, blauäugig und attraktiv. Über dem Busen war der Stoff der blauen Bluse so gespannt, daß sie zwischen den Knöpfen aufklaffte. Ihre Designerjeans saßen wie angegossen, als ob sie einzuhüllen ein Privileg wäre, das sie nie wieder aufgeben wollten.

»Miß Gorman?«

Sie nickte.

»Sind Sie die Irma Gorman, die vor vier Jahren hier Hausmeisterin war, als Jacqui James vermißt gemeldet worden ist?«

Einen Augenblick lang schauten die puppengleichen blauen Augen verständnislos. Dann wurde ihr Blick wieder schärfer; Erinnerung und vielleicht Vorsicht lag in ihnen. »Ich habe Miß James selbst als vermißt gemeldet. Hat man sie gefunden?«

»Noch nicht. Darf ich hereinkommen und Ihnen ein paar Fragen stellen?«

»Sind Sie Polizist?«

»Nö, Privatdetektiv.«

»Oh, tatsächlich?« Irma Gorman strahlte. Gleich würde sie ihm sagen – und tat es auch: »Ich habe noch nie einen richtigen Privatdetektiv kennengelernt.«

»Enttäuscht?« fragte Nudger.

Sie zuckte die Achseln und trat einen Schritt zurück, damit er hereinkommen konnte.

Die Wohnung war im Versandhauskatalogstil mit Billigkaufhausschnickschnack eingerichtet. Im Gegensatz zur Eingangshalle, für die Irma Gorman verantwortlich war,

war die Wohnung sauber und ordentlich und strahlte eine Gemütlichkeit aus, die Nudger gefiel. Durch eine offene Tür sah er Papierstapel, ein paar Schlüssel mit beschrifteten Anhängern und einen Taschenrechner auf einem Resopaltisch liegen. Das Drum und Dran des Hausmeistergewerbes.

»Bitte nehmen Sie doch Platz, Mr. . . . ?«

»Nudger.« Er setzte sich auf ein hartes, kariertes Stilmöbelsofa, das sich wahrscheinlich zu einem harten, karierten Bett auseinanderklappen ließ.

»Möchten Sie etwas zu trinken?«

»Nein, danke, nur Antworten.« Nudger lehnte den Kopf an die dicke Polsterrolle auf der Rückenlehne des Sofas.

»Ich soll Ihnen also von Jacqui James' Verschwinden erzählen?«

»Vor allem von Jacqui James selbst«, sagte Nudger.

Irma Gorman setzte sich in einen kleinen Knautschlacksessel, wobei sich ihre Jeans noch mehr spannten, und preßte ihren Kußmund nachdenklich zusammen. Sie hatte ein rundes Gesicht, war proper, würde in zwanzig Jahren ein Hefekloß von einer Frau sein und sah aus wie der Typ gutmütiger Hausfrau, der einen phantastischen Strudel backen konnte. Sie würde gut in das deutsche South-St.-Louis passen. »Jacqui hatte erst etwa neun Monate hier gewohnt, und sie hat sich ziemlich für sich gehalten. Oh, so war sie ja ganz freundlich und hat immer mit einem geredet, wenn sie einem auf dem Gang begegnet ist, aber sonst war sie sehr zugeknöpft. Nicht hochnäsig, sondern so, als ob sie über den Dingen stünde. Was man vielleicht Stil nennen könnte.«

»Hat sie ihre Miete pünktlich bezahlt?«

»Selten. Aber das ist in diesem Viertel nichts Ungewöhnliches, Mr. Nubber.«

»Nudger. Hat sich je einer Ihrer anderen Mieter über sie beschwert?«

»Nur, weil sie manchmal ihre Stereoanlage zu laut angehabt hat. Aber auch das ist in diesem Viertel nichts Ungewöhnliches, oder in irgendeinem anderen Apartmenthaus heutzutage. Jaqui James war Sängerin, und sie hat immer zu ihren Platten mitgesungen. Hardrock und Jazz und so was. Sogar Opern. Ich persönlich mag solche Sachen ja nicht.«

Nudger lächelte. »Sie sehen eher wie der Mills-Brothers-Typ aus.«

»Wer sind denn die?«

»Nicht so wichtig. Wann haben Sie gemerkt, daß Jacqui James verschwunden war?«

»Als die Miete drei Wochen überfällig war. Ich bin etwa ein dutzendmal zu ihrer Wohnung hinaufgegangen und habe an die Tür geklopft, aber nie hat einer aufgemacht. Ich habe auch angerufen, weil ich gedacht habe, sie schaut vielleicht durch den Spion und geht mir aus dem Weg; das machen Mieter nämlich manchmal. Aber sie ist auch nicht ans Telefon gegangen. Schließlich hab' ich mir gedacht, sie wäre vielleicht heimlich ausgezogen, deshalb habe ich mir meinen Hauptschlüssel geschnappt und ihre Wohnungstür aufgeschlossen, um zu sehen, ob die Wohnung immer noch möbliert war. War sie. Und ich habe etwas Vergammeltes gerochen und in die Küche gesehen und ihr halbgegessenes Abendessen auf dem Tisch stehen sehen, bloß hat es bestimmt schon seit Wochen dort gestanden. Es wimmelte darauf von Kakerlaken, sah aus, wie ein dunkler Teppich, der sich bewegt.«

Nudger drehte sich der Magen um.

»Also habe ich mir gedacht, ich rufe besser die Polizei«, sagte Irma Gorman. »Die sind gekommen und haben sich umgesehen, ein paar Fragen gestellt, aber sie schienen nicht allzu interessiert zu sein. Ich habe noch eine Woche lang abgewartet, dann habe ich mir vom Anwalt des Besitzers die Räumungspapiere beschaffen lassen und ihre

Möbel aus der Wohnung geschafft, damit ich die Wohnung wieder neu vermieten konnte.«

»Wo sind ihre Möbel?«

»Ihr Freund ist gekommen und hat sie abgeholt. Billy Dingsbums.«

»Nicht Willy?«

»Oh, doch ja, Willy.«

»Hieß er mit Nachnamen Hollister?«

»Ich kann mich an den Nachnamen nicht erinnern, Mr. Nubber.«

»Blond, gut aussehend? Ziemlich dünn?«

»Das ist er. Er war irgendeine Art von Musiker. Er ist mit ein paar anderen Männern hierher gekommen, und sie haben Jacquis Möbel in einen gemieteten Transportbus verfrachtet, und das war das letzte, was ich von ihnen gesehen habe. Ich war überrascht, daß Sie hier aufgetaucht und immer noch daran interessiert sind, was ihr zugestoßen sein könnte.«

»Warum?«

»Weil ich mir sicher bin, daß Jacqui etwas Schlimmes zugestoßen ist und sie nie wieder zurückkommt und man auch nie wieder etwas von ihr hören wird. Ich habe zugesehen, wie Willy und seine Freunde den Transportbus beladen haben, und habe gesehen, was sie da reingepackt haben. Sie hat all ihre Klamotten in der Wohnung zurückgelassen und ihre große Stereoanlage, die mehr als tausend Dollar gekostet haben soll. Kein Mensch haut ab und läßt so etwas zurück.«

Das war schon wahr, dachte Nudger. Und um so etwas zu erfahren, war er hierher gekommen.

»Die Stereoanlage hatte vier Lautsprecher und eine Digitaluhr und alle möglichen Mätzchen, die aufgeleuchtet sind und geflimmert haben, wenn sie an war. Meine ältere Schwester hat versucht, sie diesem Willy abzukaufen, aber er sagte, nö, er wolle sie nicht verkaufen.«

»Schien er von Jacquis Verschwinden verwirrt oder durcheinander zu sein?«

Irma Gorman schüttelte den Kopf und kramte in ihrer Erinnerung. »Nein, nach dem, was ich von ihm gesehen habe, kann ich nicht behaupten, daß er anders als normal schien. Wahrscheinlich hat er sich genau wie die Polizei gedacht, daß Jacqui wohl der Typ war, der Knall auf Fall einfach auf und davon geht. Wenigstens hat das die Polizei von ihr behauptet. Aber ich glaube nicht, daß irgend jemand mitten im Abendessen abhaut und seine ganzen Besitztümer zurückläßt, nicht einmal jemand aus dem Showgeschäft, finden Sie nicht?«

»Finde ich auch«, sagte Nudger. »Hat Willy Hollister sie oft besucht?«

»Das kann ich nicht mit Sicherheit sagen; ich spioniere nicht. Aber wenn ich mich recht erinnere, war mir, als wäre er oft bei ihr in der Wohnung gewesen.«

Ein Schrei aus dem Nebenzimmer ließ Nudger zusammenzucken. Dann erkannte er, daß das Geräusch von einem Baby stammte.

»Das ist schon in Ordnung, Mr. Nubber, das ist nur Eddielein. Entschuldigen Sie mich einen Moment.« Irma Gorman stand auf und eilte ins Schlafzimmer. Das Baby brüllte los, und war dann sofort wieder still.

Vor Irmas Namen auf dem Briefkasten stand ›Miß‹, und sie trug keinen Ehering. Doch das ging Nudger nichts an.

Als sie wieder aus dem Schlafzimmer kam, hatte sie die Bluse aufgeknöpft und stillte ein Baby. »Das hier ist mein Eddie.«

Nudger schluckte befangen und starrte auf das Baby, das an Irma Gormans brauner Brustwarze nuckelte. »Wonnig«, sagte er und hoffte nur, Irma würde seine Verlegenheit nicht bemerken. Er war zur falschen Zeit auf die Welt gekommen und litt immer noch unter den Verklemmungen der meisten Männer über vierzig.

Er stand vom Sofa auf. »Ich bin Ihnen für Ihre Hilfe sehr dankbar, Miß Gorman. Auf Wiedersehen. Und auf Wiedersehen, äh, Eddie.«

»Gern geschehen«, sagte Irma und kam mit dem nukkelnden Baby durch das Zimmer, um Nudger zur Tür zu bringen. »Und viel Glück.«

»Viel Glück?«

»Klar. Ich hoffe, Sie finden Jacqui.«

Nudger ging, ohne ihr zu sagen, daß er gar nicht nach ihrer verschwundenen Mieterin suchte. Er und Irma Gorman waren beide der Überzeugung, daß Jacqui James etwas Schlimmes zugestoßen war und man nie mehr etwas von ihr sehen würde.

Auf der Fahrt zu Claudias Wohnung dachte Nudger über den kleinen Eddie nach. Wie auch immer die Verhältnisse sein mochten, ein Kind konnte es schlimmer treffen, als Irma Gorman zur Mutter zu haben.

»Wie war es heute in der Schule?« fragte Nudger.

Claudia war gerade zur Wohnungstür hereingekommen und hatte ein blaues Ringbuch mit eselsohrigen Blättern auf den Tisch neben der Tür fallen lassen. »Schön.« Sie lächelte Nudger an, kam zum Sofa herüber, beugte sich hinunter und küßte ihn leicht auf den Mund. Sie trug ein gouvernantenhaftes graues Kleid mit einem roten Schleifchen am Hals und einem roten Gürtel, der den Stoff um ihre schmale Taille eng herum zusammenraffte. Rote hochhakkige Pumps brachten ihre hübsch geschwungenen, nylonbestrumpften Fesseln vorteilhaft zur Geltung. Ein roter Strumpfgürtel würde wirklich gut zu diesem Outfit passen, dachte Nudger. Die Schülerinnen in der Stowe-High-School mußten Ms. Bettencourt für ihre tollste Lehrerin halten.

Nudger dachte daran, sie zu packen und auf seinen Schoß zu ziehen, aber sie entzog sich ihm rasch und ging in die Küche. Sie kannte ihn gut genug, um gewitzt zu sein.

Er sah wieder auf die Lokalnachrichten, die er sich gerade im Fernsehen angeschaut hatte. Eine Eisbärin im Zoo war schwanger; äußerst selten.

Claudia kam ein paar Minuten später mit einem Glas Eiswasser für sich und einem Budweiser in einem Glas für Nudger wieder zurück. Sie reichte ihm das Glas und setzte sich neben ihn auf das Sofa.

»Ich fliege heute abend wieder nach New Orleans«, sagte Nudger. Obwohl er weiter auf den Bildschirm schaute, sah er, wie sie sich leicht versteifte. Die Nachrichten brachten jetzt einen Bericht, in dem ein untersetzter Mann in einer Gemüsehändlerschürze den Zuschauern erzählte, was man mit Steckrüben so alles anstellen konnte.

»Warum so bald?«

»Geschäft.« Er erzählte ihr von Fat Jack McGee und Ineida Collins/Mann und Willy Hollister.

»Entwickelst du allmählich Beschützergefühle gegenüber Miß Mann?« fragte Claudia.

»Wie ein Onkel vielleicht.«

Claudia trank einen Schluck Wasser und legte Nudger eine kühle, feuchte Hand auf den Arm. »Du weißt, wie dankbar ich dir bin, für das, was du getan hast«, sagte sie. »Daß du mir den Job in der Stowe School besorgt hast...«

»Nicht ich habe den Job bekommen, sondern du«, unterbrach er.

Sie ignorierte ihn. »...Es mir möglich gemacht hast, mit dem Schmerz nach meiner Ehe zu leben.«

»Das hast du Dr. Oliver zu verdanken«, sagte Nudger. Der Psychoanalytiker half ihr, mit den Schuldgefühlen fertig zu werden, die ihr ihr ehemaliger Mann, Ralph Ferris, eingeredet hatte. Verabscheuungswürdiger Ralph.

Claudia lächelte und richtete die dunklen Augen auf Nudger. Sie waren dunkler als sonst und tränenverschleiert. Er wollte nicht, daß sie weinte. »Klar«, sagte sie, »du warst dabei überhaupt keine Hilfe.«

»Du machst dir doch nicht allen Ernstes Sorgen, daß ich mich mit diesem Ineida-Mädchen einlasse?« fragte Nudger. Ihre Dankbarkeit war ihm peinlich, und er wollte schleunigst vom Nudger-als-Erretter-Thema wegkommen.

»Nein.«

Er war sich nicht sicher, ob er ihr glaubte. Oder ob er ihr glauben wollte.

»Ich kenne dich doch, Nudger. Wenn sie ein Vogel mit einem gebrochenen Flügel wäre, würde ich mir Sorgen machen. Aber sie ist reich; sie kann fliegen.«

»Falls man ihr die Möglichkeit dazu läßt.«

Claudia schwenkte das Wasser in ihrem Glas herum. Die Eiswürfel klirrten leise. »Warum fliegst du nicht morgen früh nach New Orleans, statt heute abend?«

Nudger wußte, daß er seine Rückkehr nicht hinausschieben sollte; er war ohnehin schon lange genug weg gewesen. Vielleicht schon lange genug, um es Willy Hollister erlaubt zu haben, die Pläne durchzuführen, die er für Ineida vorgesehen hatte. Doch er sagte: »Das könnte ich vielleicht tun.« In den Nachrichten beschwerte sich eine Gruppe aufgebrachter Webster-Groves-Bewohner lautstark über einen Plan des Kreises, eine malerische alte Straße zu verbreitern und Dutzende prächtiger Bäume zu fällen. Hammersmith wohnte ebenfalls draußen in Webster Groves, aber soweit Nudger wußte, machte er sich nichts aus Bäumen.

»Ich kann uns hier ein Abendessen richten.« Claudia kannte den Weg zu den Männerherzen über vierzig. »Und wir können uns einen gemütlichen Abend machen.«

»Findest du es wirklichkeitsfremd, wenn ein dreiundvierzigjähriger Mann in der Gegenwart einer stillenden Frau verlegen ist?« fragte Nudger.

Claudia legte den Kopf schief und schaute ihn an. »Ja.«

»Ich auch. Ich frage mich nur, weshalb ich es dann bin.«

»Das ist nicht ungewöhnlich. Und es könnte eine Menge Gründe dafür geben. Männer deines Alters sind zu einer Zeit jung gewesen, in der weibliche Organe nur mit dem Geschlechtsakt in Verbindung gebracht wurden und mit nichts anderem. Du gehörst zur Busenfetischismusgeneration, Nudger.«

»Nicht zur Pepsigeneration?«

»Zu der auch.«

»Dann bin ich sexuell verklemmt?«

»Vielleicht.« Claudia grinste. »Aber vielleicht bist du auch nur neidisch auf das Kind.«

Nudger legte die Füße auf den Couchtisch, trank einen Schluck Budweiser und dachte darüber nach.

»Neidisch«, sagte er schließlich.

Claudia grinste noch breiter und griff langsam nach den Knöpfen auf ihrem Kleid. »Dazu besteht überhaupt keine Veranlassung«, sagte sie und rückte dabei näher zu ihm heran. Nudger würde diese Flugreservierung ganz bestimmt ändern.

Aus den Augenwinkeln sah er auf dem Bildschirm ein altes Schwarzweißphoto des jungen Billy Weep, der sein Saxophon im Arm hielt, als wäre es eine Frau, und breit und weiß lächelte. Eine hübsche blonde Nachrichtensprecherin, die die Nachrichten vorlas, als läse sie Kindern ein Märchen vor, sagte gerade, ein vormals bekannter Jazzmusiker aus New Orleans sei in seiner Wohnung in der Hodimont Avenue erschlagen aufgefunden worden.

Nudger stieß seine Pläne wieder um.

10

Als die DC-10 eine Tragfläche neigte und tiefer flog, um den Flughafen von New Orleans zu umkreisen, setzte sich der alte Mann auf dem Platz neben Nudger, der die meiste Zeit mit dem Kopf auf Nudgers Schulter geschlafen hatte, kerzengerade hin und schaute an ihm vorbei aus dem Fenster, wie hypnotisiert von den heraufjagenden Lichtern auf dem Boden.

Während des Flugs nach Süden hatte Nudger in die mit flackernden Sternen gesprenkelte Nacht hinausgesehen und über das nachgedacht, was er von Hammersmith erfahren hatte. Bei Billy Weeps Tod hatte es keine Anhaltspunkte gegeben, auf die sich die Polizei stützen könnte. Kein Anzeichen eines gewaltsamen Eindringens, keine aufschlußreichen Fingerabdrücke, kein stumpfer Gegenstand, der zu den tödlichen Verletzungen paßte. Nichts als ein alter schwarzer Mann in einem alten Zimmer. Musik und Gedächtnis hatten schließlich aufgehört.

Hammersmith meinte, es handle sich vielleicht nur um einen simplen Raub. Weep war als Fixer bekannt gewesen, und in der Wohnung war weder Geld gefunden worden, noch irgend etwas, was mit Drogen zusammenhing. Billy Weep könnte vielleicht wegen ein paar Gramm Kokain umgebracht worden sein. Täglich wurden Leute wegen weniger umgebracht.

Nudger wurde es plötzlich übel, als das Flugzeug zum Landeanflug steil nach unten sackte. In seinen Ohren ploppte es.

»Schnallen Sie sich an, junger Mann!« befahl der Alte neben ihm barsch.

Nudger schnallte sich zur Sicherheit an. Das hatte er in seinem Leben nicht oft genug getan.

Früh am nächsten Morgen saß Nudger Fat Jack McGee in dessen Büro im ersten Stock gegenüber. Fat Jack ragte wie ein deplazierter Berg hinter dem Schreibtisch empor. Er trug sein schickes eierschalenfarbenes Sportsakko, ein weißes Hemd und eine blaue Seidenkrawatte mit einer goldenen Krawattenspange und einer diamantenen Krawattennadel. Goldene Manschettenknöpfe, eine goldene Armbanduhr und ein goldenes Gliederarmband lugten unter den fleckenlosen Sakkoärmeln hervor. Aus der Sakkotasche ragte ein blaues seidenes Taschentuch, das im selben Farbton wie die Krawatte gehalten und zu einem ordentlichen Dreieck gefaltet war. Nudger war es noch nie gelungen, ein Taschentuch so zu falten; er besaß ein paar jener Einstecktücher, die vom Hersteller gefaltet und auf kleine Kartonbrettchen geheftet wurden, trug sie aber nie. Nudger schaute Fat Jack beim Telefonieren zu und fragte sich, wie der große Mann so viel Stein und Metall tragen konnte, ohne dabei aufgedonnert zu wirken. Es mußte an seiner schieren Leibesfülle liegen.

»Eh. Tach«, sagte Fat Jack ins Telefon. Er lächelte sein fettgepolstertes breites Lächeln und zwinkerte Nudger mit einem funkelnden Schweinsäuglein zu. »Eh, ich rufe dich dann später zurück, okay?« Er hörte ein paar Minuten lang zu und legte dann auf. »Das hat Zeit«, erklärte er Nudger. Er stützte die Ellbogen auf den Schreibtisch und verschränkte die Wurstfinger. Gold glitzerte. »Haben Sie sich von der Reise erholt, alter Schnüffler?«

»Fürs erste«, sagte Nudger. »Erinnern Sie sich noch an Billy Weep?«

Fat Jack nickte. »Verschwommen. Saxophonist, nich'?«

»Ein toter Saxophonist«, antwortete Nudger. »Jemand hat ihn gestern in seiner Wohnung in St. Louis erschlagen.«

Fat Jack schaute betroffen drein. »Was war es denn? Ein Streit, ein Raubüberfall oder was?«

»Wahrscheinlich war es oder was«, sagte Nudger. »Ich war erst an diesem Morgen bei ihm gewesen.«

»Was sagt man dazu?« Fat Jack runzelte die fleischigen Brauen. »Glauben Sie, es besteht da eine Verbindung?«

»Keine Ahnung«, sagte Nudger.

Fat Jack schüttelte den Kopf. »Noch etwas, über das ich mir Gedanken machen muß, als hätte ich nicht schon genug Probleme. Was haben Sie sonst noch auf Ihren Reisen in Erfahrung gebracht, außer daß Billy Weep gestorben ist?«

»Ich war in vier Städten bei den Musikerverbänden, bei Jazzfans und in den Clubs, in denen Willy Hollister aufgetreten ist.«

»Sind all die vielen Meilen und Gespräche wirklich nötig gewesen?«

»Wie sich herausgestellt hat, ja«, sagte Nudger. »Ich habe ein Muster entdeckt, manchmal deutlich, manchmal nur vage, aber es war immer da, wie in einem Ellington-Stück aus den Vierzigern.«

»Dann heraus damit«, meinte Fat Jack. »Ich bin ein Ellington-Fan.«

»Alle Leute, mit denen ich gesprochen habe, alle alten Rezensionen, die ich gelesen habe, das alles zusammengenommen hat mir eine Art komprimiertes Tagebuch von Willy Hollisters aufsteigender Karriere vermittelt. Er hat immer stark angefangen, aber seine Musikkarriere war durchwachsen: es gab schlechte Phasen, in denen er in seinem Spiel nachgelassen hat, Zeiten, in denen seiner Musik etwas fehlte: das Gefühl von Ausdruck und Schmerz, das Bluesmusiker erst groß macht. In diesen Phasen war Hollister nur ein durchschnittlicher Pianist.«

Fat Jack wirkte besorgt, schob das Kinn zurück, daß sich das Fett in Falten legte, und sagte: »Das erklärt, weshalb er hier nachläßt.«

»Aber der Mann macht immer noch phantastische Musik«, meinte Nudger.

»Er läßt nach. Früher war er phantastisch, jetzt ist er gut«, sagte Fat Jack. »Gute Jazzmusiker kann ich in New Orleans an jeder Ecke engagieren.«

»Da gibt es noch etwas bei Willy Hollister«, sagte Nudger. »Etwas, das niemandem aufgefallen ist, weil es sich über viele Jahre und vier Städte gezogen hat.«

Fat Jack schaute gespannt drein.

»Hollister hat in jeder dieser Städte eine feste Freundin gehabt«, berichtete Nudger. »Und alle vier Frauen sind verschwunden.«

Fat Jack fuhr auf dem Stuhl zurück. »Was soll das heißen, ›verschwunden‹? Wie ›*puff*‹?«

»Beinahe wie ›*puff*‹. An einem Tag waren sie noch da, und am nächsten nicht mehr. Es waren Frauen, deren Verschwinden von nicht allzu vielen Leuten ernst genommen werden würde«, sagte Nudger. »Meistens waren es Sängerinnen oder Jazzfans. Es waren Frauen, deren Jobs oder Persönlichkeiten sie mitunter veranlaßten, ohne große vorherige Ankündigung die Stadt zu verlassen.«

»Wurde denn nicht die Polizei von ihrem Verschwinden informiert?«

»Zwei der Frauen sollen einem Gerücht nach aus eigenem Antrieb die Stadt verlassen haben. Die erste in Cleveland und die dritte in St. Louis sind abrupt von der Bildfläche verschwunden, wurden als vermißt gemeldet und stehen immer noch in den Vermißtenakten der Polizei.«

»Au weia!« sagte Fat Jack. Er war ins Schwitzen gekommen. Er zog ein fahnengroßes weißes Taschentuch aus der Innentasche seines adretten Sakkos und wischte sich die Stirn ab, genau wie Satchmo – aber ohne das Grinsen und die Zaubertrompete.

»Tut mir leid«, sagte Nudger. »Ich wollte nicht, daß Sie sich unbehaglich fühlen.«

»Eh, Sie machen bloß Ihren Job, sonst nichts«, beruhigte ihn Fat Jack mit bebender Stimme. »Aber das ist schon eine schlimme Information, die Sie mir da anbringen, Nudger. Schlimm, schlimm, schlimm. Wenn ich es richtig verstanden habe, glauben Sie, daß Hollister mit dem Verschwinden dieser Frauen eine Menge zu tun gehabt hat.«

Nudger zuckte die Achseln. Er hütete sich, sich auf das Offensichtliche zu stürzen. »Vielleicht haben nur die Frauen selber, und nicht Hollister, etwas damit zu tun, weshalb sie verschwunden sind. Wir dürfen nicht die Tatsache außer acht lassen, daß sie alle oft und mit leichtem Gepäck verreist sind.« Nudger nannte Fat Jack die Namen der Frauen. Der einzige Name, der ihm etwas sagte, war Jacqui James, doch er hatte sie nur ein paarmal gesehen und nicht gewußt, daß sie verschwunden war. Fat Jack ließ den Kopf hängen und schaute melancholisch drein, beinahe kurz davor, loszuschluchzen.

»Vielleicht haben die Frauen ja wirklich aus eigenem Antrieb die Stadt verlassen«, sagte Nudger. »Vielleicht hatten sie aus irgendeinem Grund das Gefühl, daß sie von Hollister weg mußten.«

»Ich wünschte, Ineida würde von diesem Schwein wegkommen wollen«, murmelte Fat Jack. Dann merkte er, was er da gesagt hatte. »Aber nicht auf diese Art. Ihr Alter würde Hackfleisch aus mir machen, wenn sie von hier verschwinden würde. Aber sie ist ja nicht aus demselben Holz geschnitzt wie die anderen Mädchen; sie ist nicht, was sie zu sein vorgibt, und sie ist ortsgebunden.«

»Das einzige, was sie mit den anderen Frauen gemeinsam hat, ist Willy Hollister.«

»Da beißt die Maus keinen Faden ab«, meinte Fat Jack. Er lehnte sich zurück.

Nudger hörte den Schreibtischstuhl in müdem Protest aufquietschen. Nudger, der engagiert worden war, ein Problem zu lösen, hatte bis jetzt nur die Schwere dieses Problems ans Licht gebracht. Fat Jack steckte immer noch in der Zwickmühle. Er mußte nicht fragen: »Was nun?« Es stand ihm mit Großbuchstaben ins Gesicht geschrieben.

»Wir könnten Ineida von Hollisters verschwundenen Frauen berichten«, sagte Nudger. Im Zweifelsfall sollte man immer etwas sagen.

»Sie würde nicht zuhören, Nudger. Und wenn doch, würde sie nichts Schlechtes von Hollister glauben. So reitet die Liebe die Leute in den Schlamassel.«

Nudger dachte sich, daß Fat Jack da wohl recht hatte. Er sollte etwas davon verstehen; darum ging es schließlich im Blues.

»Sie könnten Willy Hollister feuern«, schlug Nudger vor.

Fat Jack schüttelte den Kopf. »Ineida würde ihm folgen und vielleicht wütend auf mich werden und ihren Daddy auf den Club hetzen.«

»Und Hollister lockt immer noch jeden Abend die Gäste scharenweise in den Club.«

»Das auch«, gab Fat Jack zu. Selbst der nachlässigste Geschäftsmann konnte sehen, daß Willy Hollisters Genie Profit einbrachte. Er sagte: »Ich denke, wir lassen die Dinge erst einmal schleifen, und Sie beobachten Hollister und Ineida auch weiterhin.« Er tupfte sich wieder mit dem zusammengeknüllten Taschentuch die Stirn ab. »Wenn diesem Mädchen irgend etwas zustoßen würde, würde das für mich mein großes Finale bedeuten. Dafür würde ihr Daddy schon sorgen.«

»Hollister hat zwar keine Ahnung, wer ich bin«, sagte Nudger, »aber er weiß, wer ich nicht bin, und er ist beunruhigt. Meine Gegenwart könnte vielleicht dazu führen, daß er sich eine Zeitlang anständig aufführt.«

»Jedes bißchen Zeit scheint mir im Moment kostbar zu sein«, sagte Fat Jack.

»Und in der Zwischenzeit«, sagte Nudger, »versuche ich, noch mehr Informationen aufzustöbern. Vielleicht stoße ich ja auf etwas, das Ineida zu einem Sinneswandel über Hollister veranlaßt.«

»Einverstanden, solange damit keine Ortsveränderung verbunden ist. Ich kann es mir nicht leisten, daß sie wie diese anderen Frauen endet, Nudger.«

Oder wie Billy Weep, dachte Nudger, als er vom Stuhl

aufstand. »Ich rufe Sie an, wenn ich weitere gute Neuigkeiten habe«, sagte er.

Fat Jack murmelte etwas Unverständliches vor sich hin, ganz versunken in seinen gewaltigen inneren Trübsinn. Die Dinge entwickelten sich überhaupt nicht so, wie er es sich vorgestellt hatte, und seit den vergangenen erfolgreichen Jahren war er Enttäuschung nicht mehr gewohnt. Er schaute nicht auf, als Nudger aus dem Büro ging.

Nudger hatte seine eigenen dunklen Vorahnungen. Er hatte das Gefühl, er habe sich so tief in diese Sache gestürzt, um Wellen geschlagen zu haben, die sich nicht so schnell wieder beruhigen würden. Was er von Hammersmith über David Collins' Status in der Unterwelt gehört hatte, hatte Nudgers Magen dazu veranlaßt, eine ungewöhnlich dringliche Warnung auszustoßen. Und sein Magen irrte sich nur selten; in diesem Moment knurrte er etwas, das wie »Rauuus!« klang.

Er wußte, daß seine Zukunft, genau wie die Fat Jacks, nahezu ausschließlich von Ineida Collins' Wohlergehen abhing. Er wollte nur hoffen, daß dieses Mädchen keine Dummheiten machte.

Falls Fat Jack schließlich für ein paar Cents an irgendeiner Straßenecke Klarinette spielen müßte, wäre es wahrscheinlich Nudger, der den Hut herumgehen ließe.

Das heißt, falls sie beide Glück hatten.

11

Als Nudger in sein Hotel zurückkam und seine Zimmertür öffnete, war er überrascht, einen Mann in einem Sessel am Fenster sitzen zu sehen. Es war der große blaue Sessel, der gewöhnlich neben der Tür stand. Der Mann hatte ihn zum Fenster gezogen, um bequem sitzen zu können und dabei eine schöne Aussicht zu haben.

Als Nudger hereinkam, drehte sich der Mann um, als habe er etwas gegen die Störung, als wäre es sein Zimmer und Nudger der Eindringling. Er stand auf und strich sich den hellbraunen Anzug glatt. Der Mann war ziemlich klein, hatte ein dreieckiges Gesicht, ausgesprochen buschiges rotes Haar und tiefe Geheimratsecken. Seine Augen waren dunkel und stechend. Noch nie hatte Nudger jemanden gesehen, der ihn so sehr an einen Fuchs erinnert hätte. Mit einer raschen und anmutigen Bewegung fuhr er mit der Pfote in die Jackentasche und holte ein brieftaschengroßes Lederetui heraus. Er klappte es auf und ließ eine Polizeimarke sehen. Nicht die gewöhnliche Dienstmarke eines Streifenpolizisten, sondern die ausgefallenere dreifarbige eines höheren Dienstgrades.

»Captain Livingston, wenn ich mich nicht irre«, sagte Nudger. Er machte die Tür zu und kam ganz in das Zimmer hinein.

Der Rothaarige nickte und steckte die Polizeimarke wieder in die Tasche zurück. »Ich bin Raoul Livingston«, bestätigte er. »Ich glaube, wir sollten miteinander reden, Nudger.« Er drehte den Sessel herum, damit er mit dem Rücken zum Fenster sitzen konnte, und setzte sich wieder bequem hin, benahm sich, als wäre er hier zu Hause.

Nudger zog sich den kleinen hölzernen Schreibtischstuhl heran und setzte sich Livingston gegenüber. »Sind Sie in einer offiziellen Angelegenheit hier, Captain Livingston?«

Livingston lächelte. Er hatte winzige scharfe Zähne hinter schmalen Lippen, die sich beim Lächeln auf eigenartige Weise zurückzogen. »Sie wissen doch, wie das ist, Nudger, ein Cop ist immer ein Cop.«

»Natürlich. Und so ist das auch, wenn wir in die Privatwirtschaft gehen. Ein mit vertraulichen Ermittlungen betrauter Privatdetektiv behandelt diese immer vertraulich, ganz gleich, wo er sich befindet oder mit wem er redet.«

»Und deshalb bin ich hier.« Livingston schlug mit dem Zeigefinger ein leises Tamtam auf die Sessellehne. »Es wäre vielleicht besser, wenn Sie irgendwo anders wären, irgendwo anders als in New Orleans.«

Nudger war baff. Sein nervöser Magen konnte glauben, was er da gehört hatte, aber sein Verstand nicht. »Sie befehlen mir tatsächlich, aus der Stadt zu verschwinden?«

Livingston lachte kurz auf, aber in seinen scharfen Augen lag kein belustigtes Funkeln. »Ich bin nicht befugt, irgend jemandem zu *befehlen,* aus der Stadt zu verschwinden, Nudger. Ich bin nicht der Sheriff und das hier ist nicht Dodge City.«

»Ich bin froh, daß Ihnen das klar ist«, sagte Nudger, »denn ich kann noch nicht abreisen. Ich habe hier einen Auftrag zu erledigen.«

»Ich weiß von Ihrem Auftrag.«

»Hat David Collins Sie geschickt?«

Livingston hatte ein gutes Gesicht für die Polizeiarbeit; nur der Ausdruck in seinen Augen veränderte sich unmerklich, aber sein Gesicht blieb unverändert. »Wir überspringen diese Frage«, sagte er, »und jetzt bin ich an der Reihe. Warum hat Fat Jack McGee Sie engagiert?«

»Haben Sie ihn das schon gefragt?«

»Nein.«

»Ihm ist es lieber, wenn ich seine Motive vertraulich behandle«, sagte Nudger. »Und ich bin verpflichtet, die Wünsche meiner Klienten zu respektieren. Dazu bin ich beruflich verpflichtet.«

»Sie haben keine Louisiana-Lizenz«, wandte Livingston ein.

Nudger lächelte. »Ich weiß. Nichts, was mir entzogen werden könnte.«

Livingston lächelte verkniffen, leicht verärgert, aber weit davon entfernt, die Beherrschung zu verlieren. »Es gibt schlimmere Konsequenzen als den Entzug Ihrer Lizenz,

Nudger. Mr. Collins würde es lieber sehen, wenn Sie sich von Ineida Mann fernhielten.«

»Sie meinen von Ineida Collins.«

»Ich meine, was ich sage.«

»David Collins hat mir diese kurze, aber deutliche Botschaft bereits von jemandem übermitteln lassen.«

»Diesmal stammt die Botschaft von niemandem außer mir«, sagte Livingston. »Ich sage Ihnen das, weil ich mich um Ihre Sicherheit sorge, solange Sie sich in meinem Zuständigkeitsbereich aufhalten. Das gehört zu meinem Job.«

Nudger verzog keine Miene, stand auf, ging zur Tür und machte sie auf. Er sagte: »Ich weiß Ihre Sorge sehr zu schätzen, Captain. Doch momentan bin ich leider sehr beschäftigt.«

Livingston verzog den tückischen kleinen Mund zu einem Lächeln. Ihn schien Nudgers unhöfliche Aufforderung, zu verschwinden, nicht im geringsten aus der Fassung zu bringen; er hatte alles gesagt, was gesagt werden mußte. Er erhob sich aus dem Sessel, rückte seinen Anzug zurecht, strich die Falten aus den Hosen und zog das Jackett mit kleinen Rucken am Revers gerade. Nudger sah, daß der Anzug haargenau saß und maßgeschneidert und teuer gewesen sein mußte. Keine Polizistengehalt-Garderobe für Livingston.

Als er an Nudger vorbeiging, blieb Livingston stehen und sagte: »Es stünde Ihnen wohl an, zu lernen, zwischen Freund und Feind zu distinguieren, Nudger.«

»›Wohl anstehen‹ ist ein Ausdruck, den man heute nicht mehr oft hört«, meinte Nudger.

»›Distinguieren‹ auch nicht«, sagte Livingston. Er ging hinaus und schritt, ohne zurückzuschauen, leichtfüßig den Gang hinunter, zu den Fahrstühlen.

Nudger machte die Tür zu und sperrte sie ab. Dann ging er zum Bett hinüber, zog sich die Schuhe aus und legte sich rücklings auf die Matratze. Er hatte die rechte Hand unter den Kopf gelegt, die linke ruhte leicht auf dem Magen, der nicht allzu ruhig war. Er lutschte eine Antacidtablette und betrachtete die schwachen Wasserflecken an der Decke in der Ecke direkt über ihm. Sie waren alt, aber immer noch feucht und mit einer dünnen Moderschicht bedeckt. Ihr Anblick erinnerte Nudger an das Bayou.

Es stünde Ihnen wohl an, zu lernen, zwischen Freund und Feind zu distinguieren, Nudger.

Er mußte zugeben, daß Livingston ihm zum Abschied einen soliden Rat gegeben hatte.

Und ein zusätzliches Maß an Besorgnis.

12

Am nächsten Morgen fuhr Nudger mit demselben engen roten Mini, dem Spielzeugauto, das die Autovermietung nur für ihn reserviert zu haben schien, in die Magazine Street. Es war nicht das beste Viertel der Stadt, schon seit Jahren nicht mehr. Er fand einen Parkplatz in der Mitte einer Zeile zweistöckiger Häuser mit Ziegeldächern, jedes mit verschnörkelten Eisengeländern und langen Balkonen im ersten Stock, die zu wackelig aussahen, um viel Gewicht tragen zu können. Auf den Balkonen standen eine Unmenge Topfpflanzen und etliche Balkonmöbel. Kleine Magnolienbäumchen wuchsen in großen, runden Betonkübeln, die im Abstand von fünfzehn Metern am Bordstein standen. Kürzliche Renovierung und frischer Anstrich gaben sich alle Mühe, konnten aber nicht ganz verbergen, daß dies vor nicht allzu langer Zeit ein heruntergekommenes Viertel gewesen war. Das und das üppige Einsprengsel von Antiquitätengeschäften und kleinen Restaurants, die die Straße säumten, deuteten daraufhin, daß hier eine Luxussanierung im Gange war, ein Prozeß, durch den ein heruntergekommenes Viertel plötzlich

Ambiente statt Unerwünschtheit erlangte, modisch und schließlich unverschämt teuer wurde.

Nudger nahm an, daß dieser Abschnitt der Magazine Street momentan noch von einer Mischung der alten, ärmeren Anwohner bewohnt wurde, die sich vor der Veränderung fürchteten und den neuen, den Yuppies, die das Viertel als modisch, aber noch nicht verboten überteuert kennzeichneten. Die langjährigen Anwohner könnten gegenüber den Neuankömmlingen immer noch in der Überzahl sein. Die restlichen Indianer mußten erst noch vertrieben werden, ehe die Farmer in großer Zahl hierherziehen konnten.

Er kletterte mühsam aus dem Mini, stellte sich auf den Bürgersteig und streckte die steife Wirbelsäule. Er haßte kleine Autos. Na ja, vielleicht nicht seinen angenehm versifften VW-Käfer zu Hause in St. Louis, der wenigstens ein leidlich hohes Dach hatte. Zweimal hatte er sich den Kopf angeschlagen, als er mit dem kleinen Folterinstrument auf Rädern über einen Bahnübergang gefahren war.

Von dem durchsackenden Balkon über ihm beobachtete ihn eine graue Tigerkatze mit ruhigem Hochmut. Als Nudger schnalzte, blinzelte die Katze nur zweimal langsam und bedächtig. Nudger wünschte, er besäße die Gelassenheit der Katze und hätte sein Leben ebenso im Griff wie sie.

Er beschloß, das Sportsakko im Auto zu lassen und rollte sich die Ärmel des weißen Hemds hoch, während er den Bürgersteig entlangspazierte. An diesem Morgen war es eher schwül als heiß, doch er rechnete damit, daß die Hitze bis Mittag die Luftfeuchtigkeit einholen und die Stadt in die Sauna des Südens verwandeln würde.

Er blieb unter einem hohen gelben Schild stehen, das verkündete, das Geschäft darunter sei das GOLDEN OLDENS. Nudger hatte aus dem New Orleanser Telefonbuch erfahren, daß dieses Geschäft das Flaggschiff der vier

Golden-Oldens-Antiquitätengeschäfte war und somit der logische Ort, um Max Reckoner zu finden. Wie bei Judman hatte er sich dagegen entschieden, telefonisch einen Termin zu vereinbaren; es war selten aufschlußreich, Leute zu befragen, die Gelegenheit gehabt hatten, sich auf ein Gespräch vorzubereiten.

Nudger schob die Tür aus gemaserter Eiche auf, in der eine Butzenscheibe prangte, und betrat das Geschäft. Er befand sich in einem großen, angenehm kühlen Raum mit einem glänzenden Parkettboden. Irgendwo in der Nähe brummte stetig eine Klimaanlage, und an der hohen, weißen Decke hingen vier Ventilatoren mit breiten, langsam rotierenden Korbflügeln, die bestimmt zu träge kreisten, um die Luft zu bewegen. Die Antiquitäten im Laden bestanden hauptsächlich aus maserigem Nußbaum, Marmorintarsien, geschliffenem Glas und funkelnden viktorianischen Möbeln, die aussahen, als wären sie erst gestern den knotigen Händen liebevoller Kunsthandwerker entsprungen. Nicht die Art von Antiquitätengeschäft, in das man einmal impulsiv mit zehn Dollar hereinschaut, um seine Bierdosensammlung zu erweitern.

Nudger stand da und genoß den Geruch nach Zitronenöl und altem Holz, während ihm ein riesiger chinesischer Porzellandrache mit heraushängender Zunge einen tückischen Seitenblick zuwarf.

Ein kleiner Mann mit zarten Gesichtszügen und makellos gestylten, kurzen blonden Haaren kam hinter einem drei Meter breiten Sekretär hervor und lächelte Nudger an. Offensichtlich löste die Tür ein Signal aus, wenn ein Kunde das Geschäft betrat.

»Ja, Sir?« sagte der Verkäufer. Er trug einen gutgeschnittenen beigen Anzug mit einer Weste und unglaublich ausgefallene gelbe Mokassins mit weißen Rohledertroddeln. Es gab Mokassins, und es gab Mokassins. Wenn diese hier von echten Indianerin stammten, waren das reiche Indianer. Das hier war ein teurer Laden, sagten seine Kleidung und seine Haltung.

»Ist Max Reckoner da?« fragte Nudger und legte geistesabwesend eine Hand auf den glänzenden grünen Kopf des chinesischen Drachens. Die großen blauen Augen des Verkäufers schielten vorwurfsvoll auf die ärgernde Hand, und Nudger zog sie zurück und steckte sie schnell in die Hosentasche, als wollte er sie bestrafen.

»Ich glaube, er ist in seinem Büro«, sagte der Verkäufer. Sein zartes Gesicht war steif und wirkte seltsam wächsern. »Wen darf ich melden? Und in welcher Angelegenheit?«

»Mein Name ist Nudger, und ich bin Privatdetektiv. Also handelt es sich hier natürlich auch um eine Privatangelegenheit.«

»Natürlich«, sagte der Verkäufer gleichmütig, ließ sich unter den mit Troddeln besetzten Mokassins nicht den Boden unter den Füßen wegziehen. »Wenn Sie bitte hier warten wollen.« Wie ein Tänzer drehte er mit der linken Schuhspitze eine Pirouette und stolzierte eine Reihe von hochaufragenden, kurvenreichen Möbeln entlang, bog dann um eine Ecke und war verschwunden. Direkt zurück ins neunzehnte Jahrhundert. Nudger hörte, wie unten am Korridor eine Tür auf- und zugemacht wurde. Aber vielleicht war es auch nur die Tür zu Reckoners Büro, gleich hier in diesem Jahrhundert.

Nudger stand ruhig wartend da und betrachtete sich eine Sammlung von Säbeln aus dem Bürgerkrieg, die an einer Wand befestigt war. Die Südstaaten würden sich nie wieder erheben, wenn sie sich zu diesen Preisen wiederbewaffnen mußten. Die Sekunden vergingen, vielleicht dreiundsechzig oder fünfundsechzig. Er bekam die Säbel satt und beobachtete die Reichen und die Armen, die Schwarzen und die Weißen, die Touristen und die Yuppies-Pioniere, die hinter den Hängepflanzen in den schmalen, gelbgetönten Golden-Oldens-Schaufenstern die Straße hinauf-

und hinuntergingen. In diesem Viertel gab es wirklich eine Unmenge an Pflanzen.

»Hier entlang, Mr. Nudger«, sagte hinter ihm der Verkäufer.

Nudger zuckte zusammen, seine Aufmerksamkeit wurde wieder in das Geschäft zurückgerissen.

Er folgte dem Verkäufer den Gang hinunter, den er ihn zuvor hinuntergehen gesehen hatte und der von dunklen, alten Sekretären, Bücherschränken, Kleiderschränken und kunstvollen Büffets gesäumt wurde. Bis auf Nudger und den Verkäufer schien alles in dem Geschäft Klauenfüße zu haben, und bei dem Verkäufer war Nudger sich da nicht so sicher.

Der Verkäufer öffnete eine rotlackierte Tür und führte Nudger in ein geräumiges, mit rotem Teppichboden ausgelegtes Büro, das von einem wuchtigen Queen-Anne-Schreibtisch beherrscht wurde. Drei Wände waren mit prächtigem dunklem Nußbaum getäfelt; an der vierten Wand lehnte eine Reihe schwarzer Büroschränke, und auf einem Tisch stand ein IBM-Computer. Max Reckoner saß hinter dem Schreibtisch, der ihn beinahe klein erscheinen ließ, obwohl er ein schlaksiger Ein-Meter-achtzig-Mann war. Sein Bart sah aus, als wäre er gerade erst gestutzt worden und besaß denselben Grauton wie sein elegantes Sportsakko. Die krumme Pfeife lehnte an einem antiken Aschenbecher aus Glas und Eisen auf dem Schreibtisch. Reckoner erhob sich geschmeidig, ein Mann mittleren Alters in guter Kondition, vielleicht ein Jogger, und hielt Nudger die Hand hin.

Beim Händeschütteln sagte Reckoner zur Seite: »Danke, Norman«, und der Verkäufer schlich auf Katzenpfoten aus dem Büro und machte die Tür hinter sich zu.

»Ich glaube, ich habe Sie im Fat Jack's gesehen«, sagte Reckoner liebenswürdig. Er bedeutete Nudger, in einem der Ledersessel vor dem Schreibtisch Platz zu nehmen.

Nudger setzte sich und schaute zu, wie sich Reckoner geschmeidig auf seinen riesigen Bürostuhl sinken ließ. Er war modern, sah aber trotzdem so aus als gehöre er hinter den antiken Schreibtisch. »Wir sind wohl beide Jazzfans«, sagte Nudger.

Reckoner nahm die Pfeife in die Hand, spielte mit ihr herum und legte sie dann wieder in den Aschenbecher. Sogar diese Geste strahlte Selbstbewußtsein aus. Er war ganz der Schöngeist, aber es schien zu ihm zu passen; es fiel ihm so leicht als wäre er in der Zeit vor dem Bürgerkrieg in einem großen Herrenhaus in Louisiana geboren worden und aufgewachsen. Und doch sprach er seltsamerweise eher mit einem britischen als mit einem Südstaatenakzent.

»Zur Sache, Mr. Nudger. Ich habe gehört, daß Sie über Ineida Mann Erkundigungen einziehen.«

Dann eben zur Sache. »Stimmt«, sagte Nudger.

»Weshalb?«

»Meinen Sie, weshalb es Sie nichts angeht?«

Reckoner lächelte. Es war ein nettes Lächeln; sein hübsches Gesicht war mit tiefen Lachfalten gefurcht. Ein solcher Mann konnte zu seinem Ruf als netter Kerl sogar selbst dann noch beitragen, wenn er einem gerade ein Messer aus dem Rücken zog. Das lag alles in dem Lächeln. »Es geht mich etwas an«, sagte er. »Ich interessiere mich für Ineidas Karriere. Sie ist ausgesprochen lieb, ausgesprochen talentiert.«

Das mit dem Talent schien sein Ernst zu sein, deshalb beschloß Nudger, es zu übergehen.

Reckoner beugte sich hinter dem riesigen Schreibtisch ein wenig vor. »Sie haben Norman gesagt, Sie seien Privatdetektiv. Ich nehme an, jemand hat Sie wegen Ineida engagiert. Würde es Ihrem Berufsethos widersprechen, mir den Namen Ihres Auftraggebers zu verraten?«

»Ohne die Erlaubnis meines Klienten schon«, sagte Nudger.

»Steckt Ineida in irgendwelchen Schwierigkeiten? Mit der Singerei im Fat Jack's wird sie nicht gerade reich; ich bin gern bereit, ihr finanziell unter die Arme zu greifen, falls das etwas mit ihrem Problem zu tun hat.«

»Sie braucht keine finanzielle Unterstützung«, versicherte Nudger. »Eigentlich bin ich hierhergekommen, um Sie zu fragen, in welcher Beziehung Sie zu ihr stehen, und was Sie von ihrer Beziehung zu Willy Hollister halten.«

Reckoner zuckte die Achseln in dem eleganten grauen Jackett. Wie es maßgeschneiderte teure Stoffe so an sich hatten, schien das Jackett dabei mitzuzucken, als wäre in den Kaufbedingungen inbegriffen gewesen, daß es die Stimmung seines jeweiligen Trägers übernehme. »Ich habe Ihnen meine Beziehung zu Ineida gerade eben beschrieben; sie ist ein feiner junger Mensch, dem ich gerne helfen möchte. Ich habe die Möglichkeit, ihr bei ihrer Gesangskarriere zu helfen, warum sollte ich es also nicht einfach tun?«

»Gar kein Grund, es nicht zu tun«, sagte Nudger. »Wenn Ihr Interesse an ihr nicht darüber hinausgeht.«

Reckoner lehnte sich zurück und lächelte, diesmal weise und nachsichtig. Nudger hätte ihm am liebsten eine reingehauen. »Wollen Sie mir etwa Moral predigen, Mr. Nudger?«

»Überhaupt nicht. Ich habe nur Mutmaßungen angestellt. Eine hübsche junge Frau, ein älterer, verheirateter Mann...«

»Nehmen Sie sich bloß nicht zuviel heraus, Nudger.«

»Ich bitte um Entschuldigung, falls ich Sie beleidigt haben sollte. Meine Arbeit führt dazu, daß ich mir oft zuviel herausnehme. Manchmal kenne ich wochenlang nicht das rechte Maß.«

»Wie kamen Sie zu der Vermutung, zwischen Ineida und mir gebe es eine romantische Beziehung?«

»Auf das Risiko hin, Sie damit noch einmal zu beleidigen«, sagte Nudger, »es muß Ihnen doch klar sein, daß Sie einen gewissen Ruf als Schürzenjäger genießen.«

Reckoner versteifte sich und schaute dabei ebenso entrüstet wie ein graubärtiger Schnauzer, dem plötzlich die Futterschüssel entrissen worden ist. »Ineida ist praktisch noch ein Kind, Nudger. Ich vergreife mich doch nicht an Kindern.«

»Sie ist eine wunderschöne junge Frau«, sagte Nudger. »Ich gebe zu, daß sie auf manchen Gebieten ein wenig naiv ist, aber eine Zweiundzwanzigjährige ist in den Augen vieler Leute kein Kind mehr. Manchmal der falschen Art von Leuten.«

»Ich gehöre nicht zu der falschen Art von Leuten«, sagte Reckoner eisig. Er stand auf, stützte sich dabei mit den Knöcheln leicht auf den Schreibtisch. Es sah so aus, als wäre das Gespräch zu Ende.

Nudger stand ebenfalls auf. »Sie haben mir noch nicht gesagt, was Sie davon halten, daß Ineida mit Willy Hollister zusammen ist.«

»Ich sehe auch keinen Anhaltspunkt, daß Hollister zu der falschen Art von Leuten gehört. Ineidas Beziehung zu ihm geht mich nichts an. Und Sie auch nicht.«

Nudger nahm geistesabwesend eine cremefarbene Glasvase in die Hand, die in einer Ecke des Schreibtischs gestanden hatte.

»Lassen Sie die ja nicht fallen«, sagte Reckoner ruhig, aber gereizt. »Sie ist mehr wert als Sie vielleicht denken.«

»Schaut doch ganz gewöhnlich aus«, meinte Nudger.

»Sie ist aus Bristolstein. Schaut wie ganz gewöhnliches Milchglas aus, aber wenn Sie sie gegen das Licht halten, können Sie ein rötliches Leuchten darin sehen.«

Nudger hielt die Vase hoch und hielt sie schief gegen das Fenster; das milchige Glas wurde tatsächlich durchsichtig und leuchtete flammendrot.

»Nur wenn das Licht durchscheint, kann man das Feuer darin sehen«, sagte Reckoner.

»Sehr oft«, sagte Nudger, »trifft das auch auf Menschen zu.«

Reckoner schüttelte beinahe traurig den Kopf. »Ich habe schon befürchtet, daß Sie diesen hinkenden Vergleich bemühen würden.«

Er setzte sich wieder hin und beschäftigte sich mit einem Stapel verschieden großer Papiere, die nach Versandrechnungen aussahen. Sein Verhalten legte den Schluß nahe, daß Nudgers Gegenwart nicht länger wichtig genug wahr, um gewürdigt zu werden; mit Trivialitäten war genug Zeit verschwendet worden.

Nudger drehte sich um und sah, daß Norman auf dem roten Teppichboden stand und ihm die Tür aufhielt. Es hatte nicht das leiseste Geräusch gegeben; es war, als wäre er schon die ganze Zeit im Büro gewesen und hätte sich nur erst jetzt entschlossen, sichtbar zu werden. In diesen Mokassins konnte er sich ungeheuer leise bewegen. Ein unheimlicher Patron.

Wortlos führte er Nudger durch den Verkaufsraum zur Tür und zurück in den Sonnenschein, den Lärm, die Auspuffgase und die Hitze des zwanzigsten Jahrhunderts.

Auf dem Bürgersteig drängten sich nun Leute, die einkaufen gingen; in der Zeile kleiner Läden und Restaurants belebte sich allmählich der Handel. Als Nudger zur Seite trat, um einer entschlossen dreinschauenden fettleibigen Mutter auszuweichen, die sich mit einem mürrischen Kleinkind abschleppte, sah er, daß an seinem geparkten Auto eine Frau lehnte. Sie hatte die Arme verschränkt und lümmelte sich bequem in einer geduldigen, wartenden Haltung; wenn sie eine Uniform getragen hätte, hätte Nudger angenommen, es handle sich um eine Politesse, die darauf lauerte, ihn mit einem berufsmäßigen Lächeln, einer Predigt und einem Parknöllchen zu empfangen.

Er ging ohne zu zögern weiter. Als er näher herankam, erkannte er sie. Sandra Reckoner. Max' Frau.

Ihr Lächeln war wärmer als die geschäftsmäßige Grimasse einer Politesse, als sie sich gerade hinstellte und ein wenig umdrehte, um ihm ins Gesicht zu sehen. Wie ihr Mann war sie groß und schlaksig, und sie trug dunkle Hosen mit engen Aufschlägen und eine verrückt bedruckte farbenprächtige Bluse, die unter den Ärmeln so viel Stoff hatte, daß es aussah, als hätte sie zusammengeklappte Flügel; wenn sie schnell genug gegen den Wind lief, könnte sie vielleicht fliegen. Sie sagte: »Ich bin Sandra Reckoner, Mr. Nudger. Wir haben einiges zu besprechen.«

Er gab ihr flüchtig die Hand und spürte dabei die Kraft in ihren langen, schmalen Fingern. Sie trug rosa Nagellack, einen klobigen antiken Ring und ein mattgoldenes Armband, das sich wie eine liebevolle Schlange um ihr Handgelenk wand.

»Sie haben mit meinem Mann geredet«, sagte sie. Sie hatte borstiges, schulterlanges, graumeliertes schwarzes Haar, das ein schmales, grobknochiges Gesicht einrahmte, das eigentlich wie ein Pferdegesicht hätte aussehen sollen, es aber nicht tat. Über den hohen Wangenknochen blickten ihre grünlichblauen Augen belustigt mit einer offenen Direktheit, einer beinahe sinnlichen Herausforderung. Hier war eine attraktive Frau, die mit ihren über vierzig Jahren gut leben konnte und der ihre nahezu strahlende Gesundheit eine sexuelle Vitalität verlieh, die vibrierte.

Nudger nickte ein wenig verlegen, immer noch dabei, die Kraft ihrer Anziehungskraft abzuschätzen, zu sondieren, ob Ärger in der Luft lag. Manche Frauen hatten anfangs diese Wirkung auf ihn. »Ich komme gerade aus dem Antiquitätengeschäft«, bestätigte er.

»Nun ist die Reihe an uns, miteinander zu plaudern«, sagte Sandra Reckoner. »Ich weiß auch schon, wo wir das tun können.«

Das hörte sich für Nudger interessant an. Er beugte sich vor, um ihr die Wagentür zu öffnen.

»Wir können zu Fuß gehen«, sagte sie.

Er schluckte, nickte wieder, und folgte ihr. Mann, diese langen Beine bewegten sich träge und geschmeidig unter dem seidigen Stoff ihrer Hosen. Rhythmus, Rhythmus. Er konnte kaum den Blick von ihnen wenden.

An der Ecke blieb sie einen Moment lang stehen, wartete, bis die Autos an einer roten Ampel halten mußten, und stürmte dann weiter.

Als sie die Straße überquerten, wäre Nudger bei dem Versuch, mit ihr Schritt zu halten, um ein Haar überfahren worden.

13

Sandra Reckoners lange Beine schritten in Nudgers Phantasie immer noch aus, als er ihr in einer hinteren Nische im *The Instrumental* gegenübersaß, einer Bar, die sie am Ende der nächsten Querstraße betreten hatte und die in einem sanierten und umgebauten zweistöckigen Holzhaus lag. Sandra Reckoner benahm sich, als wäre sie mit dem Lokal vertraut, einem schmalen, dämmrigen Raum, der mit Musikinstrumenten dekoriert war, die an den Wänden angebracht waren und an dünnen Drähten von der Decke herabhingen. Eine mit Teppichboden ausgelegte Wendeltreppe führte zu einem anderen Raum, in dem weitere Tische standen. Dort, wo sich die Treppe in den ersten Stock wand, konnte Nudger die Schuhe und Hosenbeine der Gäste sehen.

Eine dralle blonde Bardame ohne Taille, die einen bodenlangen bedruckten Rock und einen melancholischen Gesichtsausdruck trug, kam hinter der langen Bar hervor und nahm ihre Bestellung auf. Nudger bestellte ein Seven-up mit Eis; Sandra Reckoner nickte der Barfrau zu, als ob sie

sie kannte, und bestellte einen Scotch on the Rocks. Die Bardame ging wieder hinter die Bar und tat etwas, das aus im Raum versteckten Lautsprechern leise Saxophonklänge ertönen ließ; aufmerksam von ihr, da der Morgen noch jung war und sie unten die einzigen Gäste waren.

»Es ist noch ein bißchen früh für mich, um harte Sachen zu trinken«, sagte Nudger, als ihre Getränke auf Korkuntersetzer mit einkopierten Photos von bekannten Jazzmusikern vor sie gestellt wurden. Er trank einen Schluck Seven-up und stellte das Glas dann genau auf das grinsende Gesicht des armen Pete Fountain.

»Die Uhrzeit ist mir dabei ganz egal«, sagte Sandra. »Die Leute schenken den Uhren viel zuviel Aufmerksamkeit. Ich trinke, wenn ich einen Drink brauche, und das kommt oft genug vor.« Nudger bezweifelte, daß sie ihm damit sagen wollte, sie sei Alkoholikerin. Sie zeigte keinerlei Symptome der Krankheit; sie strotzte vor jener beunruhigend guten Gesundheit, die die männliche Libido aus dem Gleichgewicht brachte. »Oh, ab und an betrinke ich mich«, sagte sie plötzlich. »Das gefällt mir. Wenn ich gelegentlich einen in der Krone habe, scheint mir mein Leben erträglicher zu sein.«

»Was in Ihrem Leben finden Sie denn so schwer zu ertragen?« fragte Nudger, der die Antwort sehr wohl kannte.

»Worüber Sie mit meinem Mann geredet haben: Ineida Mann. Und so viele andere wie sie.« Sie trank einen großen Schluck Scotch. »Menschenskind, die schauen alle gleich aus. Haben Sie schon einmal bemerkt, daß die jungen Dinger heutzutage alle seriengefertigt aussehen?«

»Habe ich. Ich habe gedacht, das liegt vielleicht daran, daß ich älter werde. Sind wir deshalb hier? Damit Sie mich über Ineida und Max aushorchen können?«

Sandra nippte nun geziert an ihrem Whisky und warf ihm über den Rand des Glases einen amüsierten Blick zu. »Hauptsächlich sind wir deshalb hier. Die Seitensprünge meines Mannes sind mir nichts Neues. Ich glaube, er ist ein Opfer des männlichen Klimakteriums. Wie so viele andere Männer im gefährlichen Alter hat er ein Faible für jüngere Frauen.«

»Das sollte er nicht«, sagte Nudger ehrlich.

Sie hörte die Aufrichtigkeit in seiner Stimme und lächelte. »Danke, Mr. Nudger; das baut mich mehr auf als der Whisky.« Sie legte den Kopf schief und schaute ihn an, als wäre plötzlich ihre ungeteilte Aufmerksamkeit gefesselt worden. »Wie heißen Sie mit Vornamen?«

»Aloysius. Aber alle sagen Nudger zu mir.«

»Sie Glücklicher.« Sie lehnte sich weit zurück und legte einen langen Arm über die Rückenlehne der Nische; die Geste hatte irgend etwas Schwungvolles und Elegantes. Etwas Imposantes. »Nun?«

»Ich glaube, die Antwort lautet nein.«

Sandra lachte kehlig, warf dabei den Kopf in den Nacken und zeigte große, vollkommen gerade Zähne, die ein wenig fleckig waren. Sie hatte eine Art, dabei aus den Augenwinkeln zu schauen, die Nudger an eine temperamentvolle Stute erinnerte, die den Kopf hochwarf. Wieder dachte er, daß sie nicht so attraktiv sein sollte, wie sie war; ihre Anziehungskraft verwirrte und faszinierte ihn.

»Soweit ich weiß, hat Ihr Mann noch nie mit Ineida Mann geschlafen.«

»Und wieweit wissen Sie Bescheid, Nudger?«

»Beinahe bis zum Horizont. Sind Sie mit Ineida gut bekannt?«

»Nein, nicht wirklich. Sie ist nur ein weiteres junges Gesicht und ein Körper von der Sorte, die Max um sich zu scharen scheint. Manchmal gehen sie auf seine Annäherungsversuche ein und manchmal nicht. Machen wir uns nichts vor, Nudger, eine Frau hat das Recht, mißtrauisch zu sein, wenn ihr Mann seine Zeit mit einer Frau wie Ineida Mann verbringt. Ich weiß, daß Sie über das Mädchen Erkundigungen eingezogen haben; ich habe mir gedacht, Sie könnten mir etwas über sie erzählen.«

»Sie ist nicht, was sie zu sein scheint«, sagte Nudger. »Und ich glaube, daß sie sich überhaupt nicht für Max interessiert. Sie ist mit einem anderen liiert.«

»Mit wem? Diesem Pianisten, Hollister? Was beweist das schon? Sie könnte sich ebensogut mehr als einen Mann für eine Nacht zulegen. Was für einen Hintergrund hat sie? Wie zum Teufel ist sie bloß auf diesen widerlichen Bühnennamen verfallen? Wer zum Teufel ist sie überhaupt?«

»Sie kommt aus einer netten Familie« – Nudger wäre um ein Haar an seinem Seven-up erstickt – »und sie ist naiver als Sie und der Großteil der Leute, die ihren Auftritt sehen, glauben möchten. Sie ist eine Bluessängerin; sie will den Eindruck vermitteln, daß sie etwas von den Tiefschlägen versteht, die sie in ihren Texten besingt.«

»Wollen Sie mir etwa damit sagen, daß sie diese ganze Leidenschaftlichkeit nur dazu benutzt, um einen Song an den Mann zu bringen?«

Nudger nickte.

»Dann ist sie eine gute Schauspielerin«, meinte Sandra. »Sie kommt nicht gerade als Klosterschülerin rüber.« Sie trank ihren Scotch aus, signalisierte mit dem gekrümmten Zeigefinger der drallen Barfrau, die ihnen den Rücken zugekehrt hatte und in den lautlosen Fernseher starrte, das Signal aber im Spiegel hinter der Bar mitbekam. »Möchten Sie noch ein Seven-up, Nudger? Ich lade Sie ein.«

»Nein, danke. Zuviel Kohlensäure zu dieser Tageszeit bekommt meinem Magen nicht.«

»Was ist denn mit Ihrem Magen?«

»Nerven.«

»Dann sind Sie aber im falschen Metier.«

»Das können Sie laut sagen.« Er sah zu, wie Sandras Whisky durch einen neuen ersetzt wurde. »Habe ich Sie beruhigen können?«

»Ein wenig«, sagte sie. »Aber nach zwei Drinks bin ich ja meistens mehr oder weniger beruhigt.«

»Es kommt mir nicht so vor, als ob Ihre Situation diesen beneidenswerten Zustand der Gelassenheit rechtfertige«, meinte Nudger.

»Wieso nicht? Weil die eheliche Waage aus dem Gleichgewicht ist? Aber das ist sie ja gar nicht; dafür sorge ich schon. Meine Antwort auf Max' Schürzenjägerei ist es, meine eigenen Seitensprünge zu genießen, Nudger. Ich glaube an Rache durch Orgasmus.«

Nudger atmete durch die Nase ein paar Kohlensäurebläschen ein und mußte husten. Er ließ das Glas sinken. »Das ist eine, äh, faszinierende Philosophie.«

Sie lächelte jetzt breit, kokettierte, kontrollierte das Spiel. »Haben Sie eine feste Beziehung, Nudger?«

»Eine sehr feste.« Er starrte auf die schlaffe Kurve ihres langen Armes, das Spiel der hellen Haut an ihrem Hals, als sie den Kopf zurücklegte und einen Schluck Scotch trank. »Na ja, ziemlich fest.«

»Max weiß nichts von meinen Affären. Und er ist nicht aufmerksam genug, etwas davon zu ahnen, geschweige denn, es herauszufinden; heutzutage spielen sich seine Denkprozesse alle weit unter der Gürtellinie ab. Mir gefällt das so; ich tue alles zu meiner eigenen Befriedigung, nicht zu seiner Unzufriedenheit. Das ist der Unterschied zwischen seinen Affären und meinen. Auf meine Art wird niemand verletzt. Alles wird vorher abgesprochen; keiner der Beteiligten ist dabei irgendwie gebunden. Freiheit ist eine berauschende Erfahrung.«

»Wenn es so etwas überhaupt gibt.«

»Oh, das gibt es, Nudger.« Sie trank noch einen Schluck und stellte dann das Glas plötzlich hin, als hätte sie das Interesse daran verloren. »Was ist? Sind Sie an meiner Art, mit den Seitensprüngen meines Mannes umzugehen, interessiert?«

»Meinen Sie, ob ich ganz persönlich interessiert bin?«

»Natürlich.«

Nudger dachte an Claudia. Es fiel ihm schwer, sich ihr Gesicht vorzustellen.

»An Lust ist nicht zwangsläufig etwas Schlechtes oder Schäbiges, Nudger.«

»Hm, darüber muß ich einmal nachdenken.«

Sie stand lächelnd auf und nahm die Rechnung, um beim Hinausgehen zu bezahlen. »Dann denken Sie einmal darüber nach.«

Nudger sah zu, wie sie bei der blonden Barfrau bezahlte und hinausging, ohne noch einmal zu ihm zurückzuschauen. Er wußte, daß sie sich bewußt war, daß er ihr nachschaute; das merkte er an dem gemessenen Rhythmus ihrer langbeinigen Schritte.

Er trank einen Schluck Seven-up. Nun, da Sandra Reckoner gegangen war, schmeckte es schal. Anstatt auszutrinken, saß er schweigend in der kühlen Bar und ließ das Glas auf dem feuchten Untersetzer kreisen. Dachte nach.

Dachte nach.

14

Auch wenn viele interessierte Parteien Nudger gewarnt hatten, sich von Ineida Collins fernzuhalten, hatten es doch alle verabsäumt, ihm zu sagen, er solle einen weiten Bogen um Willy Hollister schlagen. Nach Nudgers beunruhigendem Wortgeplänkel mit Sandra Reckoner nahm Hollister sein Interesse in Anspruch.

Hollister wohnte in der Rue St. Francois, nur ein paar Straßen von Ineida entfernt. Ihre Wohnungen ähnelten einander. Hollisters Wohnung lag am Ende eines flachen, hellbraunen Hauses aus Backstein und Stuck, das beinahe direkt an den Bürgersteig stieß. Falls es dort überhaupt einen Garten gab, mußte er hinter dem Haus sein. Durch die glänzend-grünen niedrigen Zweige eines riesigen Magnolienbaumes sah Nudger ein Stückchen von dem verwitterten, beinahe schwarzen Zedernzaun, der das Gelände hinter dem Haus in Privatgärten unterteilte.

Hollister könnte zu Hause sein und sich nach seinem spätabendlichen Auftritt im Fat Jack's ausschlafen. Nudger klopfte dreimal an die Holztür, lehnte sich dann lässig vor und lauschte, wobei er versuchte, die Straßengeräusche auszublenden.

Er hörte von drinnen kein einziges Geräusch. Er stellte sich wieder gerade hin und drehte ein wenig den Kopf, schaute sich um; niemand auf der Straße schien auch nur die geringste Notiz von ihm zu nehmen. Nach ein paar Sekunden des Wartens drehte er versuchsweise am Türknauf.

Er ließ sich ganz umdrehen und klickte laut. Wegen ihres Gewichts und ihrer Balance ging die Tür etwa zwei Handbreit von selbst auf. Kam einer Aufforderung gleich. Nudger schob die Tür ganz auf und trat leise ein.

Die Wohnung war bestimmt möbliert gemietet worden; sie hatte jene Atmosphäre von Zusammengestoppeltheit, die zahlreiche Benutzer hinterließen. Die Möbel waren alt, aber nicht allzu abgenutzt; einige davon besaßen wahrscheinlich sogar antiken Wert. Nudger dachte, der Hausbesitzer und Max Reckoner sollten sich einmal zusammensetzen und ein Geschäft miteinander machen. Auf einem Regal stand eine milchigweiße Vase, der Vase, die Nudger in Reckoners Büro bewundert hatte, nicht so unähnlich.

An den Rändern des ausgebleichten blauen Teppichbodens sah man, daß der Boden in Hollisters Wohnung aus stumpfem Parkett bestand. In dem gedämpften Sonnenlicht sah man eine dünne Staubschicht auf der Holzoberfläche und den kunstvollen Eckenleisten; Hollister war nicht gerade der beste Hausmann. Nudger konnte in das Schlafzimmer sehen. Das Bett war ungemacht, aber leer.

Im Wohnzimmer war es dämmrig. Die Holzläden vor den Fenstern waren geschlossen, und durch die schmalen Schlitze fielen schräg ein paar Sonnenstrahlen ein. Doch das meiste Licht im Zimmer kam aus dem Schlafzimmer und einem kleinen Flur, der zum Bad führte, dann zu einer kleinen Küche und zu der gläsernen Schiebetür, die in den Garten führte.

Nudger fragte sich, ob er tatsächlich allein war, schaute sich nervös um und rief: »Mr. Hollister? Meinungsumfrage!«

Keine Antwort. Nur dröhnende Stille. Prima.

Nudger ging einige Minuten lang im Wohnzimmer herum, untersuchte den Inhalt der Schubladen, nahm ein paar verschlossene Briefe in die Hand, die sich als Versicherungswerbung und Stromrechnung entpuppten. Nudger ließ einfach das beunruhigende Wissen nicht los, daß Hollister nicht der Typ war, der einfach wegging und seine Wohnung unverschlossen ließ. Schon gar nicht nach seinem Zusammenstoß mit Sam Judman.

Als er ins Schlafzimmer kam, hörte er von draußen vor dem Fenster, das zur besseren Belüftung eine Handbreit offenstand, ein Geräusch. Es war ein dumpfes Klatschen, das er zu erkennen meinte. Er ging ans Fenster, teilte die vom Luftzug gebauschten, hauchdünnen, weißen Vorhänge und bückte sich hinunter, um hinauszulinsen.

Das Fenster schaute auf den Garten hinaus. Was Nudger sah, bestätigte seine Vermutung über die Herkunft des Geräusches. Es stammte von einem Spaten, der in weiche Erde schnitt. Willy Hollister war im Garten am Graben. Nudger ging in die Hocke, um besser sehen zu können, und streifte sich den hauchdünnen, liebkosenden Vorhang wie eine Spinnwebe vom Gesicht.

Hollister pflanzte Rosenbüsche. Es waren junge Pflanzen, aber sie hatten bereits rote und weiße Knopsen. Hollister hatte auf der linken Seite mit roten Rosen angefangen und wechselte nun mit den Farben ab. Er pflanzte ein halbes Dutzend Rosenbüsche und war gerade beim fünften angelangt, der neben dem wartenden, frisch gegrabenen Loch lag und dessen Wurzeln in Sackleinen gewickelt waren.

Hollister kniete auf dem Boden und schüttete mit den Händen ein wenig Erde in das Loch zurück. Sorgfältig formte er eine kleine Kuppel, über die er die bald ausgewickelten Wurzeln ausbreiten würde, ehe er noch mehr lose Erde darauftat. Er wußte, wie man Rosenbüsche pflanzte, und er tat sein Bestes, um sicherzugehen, daß diese hier überleben würden.

Nudger krampfte sich der Magen zusammen, als Hollister aufstand und kurz zu seiner Wohnung schaute, als hätte er die Gegenwart eines anderen Menschen gespürt. Der Musiker fuhr sich mit einem hochgekrempelten Ärmel seines ockerfarbenen Hemds über die schwitzende Stirn. Er mußte schon eine ganze Zeitlang angestrengt arbeiten; er stand in der Taille vorgebeugt da, wie jemand, dem der Rücken weh tat. Einige Sekunden lang schien er zu überlegen, ob er wieder in die Wohnung zurückgehen sollte. Dann massierte er sich gedankenverloren den muskulösen Unterarm, nahm den großen Spaten wieder in die Hand und begann das sechste und letzte Loch zu graben.

Mit einem lauten Seufzer der Erleichterung zog sich Nudger von dem offenen Fenster zurück und richtete sich wieder auf. Er würde jetzt zur Haustür hinaus, dann um das Haus herum in den Garten gehen und Hollisters Namen rufen, als wäre er gerade erst angekommen und niemand hätte auf sein Klopfen an der Haustür reagiert, und er hätte eben beschlossen, im Garten nachzuschauen. Er wollte mit Hollister reden, ihn nach dessen Version seiner Vergangenheit aushorchen.

Als Nudger aus dem Schlafzimmer gehen wollte, fiel ihm auf der Kommode neben einem mit Hollisters Monogramm versehenen Kamm-und-Bürsten-Set ein Stapel hellblauer Briefumschläge ins Auge, der von einem breiten Gummiring zusammengehalten wurde. In der Ecke des obersten Briefumschlags sah Nudger säuberlich in schwarzer Tinte den Beulah-Street-Absender geschrieben.

Hier war einer der widerlichen Aspekte seiner Arbeit; der Zweck heiligte die Mittel, der Gewinn überwog die Skrupel. Wieviel von sich verlor er mit jedem Mal, da er so etwas tat?

Doch er wartete noch ein paar Sekunden, ehe er die Briefe nahm und in die Sakkotasche steckte. Dann verließ er Hollisters Wohnung auf demselben Wege, auf dem er sie betreten hatte.

Es hatte keinen Sinn, jetzt mit Hollister zu reden. Es wäre dumm, sich zum ungefähren Zeitpunkt des Verschwindens von Ineida Collins' Briefen in der Wohnung sehen zu lassen.

Er ging ein paar Querstraßen die Rue St. Francois hinauf und nahm sich dann ein Taxi zu seinem Hotel. Obwohl der Morgen immer noch eher schwül als heiß war, lief die Klimaanlage im Taxi auf Hochtouren und im Wageninneren war es beinahe eisig. In Nudgers Tasche schienen die Briefe schwerer zu werden und mit einer Art von Wärme zu brennen, die keinerlei Behaglichkeit spendete.

15

Nudger ließ sich vom Zimmerservice ein Käseomelett und ein Glas Milch hinaufbringen. Er setzte sich mit seinem frühen Mittagessen – sein übliches Essen, das eine beruhigende Wirkung auf seinen nervösen Magen hatte – an den Schreibtisch in seinem Hotelzimmer, aß gemächlich und las dabei Ineida Collins' Briefe an Hollister. Nun verstand er, weshalb sie sich in seiner Jackentasche so heiß angefühlt hatten. Die Liebesaffäre war, zumindest von Ineidas Standpunkt aus, so hochfliegend und ernst, wie eine solche Affäre nur sein konnte. Nudger kam sich wegen seines groben Eindringens in Ineidas Privatsphäre wieder schäbig vor. Das waren Gedanken, die nicht dazu bestimmt waren, daß sie außer der Schreiberin und dem Empfänger irgendein anderer las, Gedanken, die nicht dazu bestimmt waren, daß ein nicht unter einem Liebeszauber stehender Detektiv mittleren Alters durch sie hindurchtrampelte.

Andererseits, so sagte er sich, hatte er ja nicht wissen können, was in den Briefen stand, *ehe* er sie gelesen hatte und zu dem Schluß gekommen war, daß er es nicht hätte tun dürfen. Nachdem er einmal die Briefe gestohlen hatte, war er in der logischen Entwicklung gefangen. Das war wieder genau die Art von beruflichem Dilemma, in das er so häufig geriet, an das er sich jedoch nie gewöhnte.

Der letzte Brief, der mit dem neuesten Poststempel, war am aufschlußreichsten und ließ die schäbige Seite von Nudgers Metier beinahe lohnend erscheinen. Hier war das Bruchstück sachdienlicher, erhellender Information, nach dem er gesucht hatte – eine Rechtfertigung seiner Tat. Ineida Collins hatte vor, mit Willy Hollister durchzubrennen; er hatte ihr gesagt, daß er sie liebe und sie heiraten würde. Dann, nach vollendeter Tat, würden sie nach New Orleans zurückkehren und Freunde und Verwandte von ihrer glückseligen Verbindung in Kenntnis setzen. Das Ganze schien sehr kurios, dachte Nudger, und nicht gerade glaubhaft, es sei denn, man war zweiundzwanzig, bis über beide Ohren verliebt und hatte Ineida Collins' behütetes Leben geführt.

Ineida erwähnte im letzten Brief außerdem etwas Wichtiges, das sie Hollister erzählen müsse. Nudger konnte sich schon denken, was diese wichtige Information war. Daß sie Ineida Collins war und David Collins' Tochter und reich, und ja, ach so ungeheuer froh, daß Hollister das bis dahin nicht gewußt hatte. Denn das bedeutete, daß er sie um ihrer selbst willen liebte. Ach, die Liebe! Sie ließ das Geschäft eines Privatdetektivs florieren.

Er faltete den Brief wieder zusammen, steckte ihn wieder in den Umschlag zurück und ließ ihn auf den Schreibtisch fallen.

Nudger wollte sein Omelett aufessen, konnte es aber nicht. Während er die heißen Briefe gelesen hatte, war es kalt geworden. Er hatte ohnehin keinen Hunger mehr, und sein Magen hatte ein erträgliches Plateau des Unbehagens erreicht. Er wußte, daß es an der Zeit war, Fat Jack Bericht zu erstatten. Schließlich hatte der Mann ihn engagiert, um Informationen aufzutreiben, nicht, um sie für sich zu behalten.

Nudger streifte den Gummiring wieder um den Briefstapel, ließ ihn einmal schnappen und stand auf. Er dachte daran, die Briefe im Hotelsafe zu deponieren, aber die Sicherheit eines jeden Hotelsafe war zweifelhaft. Eine Papierserviette mit dem goldenen Fleur-de-lis-Logo des Hotel Majestueux lag neben dem halbgegessenen Omelett. Er wickelte die Briefe in die Serviette und ließ das Bündel in den Papierkorb unter dem Schreibtisch fallen. Das Zimmermädchen würde erst am nächsten Morgen wieder ins Zimmer kommen, und es war unwahrscheinlich, daß irgend jemand annehmen würde, daß Nudger solch wichtige Briefe wegwerfen würde. Und jemand, der sich die Mühe machte, den Papierkorb zu durchsuchen, würde auch überall anders suchen und die Briefe ohnehin finden.

Er stellte das Tablett mit dem Geschirr vor der Tür auf den Gang, hängte das Bitte-nicht-stören-Schild an den Türknauf und machte sich auf den Weg zu Fat Jack McGee.

Auf dem Bürgersteig vor dem Hotel hörte Nudger jemanden seinen Namen rufen. Zuerst meinte er, es sei der alte Türsteher, doch als er sich umdrehte, schaute der Türsteher ostentativ von ihm weg; er hatte eine bemüht ausdruckslose Miene aufgesetzt, die Nudger alarmierte.

Ein kleiner, dickbäuchiger Mann in einem zerknitterten braunen Anzug näherte sich Nudger aus den tiefen, kühlen Schatten des Hotels, in denen er auf ihn gewartet hatte. Er hatte zerzaustes, schütteres Haar, ein pausbäckiges Gesicht und ein totenstarreähnliches Lächeln. Nudger war nicht überrascht, als er kurz eine Polizeimarke aufblitzen ließ. Er sagte, immer noch lächelnd: »Ich bin Sergeant Chambers, Mr. Nudger. Wie wäre es, wenn Sie mir zum Revier folgten, damit Captain Livingston mit Ihnen plaudern kann?«

»Wie wäre es, wenn Sie mir eine Wahl ließen?« fragte Nudger.

Chambers schüttelte den Kopf und legte ihn dann schief. Er hatte einen Kaugummi im Mund, den er nun mit der Kaugummikauern eigenen Unverschämtheit zu kauen begann, ohne davon jedoch sein zähnefletschendes Lächeln beeinträchtigen zu lassen. »Tut mir leid, das kann ich nicht.«

Nudger seufzte. »Okay. Mein Wagen steht eine Querstraße weiter unten.«

»Ich weiß.« Chambers ließ eine Kaugummiblase platzen; es klang wie ein Schuß. »Mein Partner hat hinter Ihrem Auto geparkt.«

Nudger setzte sich in Bewegung. Chambers hielt sich im Gleichschritt ein wenig seitlich hinter ihm. Der alte Türsteher blieb auch weiterhin eine Unperson. »Nichts Böses sehen, hören und sagen«, alles in einem. In seiner äußerst praktischen Welt war es in der Anonymität sicherer. In diesem Moment wünschte Nudger, daß das auch seine Philosophie wäre. Wenn dem so wäre, befände er sich jetzt mit dem zerknitterten, kaugummiknallenden Chambers nicht

(Z W I S C H E N D U R C H :)

Während Nudger die heißen Briefe liest, wird sein Essen kalt: Dem Detektiv mit dem empfindlichen Magen vergeht der Appetit.
Was lernen wir Leser daraus? Auch bei einer kleinen Mahlzeit für zwischendurch sollte man wenigstens für fünf Minuten die spannende Lektüre beiseite legen. Es wäre doch schade, wenn sie auch kalt würde, die …

auf dem Weg zum Revier, um mit dem Amtsschimmel zusammenzustoßen.

Wenn das Wörtchen wenn nicht wär', wie seine Ex-Frau Eileen ihm immer finster zu sagen pflegte, *wär' mein Vater Millionär*. Nudger war sich nie sicher gewesen, was sie damit eigentlich sagen wollte. Er dachte, das könnte ihre Art gewesen sein, ihn dazu aufzufordern, sich einen einträglicheren Job zu suchen.

»Weshalb will Livingston mit mir reden?« fragte er, als sie bei den geparkten Autos angekommen waren.

Chambers zuckte die Achseln. »Keine Ahnung. Ich nehme an, Sie haben Wellen geschlagen.« Er berührte Nudger leicht am Arm, um ihn zum Stehenbleiben aufzufordern, und hielt ihm die Fondtür eines graublauen Streifenwagens auf. »Wir können ebensogut alle mit dem Streifenwagen fahren«, sagte er. »Das ist gemütlicher. Und dabei sparen Sie noch Benzin.«

Er stieg nach Nudger in den Fond des Wagens und ließ sich schwer auf das Polster plumpsen; er roch nach Juicy Fruit. Der Fahrer, ein breitschultriger Mann mit einer mit einem rötlichen Flaum bedeckten kahlen Stelle auf dem Scheitel, ließ, ohne sich umzusehen oder ein Wort zu sagen, den Motor an und fuhr zum Revier.

16

Chambers führte Nudger in Livingstons Büro, und zog sich dann wortlos wieder zurück; sowie sich die Tür wieder geschlossen hatte, hörte Nudger auf der anderen Seite der Tür ein lautes Kaugummiknallen.

Das erste, was ihm an Livingstons Büro auffiel, war, daß es groß war. Die Wand hinter dem Schreibtisch bestand hauptsächlich aus Fenstern, die auf ein deprimierendes, düsteres Viertel von New Orleans hinausgingen. Was

Nudger einen Augenblick lang verwirrte, denn es war ein sonniger Tag. Dann sah er, daß die Düsternis das Resultat eines Schmutzfilms auf den Scheiben war; es war alles nur innere Düsternis.

Das Büro war luxuriös; zwei beige Veloursessel standen vor dem Schreibtisch, es gab einen polizeiuniform-blauen Teppichboden, und in einer Ecke stand etwas, das nach einer Bar aussah. Die untere Hälfte der Wände war getäfelt. Echte Wandtäfelung, nicht dieses beschichtete Plastikzeugs. Livingston saß hinter dem Schreibtisch, dessen Platte leer war bis auf eine grüne Schreibtischunterlage, ein paar Stifte und eine große Glasvase, die mit großen, buschigen Blumen vollgestopft war, die Nudger nicht kannte. Er fragte sich, ob Livingston eine Sekretärin hatte und ob es zu deren Job gehörte, jeden Morgen frische Blumen für die Vase zu besorgen. Er war genau der Typ dafür.

»Setzen Sie sich, Nudger«, sagte Livingston schroff.

»Guten Morgen auch«, erwiderte Nudger und ließ sich in einen der beigen Veloursessel sinken. Er war tückisch bequem, die Art von Sessel, die einen nicht unbedingt zum Dösen verleitete, aber aus dem man nicht mehr aufstehen wollte, wenn es an der Zeit war, sich wieder zu erheben. Er schaute sich um. »Die Polizei von New Orleans behandelt ihre Captains aber fürstlich.«

Livingston schaute ihn um die buschigen Blumen herum an, wie ein Fuchs aus einem tiefen Versteck späht. »Eigentlich nicht. Sie sind wohl nur die Billigmieten-Rattenlöcher gewohnt, von denen aus Ihr Privatbullen operiert.«

»Ich sehe schon, daß Sie vor allem Ihr Taktgefühl dorthin gebracht hat, wo Sie jetzt sind.«

»Es war harte Arbeit«, korrigierte Livingston. »Und Instinkt. Ein Talent, Ärger zu riechen.«

»Und ich rieche nach Ärger?«

»Sie stinken förmlich danach, Nudger.«

»Ich bin sicher, daß Sie mich nicht nur hierher bestellt

haben, um mich ein bißchen beschnuppern zu können.« Nudger verlagerte sein Gewicht in dem Sessel, damit Livingston sich den Hals verrenken mußte, um ihn auch weiterhin trotz der Schreibtischflora im Auge behalten zu können.

»Mir ist zur Kenntnis gebracht worden«, sagte Livingston, »daß Sie kurz vor unserem Gespräch in Ihrem Hotelzimmer ein paar Tage verreist waren.«

Nudger nickte. »Geschäftliche Angelegenheiten.«

»Was für eine Art von geschäftlichen Angelegenheiten?«

»Die vertrauliche Art, fürchte ich.«

»Den Auftrag betreffend, an dem Sie hier in New Orleans arbeiten?«

»Zum Teil.«

»Dann sind Ihre geschäftlichen Angelegenheiten nicht so vertraulich, daß sie nicht auch mich etwas angingen.« Livingston rollte mit dem Stuhl ein Stück zur Seite, um einen besseren Blickwinkel über den Schreibtisch zu haben und sich eine Genickstarre zu ersparen. »Erzählen Sie mir davon.«

Nudger kam zu dem Schluß, daß es an der Zeit war, Livingston etwas hinzuwerfen; wenn er das nicht tat, würde Livingston immer weiter nehmen und nehmen. Das lag in seiner Natur.

»Ich erzähle Ihnen alles, was ich kann«, meinte er.

»Dann sollte es Ihnen ja nicht schwerfallen. Ich möchte bloß dreierlei wissen: Wo sind Sie gewesen? Wen haben Sie aufgesucht? Was haben Sie in Erfahrung gebracht?«

»Ich war in Cleveland, Kansas City, Chicago und St. Louis. Ich habe mit Leuten aus der Jazzszene geredet.«

»Worüber haben Sie mit Ihnen geredet?« fragte Livingston, als Nudger nicht weitersprach.

»Über Willy Hollister.«

Livingston lehnte sich zurück und spielte mit einem der spitzen gelben Bleistifte auf dem Schreibtisch, hielt ihn geschickt in der Mitte fest und ließ die Enden kreisen, als wäre er eine Kompaßnadel, die auf die Wahrheit hinweisen könnte. »Hollister. Der Pianist drüben in Fat Jack's Club?«

Nudger nickte.

»Und was haben Sie in Erfahrung gebracht?«

»Über Hollister?«

Der Bleistift hörte auf, ein Kompaß zu sein; er wurde zu einer Schußwaffe, die auf Nudger gerichtet war, als brenne Livingston darauf, ihn mit einer tödlichen Ladung Blei der Härte zwei vollzupumpen. »Wen sollte ich wohl sonst meinen, Nudger?«

»Vielleicht David Collins. Über ihn habe ich auch ein paar Dinge in Erfahrung gebracht.«

»Bleiben wir bei Hollister.«

»Warum nicht bei Collins?«

Livingston schwieg, schaute unbehaglich drein, wartete. In seinen kleinen schrägstehenden Augen lag ein neues hartes Funkeln. Es ließ darauf schließen, daß hier ein Mensch war, der, wenn er herumgeschubst wurde, nur noch härter zurückschubsen würde. Er war ein harter Bulle, auch wenn er wie ein ränkeschmiedender Schwächling aussah. Nudger wußte, daß es an der Zeit war, sich kooperativ zu zeigen.

»Hollister läßt Frauen verschwinden«, sagte er.

Livingston war von dieser vagen Enthüllung nicht sonderlich beeindruckt. »Er zaubert? Und ich habe gedacht, er sei Musiker.« In seinem Ton lag nun dieselbe Härte wie in seinem Blick.

»Mit einem bestimmten Frauentyp zaubert er«, sagte Nudger. »Sie verknallen sich in ihn, haben eine leidenschaftliche Affäre und verschwinden dann von der Bildfläche.«

»Wollen Sie damit vielleicht etwa sagen, Hollister habe etwas mit ihrem Verschwinden zu tun?« fragte Livingston.

Eine Polizistenfrage, sachlich und so formuliert, daß sie einem schon die Antwort in den Mund legte.

»Dafür gibt es keinerlei Anhaltspunkt«, antwortete Nudger. Er beschloß, in diesem Gespräch mit Livingston im Zweifelsfall von Hollisters Unschuld auszugehen. Schließlich hatte Nudger ja keinen wirklichen Beweis, daß der Mann irgend etwas auch nur im entferntesten Illegales getan hatte. »Vielleicht hatten seine Frauen ja auch nur dieses Riesenego satt«, sagte er. »Sie waren vielleicht überrascht, als sie feststellten, daß sie in einer Dreiecksbeziehung gefangen waren: Hollister, die Frau und Hollister.«

Livingston schien sich entschlossen zu haben, nicht tiefer nachzubohren. Er lehnte sich zurück, versteckte sich einen Augenblick lang hinter der Vase mit dem Grünzeug. Nudger konnte durch die grünen Stengel seine spitzen kleinen Ohren sehen. Livingston war dabei, die Situation einzuschätzen; zu diesem Zeitpunkt wollte er vielleicht gar nicht allzu viel über Willy Hollisters Liebesleben wissen. Schließlich gab es auch Leute, die *ihm* Fragen stellen konnten.

»Sie werden ganz fürchterlich eins auf die Nase bekommen, wenn Sie sie weiterhin in die falschen Dinge stekken«, meinte Livingston. »Was haben Sie heute früh im Golden-Oldens-Geschäft gemacht?«

Nudger zuckte die Achseln. »Ich mag alte Prachtstücke.«

»Prachtstücke wie Sandra Reckoner?«

»Sie ist gar nicht so alt«, erwiderte Nudger. »Nicht ein einziges Wurmloch in ihr.«

»Seien Sie sich da mal nicht so sicher. Ich habe gehört, sie läßt sich von den seltsamsten Leuten auf die seltsamste Art antörnen.« Livingston lachte das verstohlene, fiese Lachen eines Pornographen oder Zensors.

»Weshalb warnen Sie mich noch einmal, nicht herumzuschnüffeln?« fragte Nudger. »Haben wir dieses Thema nicht schon in meinem Hotelzimmer abgegrast?«

»Nicht ganz. Ich möchte sichergehen, daß Sie eines begreifen, Nudger. Es gibt gewisse Situationen, in denen ich Ihnen nicht helfen kann.«

Nudger war sich nicht sicher, ob er das wirklich verstand. Hatte Livingston aus eigennützigen Motiven seine Hand im Spiel, oder war er tatsächlich oder wenigstens indirekt um Nudgers Wohlergehen besorgt? War er wirklich der hämische kleine gekaufte Bulle, der er zu sein schien, oder war etwas anderes, etwas, das nicht so leicht einzuordnen war?

»Selbst gute Schwimmer ertrinken ab und zu«, sagte Livingston. »Das passiert immer dann, wenn kein Bademeister in der Nähe ist.«

Nudger fragte sich, was hier vor sich ging. Alle Polizisten, die er kannte, schienen auf einmal in Metaphern zu sprechen.

»Sie sollten einmal meinen Freund Hammersmith kennenlernen«, sagte er.

»Wer ist denn das?«

»Oh, ein Bekannter von mir aus St. Louis.«

»Und da sollten Sie jetzt auch sein. Zu Hause in St. Louis.«

»Das scheint die vorherrschende Logik zu sein.«

Livingston stand auf: Es war nicht leicht, das hinter dem großen Schreibtisch mitzubekommen. »Passen Sie auf, daß Sie nicht in Schwierigkeiten geraten, Nudger. Meine Leute haben Besseres zu tun, als Sie in der ganzen Stadt zu beschatten.«

Nudger stand aus dem beigen Velourssessel auf, hörte dabei seine Knie knacken; er wurde allmählich alt – wie Billy Weep. Nein, verbesserte er sich, Billy wurde jetzt nicht mehr älter. Nudger hatte keine Veranlassung gesehen, Livingston von Billys Tod zu erzählen. Er schaute noch einmal zum Fenster hinaus auf die Welt, die von den Vorgängen in Livingstons Büro düsterer wurde, so wie

Livingstons Welt von dem getrübt war, was in seinem Kopf vor sich ging.

»Worauf starren Sie da?« fragte Livingston.

»Nichts Besonderes«, sagte Nudger. »Hübscher Anzug. Wolle?«

Livingston gab keine Antwort; Nudger ging schweigend aus dem Büro und zog leise die Tür hinter sich zu. Wolle, entschied Nudger. Livingston war ein Fuchs im Schlafspelz. Was ging bloß in seinem raffinierten Köpfchen vor?

Draußen auf dem Bürgersteig blieb Nudger stehen. Sein Magen rumorte, drohte, sich auf unangenehme Art bemerkbar zu machen. Nudger griff nach der Rolle Antacidtabletten mit Spearmint-Geschmack.

Eine Detonation hinter ihm ließ ihn zusammenzucken und herumwirbeln.

Es war Chambers, der seine Kaugummiblase platzen ließ. Der Geruch von Juicy Fruit drang zu Nudger herüber.

Der Detective lächelte ihn an und hielt dabei den hellen Kaugummiklumpen zwischen den Vorderzähnen, so daß man ihn sah, wenn er lächelte; wie ein Kind, das seiner Mutter bewies, daß es den Kaugummi nicht verschluckt hatte. »Kann ich Sie in Ihr Hotel zurückfahren?« bot er an und wies dabei mit dem Kopf zur anderen Straßenseite, wo der blaugraue Wagen parkte, der Nudger ins Revier gebracht hatte.

Nudger nickte. »Warum nicht?«

Chambers zuckte zusammen. »Das ist eine gräßliche Maxime. Sie sollten sich besser nach dem Warum fragen.« Dann zuckte er die Achseln. »Andererseits sorgen Leute, die sich ›Warum nicht?‹ fragen, dafür, daß ich auch weiterhin einen Job habe.« *Plop!* knallte der Kaugummi.

»Das sind beides knifflige Fragen«, meinte Nudger.

Er brach eine neue Rolle Antacidtabletten an, und er und Chambers gingen nebeneinander über die Straße. Juicy Fruit und Spearmint.

17

Nachdem Chambers ihn am Hotel Majestueux abgesetzt hatte, sah Nudger überrascht, daß in seinem Fach hinter dem Empfang ein gefalteter weißer Zettel lag. Er bat den baumlangen Portier um den Zettel, faltete ihn auseinander und las:

Mr. Nudger,
leider habe ich Sie nicht angetroffen. Ich werde sobald wie möglich wieder versuchen, mich mit Ihnen in Verbindung zu setzen. Es ist sehr wichtig, daß wir miteinander reden.

Marilyn Eeker

Nudger untersuchte den Zettel. Er war auf billiges unliniertes Briefpapier geschrieben worden, einmal gefaltet und hatte einen tiefen Knick, als wäre er mit dem Daumennagel gefalzt worden. Die Nachricht war mit hellblauer Tinte geschrieben, die Handschrift war präzis und feminin und ein wenig schräg nach unten geneigt.

»Wann wurde das abgegeben?« fragte Nudger den Portier.

»Etwa vor einer Stunde«, antwortete der Portier und beugte sich über die Empfangstheke, um mit einem Bleistift Zahlen in ein Hauptbuch zu schreiben. Er war ein beschäftigter Mann; daß er sich Zeit nehmen sollte, um mit Nudger zu reden, war offensichtlich eine Zumutung.

»Hat die Frau irgend etwas gesagt?« fragte Nudger.

Ohne aufzusehen sagte der große Portier: »Hat mir nur gesagt, ich soll das bitte in Mr. Nudgers Fach legen.« Er setzte die Bleistiftspitze aufs Papier.

»Wie hat sie denn ausgesehen?«

»Oh, ziemlich klein – zierlich, könnte man wohl sagen – blond, in den Vierzigern, recht hübsch. Schien es eilig zu haben.«

Nudger kramte in seinem Gedächtnis, konnte sich jedoch nicht vorstellen, wer die Frau gewesen sein könnte. Er konnte sich nicht daran erinnern, je den Namen Marilyn Eeker gehört zu haben.

Der Portier kratzte sich am Kopf und kämpfte mit einem Miniaturtaschenrechner. Nudger überließ ihn der Naturwissenschaft und ging in sein Zimmer hinauf.

Im New Orleanser Telefonbuch stand nur ein Eeker. Joseph Eeker. Nudger wählte dessen Nummer, bat, mit ihm sprechen zu können, und bekam ihn sofort an den Apparat. Das Ganze war so kinderleicht, daß Nudger schon wußte, daß es fruchtlos sein würde.

Er hatte recht. Joseph Eeker war neunundsiebzig Jahre alt, hatte noch nie etwas von Marilyn Eeker gehört und wollte auch nie wieder etwas von ihr hören. Nudger entschuldigte sich für die Störung und legte den Hörer wieder auf. Er würde warten müssen, bis Marilyn Eeker zu ihm kam. Er hoffte nur, daß sie nicht jemanden repräsentierte, dem er Geld schuldete.

Seine Unterredung mit Livingston und die Zeit, die er mit Chambers und dessen unheilvoll schweigendem Partner im Auto verbracht hatte, hatten ihn ins Schwitzen gebracht. Er wusch sich das Gesicht mit kaltem Wasser, zog sich ein frisches Hemd an und ging dann wieder hinunter und nach draußen.

Er lenkte den roten Mini zu Fat Jacks Club und dachte darüber nach, weshalb Livingston nicht erwähnt hatte, daß er in Hollisters Wohnung gewesen war. Es könnte sein, daß die Polizeiüberwachung zu dieser Zeit bereits abgeblasen worden war und Livingston schlicht und einfach nicht wußte, daß Nudger dort gewesen war. Livingston hatte die Wahrheit gesagt, als er meinte, daß seine Leute Besseres zu tun hätten als Nudger zu beschatten. Die Polizei von New Orleans war ebenso überlastet wie jede andere Polizei. Es könnte aber auch sein, daß Livingston sehr wohl wußte, daß Nudger in Hollisters Wohnung gewesen war und es absichtlich nicht erwähnt hatte, weil sich der Fuchs nicht in die Karten sehen lassen wollte. Eine andere Möglichkeit war, daß Livingstons Mann Nudger zwar in Hollisters Wohnung gehen gesehen hatte, aber davon ausgegangen war, daß ein Gespräch stattgefunden hatte, und Livingston den Besuch somit nicht weiter erwähnenswert gefunden hatte.

Nudger beschloß, damit aufzuhören, sich über Livingston den Kopf zu zerbrechen. Der Versuch, die Motive eines solchen Polizisten zu analysieren, konnte einem Löcher in den Bauch fressen. Darauf konnte er verzichten.

Nudger parkte das Auto, schob sich dann durch die Tür von Fat Jack's, tauschte die Hitze und die Helligkeit draußen gegen das kühle Schummerlicht im Club ein.

Der Barkeeper – nicht der junge Unerschütterliche, sondern ein älterer Grauhaariger mit einer getupften Fliege – sagte Nudger, Fat Jack sei nicht im Haus. Niemand konnte mit Sicherheit sagen, wann er wieder zurück sein würde; er könnte erst am Abend zurückkommen, wenn das Geschäft allmählich lebhafter wurde, er könnte aber auch nur auf ein Croissant und einen Kaffee ins Magnolia Blossom hinüberspaziert und jede Minute wieder zurück sein.

Nudger setzte sich an das Ende der Bar, hielt sich an einem Bier fest, das er eigentlich gar nicht wollte, und wartete. Er schaute zu, wie sich der Barkeeper, der trotz der zerknitterten weißen Schürze, die er um die Taille gebunden hatte, wie ein Mensch wirkte, der immer piekfein angezogen war, hinter der Bar auf den Abend vorbereitete. Es war beinahe, als wäre die lange Bar eine Barrikade und er vergewissere sich, daß auch genug Munition vorhanden war, um mit der drohenden Belagerung fertig zu werden. Er ordnete die Flaschen auf dem Regal hinter der Bar so, daß er sie leicht greifen konnte, und zählte die blitzenden umgedrehten Gläser als handle es sich um Artillerigeschosse. Für Nudger sah es nach einem langweiligen Job aus, kein Vergleich dazu, die ganze Nacht in einem geparkten Auto zu sitzen und darauf zu warten, daß das auf Abwege geratene Ehegespons eines Klienten aus dem Motelzimmer auftauchte.

Marty Sievers kam aus dem Hinterzimmer herein. Er blieb eine Weile stehen und sah zu, wie ein paar frühe Gäste hereinspaziert kamen und an ihre Tische geführt wurden. Er trug denselben konservativen braunen Anzug, den er angehabt hatte, als Nudger ihn zum ersten Mal gesehen hatte. Mr. Durchschnitt; wenn man einen Roboter für jedermann herstellen würde, sähe er wie Sievers aus. Als sein Blick auf Nudger fiel, kam er herüber und stellte sich neben ihn an die Bar.

»Sieht so aus, als gebe es heute abend viel Betrieb«, sagte Nudger.

»Wird es. Dafür sorgt Hollister. Genaugenommen hatten wir den ganzen Monat lang viel Betrieb.« Der Barkeeper brachte ihm ein Glas Mineralwasser mit Eis. Vielleicht Perrier. Sievers hob das Glas zu einem freundlichen Toast, lächelte Nudger an und trank einen Schluck.

»Kennen Sie zufällig Max Reckoner?« fragte Nudger.

»Klar, der Antiquitätengeschäftsbesitzer. Er ist hier Stammgast. Seine Frau Sandra auch, aber sie kommt nicht so oft hierher wie Max.«

»Ich habe gehört, daß Max hier auf die Jagd geht«, sagte Nudger.

»Auf die Jagd?«

»Ja. Max und Amor.«

Sievers schaute ihm direkt in die Augen. »Ich klatsche nicht über Gäste, Nudger. Das wäre schlecht fürs Geschäft.«

»Wenn Sie es mir nicht sagen wollen, kann ich meine Informationen auch von Fat Jack bekommen.«

»Vielleicht sollten Sie das tun.«

»Es hängt mit dem Wohlergehen des Clubs zusammen.«

Hinter der Bar klingelte die Kasse. Oder war es Sievers' Herz?

»Wenn es den Club nicht mehr gibt, kann es überhaupt kein Geschäft mehr geben, ob gut oder schlecht«, sagte Sievers mit vollendeter Logik. Wenn er nicht zu den Green Berets gegangen wäre, wäre er bestimmt ein erfolgreicher Nachwuchsmanager geworden. »Es stimmt schon, daß Max sie gern jung mag.«

»Und wie reagiert Sandra darauf?«

Sievers trank noch einen Schluck seines untadeligen Getränks und zuckte die Achseln. »Sie weiß Bescheid, aber was kann sie schon tun, wenn sie den Kerl nicht verlassen will? Ich habe den Eindruck, sie wartet darauf, daß er die Torheiten des mittleren Alters hinter sich bringt und wieder zur Ruhe kommt.«

Die Torheiten des mittleren Alters. Nudger fragte sich, ob er wohl auch darunter leide. »Hat Sandra auch Affären, um sich dafür zu entschädigen?« fragte er.

»Keine Ahnung«, sagte Sievers ein bißchen gereizt. Nudger fragte sich, ob es zwischen ihm und Sandra Reckoner je eine Beziehung gegeben hatte. Er beschloß, Sievers nicht danach zu fragen; er würde ohnehin keine sinnvolle Antwort bekommen, und Sievers würde wahrscheinlich ganz verstummen.

Eine vollbusige rothaarige Kellnerin in einem Fat-Jack's-T-Shirt hüpfte mit einem leeren Tablett an ihnen vorbei. Ein Geistesblitz. »Hat Max je bei irgendeiner der Bedienungen hier landen können?« fragte Nudger.

»Ich war einverstanden, Ihnen über die Gäste Auskunft zu geben, aber nicht über die Angestellten«, sagte Sievers.

»Sie zwingen mich dazu, über einen großen Umweg ans selbe Ziel zu kommen«, meinte Nudger. »Es könnte Sie teuer zu stehen kommen.«

»Mag sein.«

»Wenn Sie es mir sagen, wird niemand erfahren, wo ich meine Informationen herhabe.«

Sievers strich mit dem Finger über den Rand des Glases, lauschte dem schrillen, leisen Quietschen und dachte nach. »Okay«, meinte er schließlich. »Sie sollen ja schließlich ein Spezialist für diskrete Ermittlungen sein.«

»Bin ich«, beteuerte Nudger. »Diskretion ist das A und O meines Berufs.«

»Judy Villanova«, sagte Sievers. Er wies mit der Hand auf eine zierliche blonde Kellnerin am Ende der Bar, die gerade ihr Tablett mit Getränken belud.

Nudger schaute ihr zu, wie sie die mit Reif bedeckten Biergläser zu einem Tisch trug, an dem vier Managertypen saßen. Sie hatte ein zartes blasses Gesicht, das für ihre übertrieben geschminkten Augen nicht groß genug war. Ihre in dunklen Strümpfen steckenden Schenkel waren zwar wohlgeformt, füllten die Beine ihrer Shorts jedoch nicht aus, und das T-Shirt sah aus, als wäre es mehrere Nummern zu groß. Sie sah aus wie ein Teenager, die eine Erwachsene spielte.

»Wie alt ist sie?« fragte Nudger.

»Siebenundzwanzig. Sie ist verheiratet und hat eine Tochter. Sie arbeitet hier nur Teilzeit, bis sie an der Loyola University ihr Psychologiediplom gemacht hat.«

»Und wann ist ihre Schicht heute abend zu Ende?«

»Um neun. Heute ist ihr kurzer Abend; sie hat morgen sehr früh ein Seminar.« Sievers runzelte die Stirn; er war ein verschlossener Typ und seinen Truppen gegenüber loyal. Offensichtlich erzählte er Nudger nicht gerne etwas über eine seiner Kellnerinnen. »Judy ist ein nettes Mädchen – eine nette Frau. Was immer auch zwischen ihr und Max gewesen ist, ist schon über ein Jahr her.«

»Ich werde sie nicht mehr als nötig beunruhigen«, beteuerte Nudger.

»Ich bin mir nicht sicher, ob ihr Mann von ihr und Max

weiß«, sagte Sievers. Es hörte sich so an, als sei er wirklich besorgt.

Hinter der Bar klingelte das Telefon, der Barkeeper ging ran und hielt dann den Hörer in einem wortlosen Signal hoch, was bedeutete, daß der Anruf für Sievers war.

Sievers entschuldigte sich bei Nudger, nahm sein Glas und ging auf die Schwingtür am anderen Ende der Bar zu. Nudger sah, wie er ein paar Minuten lang telefonierte, dann auflegte und in Richtung Küche verschwand.

Der Barkeeper stellte eine weitere Runde Getränke auf den Abschnitt der Bar aus rostfreiem Stahl neben den Zapfhähnen, damit sie Judy Villanova auf ihr Tablett laden konnte. Sie war tatsächlich ungeheuer mager, sah beinahe schon ausgemergelt aus. Sie war ungeheuer zart, nahezu ätherisch. Nudger wandte seine Aufmerksamkeit wieder seinem Bier zu. Max Reckoner war wahrscheinlich genau der Typ, der gerne Blumen zertrampelte.

Eine Stunde später fing der Barkeeper, der, wie Nudger inzwischen erfahren hatte, Mattingly hieß, an, ihn ab und zu anzustarren. Ruhige Zeit des Tages hin oder her, Nudger hatte einen Barhocker in Beschlag genommen und besaß eine Verpflichtung.

Und vielleicht hatte Mattingly ja recht, und ein gewisses Protokoll war nötig, um die Welt vor dem Chaos zu bewahren. Nudger schickte sich gerade an, sich den Platz an der Bar zu verdienen, indem er noch ein Bier bestellte, das er eigentlich nicht wollte, als Fat Jack wie ein leichtfüßiger fettleibiger Geist in einem dreiteiligen weißen Anzug in dem Schummerlicht auftauchte.

Er sah Nudger, lächelte strahlend und steuerte auf ihn zu; Diamantringe und Goldschmuck sprühten Feuer unter den hellen Ärmeln, eine große Diamantnadel funkelte in seiner lätzchenartigen Krawatte. Glitzer, glitzer. Er bot einen Anblick von eleganter Enormität.

»Wir beide müssen unbedingt miteinander reden«, sagte Nudger.

»Kein Problem«, sagte Fat Jack. »In meinem Büro, ja?« Er ging voran, und Nudger kam sich dabei ein wenig vor wie ein Pilotfisch, der einem Wal hinterherschwimmt. Fat Jack trug an diesem Tag irgendein teures Rasierwasser, das schwach nach Zitronen duftete. Einen Augenblick lang erinnerte es Nudger an den Zitronenölduft in Reckoners Antiquitätengeschäft.

Als sie es sich in Fat Jacks Büro gemütlich gemacht hatten, sagte Nudger: »Ich bin auf ein paar Briefe gestoßen, die Ineida an Hollister geschrieben hat.«

»Gestoßen?«

Nudger zuckte die Achseln. »Die beiden wollen miteinander durchbrennen und heiraten.«

Fat Jack zog die Augenbrauen so hoch, daß Nudger schon Angst hatte, sie würden abfallen. »Hollister ist nicht der Typ, der heiratet, Nudger.«

»Was für ein Typ ist er dann?«

»Das möchte ich lieber nicht beantworten.«

»Vielleicht brennen Ineida und Hollister durch und leben noch lange glücklich und vergnügt...«

»Stop!« unterbrach ihn Fat Jack. Er beugte sich über den Schreibtisch; die breite Stirn glänzte. »Wann wollen sie abhauen?«

»Keine Ahnung. Das stand nicht in den Briefen.«

»Das müssen Sie herausfinden, Nudger.«

»Ich könnte fragen. Aber Captain Livingston würde das nicht gern sehen.«

»Livingston hat mit Ihnen geredet?«

»Zweimal. In meinem Hotelzimmer und heute morgen in seinem Büro. Beide Male liefen die Gespräche auf dasselbe hinaus. Er will, daß ich mich aus dem Fall zurückziehe. Er hat mir beteuert, er habe dabei nur mein Bestes im Auge.«

Fat Jack machte einen nachdenklichen Eindruck. Er drehte sich mit seinem Stuhl herum und schaltete die Behelfsklimaanlage im Fenster an. Ihr Luftzug wirbelte die Papiere auf dem Schreibtisch auf und zauste sein angegrautes, rötliches Haar. »Ich bin sicher, daß Hollister keine Ahnung hat, wer Ineida in Wirklichkeit ist«, sagte Fat Jack. »Ich bin mir außerdem sicher, daß er sie nicht liebt; er schaut sie nämlich nicht verliebt an.«

»Da irren Sie sich vielleicht.«

»Vielleicht, aber das bezweifle ich. Warum glauben Sie, will er sie heiraten?«

»Vielleicht hat er erfahren, wie reich sie ist.«

»Ausgeschlossen. Es sei denn, sie hat es ihm gesagt.«

»Sie hat es ihm noch nicht gesagt«, meinte Nudger. »Sie hebt sich die große Überraschung für die Hochzeitsnacht auf.«

»Hm!« machte Fat Jack. »Was glauben Sie, ist mit diesen anderen Frauen passiert?«

»Ich glaube, das wissen wir alle beide«, sagte Nudger.

Fat Jack schwieg und schwitzte. Und ob er es wußte, aber er wollte nicht darüber reden. Als ob es in Worte zu fassen, es aus dem Bereich der Spekulation in die Welt der harten Tatsachen holen würde.

»Hollister ist gern verliebt«, sagte Nudger. »Und dann versagt er sich mit Absicht die Frauen, die er liebt und besitzt, nährt so eine Einsamkeit und Pein, die in seiner Musik zum Ausdruck kommen und sie erst zum wahrhaft großartigen Blues machen. Es ist ein bewußtes persönliches Opfer für seine Kunst, der einzige Weg, wie er seiner Musik die irre, tragische Dimension verleihen kann, die sie ganz zu seiner eigenen Musik macht. Der übersteigerte Inbegriff des leidenden Künstlers. Das Problem dabei ist nur, daß man von den Frauen, die er liebt und verläßt, nie wieder etwas sieht.«

Fat Jack fuhr sich mit der Handfläche über die Stirn und

betrachtete dann seine Finger, als wolle er sehen, ob Blut an ihnen klebe. Nach einer Weile sagte er: »Gott steh mir bei, Nudger, aber ich kann das verstehen. Eh, nicht daß ich es gutheißen würde, aber der Musiker – der Künstler in mir, alter Schnüffler – kann das verstehen.«

Nudger wußte, was Fat Jack meinte; der große Mann war selbst ein Weltklassemusiker, der für seine Kunst große Opfer gebracht hatte. Opfer zu bringen gehörte zum Auftritt. Der Unterschied war nur, daß Willy Hollister vielleicht Menschen opferte, und Fat Jack war entsetzt bei dem Gedanken, Ineida könnte bald zu ihnen gehören.

»Wo war Hollister vorgestern zwischen vier und sechs?« fragte Nudger.

Fat Jack rieb sich die Hängebacken, die ihm über den weißen Kragen quollen. »Um fünf hat er hier im Club sein Set gespielt, und er war bis mindestens sechs hier. Warum?«

»In diesem Zeitraum ist Billy Weep umgebracht worden.«

Fat Jack schüttelte den Kopf. »Es ist nicht sehr wahrscheinlich, daß Hollister Billy umgebracht haben und rechtzeitig zu seinem Auftritt wieder in der Stadt gewesen sein könnte. Es ist zwar nicht völlig unmöglich, aber es hätte einen engen Zeitplan erfordert und eine Fluggesellschaft, die pünktlich abfliegt. Ich würde sagen, daß er mit Billys Tod nichts zu tun gehabt hat, was eine gewisse Erleichterung ist.«

Nudger mußte Fat Jack beipflichten. Der Tod und die Steuern waren gewiß, aber mit Abflugszeiten verhielt sich das ganz anders.

»Und was jetzt?« fragte Fat Jack. »Ein Gespräch mit Ineida?«

»Ich glaube nicht, daß das irgend etwas ändern würde«, meinte Nudger. »Es würde die Dinge vielleicht nur noch beschleunigen.«

Fat Jack seufzte, pochte mit fleischigen Knöcheln auf den Schreibtisch. »Sie haben recht, sie würde nichts glauben, was wir ihr über Hollister erzählen.«

»Und wir haben keine Beweise. Was immer wir ihr auch sagen, wäre vielleicht gar nicht wahr.«

»Ich hatte schon gehört, daß Sie ein Optimist sein sollen«, sagte Fat Jack. *Poch, poch,* machten die Knöchel auf dem Schreibtisch. Jedesmal wenn er die Hand bewegte, ließ sein Ring an der Wand einen hellen Fleck reflektierten Sonnenlichts tanzen, ein Lebewesen, das in der Zweidimensionalität gefangen war.

»Und wie wäre es, wenn wir das alles ihrem Vater unterbreiten?« fragte Nudger.

Fat Jack verdrehte tatsächlich vor Schreck die Augen. »Auf gar keinen Fall! Er darf nicht wissen, daß sie durch die Arbeit hier im Club in diese Situation geraten ist, während ich eigentlich auf sie hätte aufpassen sollen.« Er schien einen Moment lang die möglichen Konsequenzen zu überdenken, verdrehte dann wieder die Augen und sagte: »Himmel, gehen Sie bloß nicht zu Collins.«

Nudger fand, Fat Jack habe sich in diesem Punkt klar ausgedrückt. »Haben Sie irgendeine andere Idee?« fragte er.

»Behalten Sie die Situation im Auge«, sagte Fat Jack. »Und ich mache dasselbe, wenn Hollister und Ineida hier im Club sind. Und versuchen Sie unterdessen, mehr über Hollister in Erfahrung zu bringen. Wenn wir irgendeine üble Geschichte über ihn ausgraben können, können wir ihn vielleicht davon überzeugen, Ineida in Ruhe zu lassen und nach seinem Engagement hier wieder weiterzuziehen.«

»Wir reden hier über Mord«, erinnerte ihn Nudger.

»Und vielleicht zukünftigen Mord«, sagte Fat Jack. »In dieser Situation müssen wir auf unsere eigene Haut bedacht sein.«

Fat Jack hatte da ein überzeugendes Argument, dachte das potentielle zukünftige Opfer Nudger.

»Eh, wir haben schließlich auch ein Recht auf Leben«, sagte Fat Jack im Brustton der Überzeugung.

»Das haben alle Lebewesen«, meinte Nudger. »Aber schauen Sie doch nur mal, was so passiert.«

18

Nachdem Nudger Fat Jack's verlassen hatte, kehrte er in sein Hotelzimmer zurück, setzte sich auf den Bettrand, starrte das Telefon an und lauschte dem sonoren Surren der Fahrstuhlkabel in einem nahen Schacht. Es war ein dumpfes, verlorenes Geräusch, ein Echo der Isolation. In puncto Einsamkeit waren entfernte Lokomotivpfeifen gar nichts im Vergleich zu Fahrstuhlkabeln.

Er wußte, weshalb er Claudia anrufen wollte. Mit einem Male fehlte sie ihm schmerzlich, und ihm wurde klar, daß er, seitdem sie sich kennengelernt hatten, noch nie über einen längeren Zeitraum oder eine größere Entfernung von ihr getrennt gewesen war.

Aber das war nicht der wirkliche Grund, weshalb er mit ihr reden mußte.

Er schaute auf seine Armbanduhr. Fast vier. Vielleicht war sie noch nicht aus der Schule zu Hause; er würde sie auf gut Glück anrufen müssen. Sie mußte sich auf ihrer langen Fahrt aus dem Vorort durch das Verkehrsgewühl auf dem Highway 40 durchkämpfen.

Er beschloß, nicht zu warten, zog sich das Telefon auf den Schoß und tippte die Nummer der Telefonzentrale für direkte Ferngespräche.

Beim zweiten Klingeln hob Claudia ab.

»Ist etwas nicht in Ordnung?« fragte sie, als sie hörte, daß es Nudger war.

»Es ist immer etwas nicht in Ordnung«, sagte er. »Deshalb habe ich ja wenigstens sporadisch Arbeit.«

Sie spürte etwas in seinem Ton, schwieg. »Weshalb rufst du an?« Gewitztes Weib.

»Ich liebe dich. Du fehlst mir. Ich wollte deine Stimme hören, und ich wollte, daß du meine hörst.«

»Das ist wirklich typisch für dich, Heimweh zu bekommen, Nudger, aber es ist ganz und gar nicht typisch für dich, das zuzugeben.« Es knisterte und knackte in der Leitung. Nudger schwieg. »Hast du dich mit dieser Ineida Frohmacher eingelassen?«

»Sie heißt Ineida Mann, und das weißt du auch. Und nein, auf die Art, wie du meinst, habe ich mich nicht mit ihr eingelassen.« Nudger war von ihrer Intuition überrascht; sie hatte den richtigen Riecher, aber die falsche Spur. »Ineida ist ein unseliges, naives Kind, das am Rande eines Abgrunds steht; sie entspricht nicht meiner Vorstellung von einem Sexualobjekt.«

»Ich bin sicher, dein Interesse an ihr ist rein väterlicher Natur.«

»Großväterlicher«, meinte Nudger.

»Als wir das letzte Mal miteinander geredet haben, hast du es als onkelhaft bezeichnet.«

»Habe ich.«

Er hörte Claudia in die Muschel atmen. Claudia und Telefone; er hatte sie am Telefon kennengelernt, sich via elektronischer Impulse in sie verliebt. »Ich vertraue dir, Nudger.« Er wußte, daß sie ihm das nicht leichthin sagte.

Nudger hielt es für das Beste, nichts darauf zu sagen. Er hörte ein dumpfes Grollen in der Leitung. Es dauerte ein paar Sekunden, bis er es als Donner identifiziert hatte.

»In St. Louis gibt es gleich ein Gewitter«, sagte Claudia. »Das wird Abkühlung bringen. Ist es heiß bei dir?«

»So heiß wie die Musik; nicht ein Hauch von Abkühlung. Das ist eine unwirkliche Stadt, so exotisch wie Sansibar. Es ist so sumpfig hier, daß sie ihre Toten über der Erde begraben. Die Friedhöfe schauen aus wie Miniaturstädte, ohne Fenster und ohne Verkehr.«

»Dein Freund Billy Weep ist heute beerdigt worden. Ich habe es in der Mittagspause im Lehreraufenthaltsraum im Fernsehen gesehen. Benjamin Harrison Jefferson.«

»Was?«

»So hieß Billy Weep in Wirklichkeit. Hast du das denn nicht gewußt?«

»Nein. Er hat mir irgendeinen anderen Namen genannt, aber das ist schon lange her.«

»In den Nachrichten haben sie einen Ausschnitt aus der Trauerfeier gezeigt. Ein gewisser Rush hat eine Nachrede gehalten. Und ein Saxophonist hat einen Blues gespielt. Er war trauriger als ein Trauermarsch.«

»Er ist nicht lange in der Einsegnungshalle aufgebahrt gewesen«, sagte Nudger.

»Ich glaube, er ist gar nicht erst aufgebahrt worden. Er ist mittellos gestorben. Der Musikerverband ist für seine Beerdigung aufgekommen.«

»Haben die Nachrichten sonst noch etwas über ihn gebracht? Zum Beispiel, wer ihn umgebracht haben könnte?«

»Nein.«

Das überraschte Nudger nicht. Die Lebenden interessierten sich nicht mehr sonderlich für Billy Weep, hatten sie wahrscheinlich schon nicht mehr getan, seit er aufgehört hatte, die Musik zu machen, die sie zwar traurig gestimmt, sie aber auch daran erinnert hatte, daß sie noch am Leben waren. Nudger starrte aus dem Fenster auf das weiche, schräg einfallende Frühabendlicht. Maler und Photographen lebten für diese Tageszeit; es war nur ein Jammer, daß die Welt nicht so war, wie sie in einem solchen Licht aussah.

»Hängt Billy Weeps Tod mit dieser Sache in New Orleans zusammen?« fragte Claudia.

»Ich glaube schon.«

»Bist du auch – vorsichtig?«

»Mehr als nötig.« Er wußte, daß sie verstand, daß er ihnen beiden zuliebe vorsichtig war. Sie schwieg. Ihr wortloses gegenseitiges Verständnis war eine größere Liebeserklärung als wenn einer von ihnen in großen Worten seine Liebe beteuert hätte. Ihre Beziehung hatte sich dazu entwickelt, während keiner von ihnen aufgepaßt hatte. Das war die Falle, in die die Menschen tappten.

»Nudger, bist du in irgendeiner drohenden Gefahr?«

»Natürlich bin ich das. Und ich habe Angst. Aber so ist das nun mal in meinem bescheuerten Beruf.«

»Jedenfalls bist du immer ehrlich.«

Nudger bekam Gewissensbisse.

»Wir treiben deine Telefonrechnung in die Höhe«, sagte Claudia. »Bekommst du deine Spesen zurück?«

»Hat man mir jedenfalls gesagt, aber was man mir sagt, scheint mit der Realität in dieser Stadt nur selten übereinzustimmen. So ist es schon, seit ich hier unten bin. Vielleicht liegt es an den Grits.«

»Hier fängt es jetzt an, zu regnen; der Wind bläst den Regen herein und der ganze Boden wird naß. Ich sollte jetzt besser das Fenster zumachen.«

»Willst du mich loswerden?«

»Ich will nicht so auf dich angewiesen sein. Auf dich und den Mop.«

»Vielleicht rufe ich dich morgen um diese Zeit noch einmal an«, sagte Nudger.

»Und vielleicht auch nicht. Ich bin jedenfalls da.«

Nudger legte den Hörer auf, stellte das Telefon wieder auf den Nachttisch und starrte es an. Er dachte, ein derartiges Aufeinander-Angewiesen-Sein habe etwas unbestreitbar Gefühlsduseliges. Selbst in den jungen Jahren seiner Ehe mit Eileen hatte er nie so empfunden. Aber schließlich hatte er sich von Eileen ja scheiden lassen.

Sein Verdauungstrakt ließ ihn wissen, daß er an Eileen gedacht hatte. Die beiden waren nie gut miteinander ausgekommen. Ihre Beziehung hatte zu Magengeschwüren geführt, und zwar nicht bei Eileen.

Wenn er schon einmal dabei war, über beunruhigende Frauen nachzudenken, könnte er ebensogut nachsehen, was der letzte Neuzugang machte. Er nahm wieder den Hörer in die Hand und tippte die Nummer des Empfangs.

»Hat jemand eine Nachricht für Nudger hinterlassen, Zimmer drei-null-vier?« fragte er.

Der Portier brummte in einer Art und Weise vor sich hin, die darauf schließen ließ, daß nie für irgend jemanden Nachrichten hinterlassen wurden, sagte jedoch, er werde nachschauen. Es klapperte im Telefon, als er unten den Hörer hinlegte.

Nudger wartete.

»Ja, Sir«, kam einige Minuten später eine leicht überraschte Stimme aus dem Hörer. »Eine telefonische Nachricht um drei Uhr. Von einer Miß Marilyn Eeker.«

Nudger hielt den Hörer fester und preßte ihn sich dicht ans Ohr. »Ja, und wie lautet sie?«

»Sie lautet, es tut ihr leid, daß sie Sie wieder verpaßt hat, und sowie sie kann, ruft sie wieder an oder kommt vorbei.«

Nudger lockerte den Griff am Hörer. Nun wünschte er, er hätte den Empfang nicht angerufen. Er war nun immer noch genau da, wo er auch vor dem Anruf schon gewesen war, bloß noch verwirrter und beunruhigter.

»Kann ich noch etwas für Sie tun, Sir?« Jetzt lag Wachsamkeit und Respekt in der Stimme des Portiers. Einem Gast, der im Majestueux Nachrichten bekam, stand das zu.

»Nein. Und danke auch.« Nudger legte den Hörer auf und löste die Finger vom Telefon.

Er kaute ein paar Antacidtabletten, legte sich rücklings auf das Bett, spielte mit einer Hand mit der Telefonschnur, massierte sich mit der anderen den unruhigen Magen und dachte daran, daß es in St. Louis regnete. Wenigstens hatte sich das Wetter bis nach der Beerdigung gehalten.

Du meine Güte, dachte er, Benjamin Harrison Jefferson.

19

Nudger stand geduldig vor dem Club in dem roten grellen Licht des Neon-Fat-Jacks über dem Bürgersteig, als Judy Villanova auf ihrem Weg von der Arbeit durch die Tür kam. Es war Viertel vor zehn; sie hatte sich die Zeit genommen, sich umzuziehen. Statt der Kellnerinnenuniform trug sie nun Levi's und eine einfache weiße Bluse. Trotz des roten Neonlichts wirkte sie blaß und sah sogar noch jünger aus als drinnen im Club.

Nudger trat von dem Haus weg, stellte sich ihr in den Weg und setzte dabei das altbekannte liebe Lächeln auf. »Judy«, sagte Nudger, als wären sie alte Freunde.

Sie war diesem Annäherungsversuch gewachsen. Sowie sie sah, daß sie Nudger nicht kannte, ging sie flink um ihn herum und lief zur Ecke weiter.

Nudger hüpfte ein paar Schritte und ging dann neben ihr her. »Ich heiße Nudger, Mrs. Villanova. Wir müssen miteinander reden. Ich will Sie nicht anmachen; das ist geschäftlich.«

Sie verlangsamte ihren Schritt nicht. Warf nicht einmal einen Blick in seine Richtung. Für eine derart zierliche Person war sie eine schnelle Geherin. Nudger wußte, daß er bald außer Atem sein würde.

»Bitte«, sagte er.

Das magische Wort. Sie drosselte ihr Tempo so, daß er mit ihr Schritt halten konnte, schaute zu ihm herüber, musterte ihn, blieb dann kurz vor der Ecke stehen.

»Und über was müssen wir reden?« fragte sie.

»Max Reckoner.«

Sie ging wieder los, aber langsam, schlenderte durch den lauen Abend. Nachtfalter umschwirrten die Straßenlampen über ihnen, warfen flackernde Schatten auf sie. Nudger ging im Gleichschritt neben ihr her. Sie bedachte ihn mit einem schiefen Blick. »Warum fragen Sie gerade mich nach Max?«

»Man hat mir gesagt, daß Sie ihn kennen.«

»Ich kannte ihn einmal. Jetzt kenne ich ihn nicht mehr.«

Sie trat vom Randstein herunter und wollte die Straße überqueren. Nudger hielt sie auf, packte sie sacht am Ellbogen. Sie war so ungeheuer zartgliedrig, so ungeheuer zerbrechlich. »Hören Sie, Judy, ich möchte nicht in Ihrem Privatleben herumschnüffeln.«

»Warum tun Sie es dann?«

»Das gehört zu meinem Job, aber nur, soweit es Max Reckoner betrifft. Ich interessiere mich für ihn, nicht für Sie. Ich interessiere mich nicht einmal für Ihre ehemalige Beziehung mit ihm.«

»Und was sind Sie von Beruf, Mr. Nudger?«

»Sie könnten mich einen Journalisten nennen.«

»Könnte ich, werde ich aber nicht. Sie haben hinter Ineida Mann hergeschnüffelt, Fragen gestellt, die kein Journalist je stellen würde.«

»Hinterhergeschnüffelt?« wiederholte Nudger. Es gefiel ihm nicht, daß es so ausgedrückt wurde; das hörte sich ja an, als wäre er irgendein sexhungriges Raubtier.

Sie lächelte ihn engelhaft an und schob seine Hand von ihrem Ellbogen. Ihre schmalen blassen Finger waren erstaunlich kräftig. Möglicherweise war sie in vieler Beziehung erstaunlich stark. Und weiser als ihr jugendliches Aussehen vermuten ließ. »Seien Sie ganz offen zu mir, Mr. Nudger«, sagte sie.

Er ging neben ihr über die Bourbon Street, dann in die Royal Street nach Westen. »Warum gehen wir nicht irgendwohin, wo wir reden können, ohne aus der Puste zu kommen, und trinken eine Tasse Kaffee?«

»Ich möchte nicht die Straßenbahn verpassen und dann herumstehen und auf die nächste warten müssen.«

»Ich arbeite für Fat Jack«, sagte Nudger. »Wenn ich ihn darum bitte, wird er Sie anweisen, mir behilflich zu sein. Aber er weiß nichts von diesem Gespräch und muß davon auch nichts erfahren.« Ihr Tempo wurde gemächlicher, und sie funkelte ihn wütend an. Pfui, er war aber ein ganz Schlimmer, sagte das Funkeln. Er zuckte die Achseln. »Sie haben ja gewollt, daß ich ganz offen zu Ihnen bin.«

Sie bedachte ihn mit einem höhnischen Lächeln und ging weiter. Nun kamen sie an einigen Nachtlokalen vorbei, Jazzclubs. Musik drang zu ihnen heraus, vermischte sich zu einem dissonanten Medley, das seltsam angenehm im Ohr klang. Nudger glaubte, ein paar Takte von ›Satin Doll‹ aufzuschnappen. Er schwieg und ließ Judy Villanova in Ruhe nachdenken. »Sie wollen nichts über mich und Max wissen?« fragte sie.

»Nein.«

»Was wollen Sie denn dann wissen?«

»Etwas über Max und Ineida Mann.«

»Was denn?«

»Frau-und-Mann-Sachen. Techtelmechtel. Liebe am Nachmittag oder zu irgendeiner anderen Tageszeit.«

»Ich weiß es nicht sicher, aber ich glaube nicht, daß die beiden etwas miteinander haben. Nicht, daß Max nicht gerne etwas mit ihr hätte.«

»Wie steht Ineida zu Max?«

»Sie mag ihn als Freund, aber das ist schon alles. Das hat sie ihm auch gesagt. Zuerst hat Max gedacht, sie wolle ihn nicht entmutigen, sondern anmachen, indem sie sich dumm stellt. Dann hat er begriffen, daß sie bei seinen routinierten Annäherungsversuchen tatsächlich ein bißchen schwer von Begriff ist.«

»Wie hat Max reagiert, als sie ihm gesagt hat, daß sie nicht an ihm interessiert ist?«

»Mit einem Lächeln, einem Achselzucken, einem Wir-können-doch-Freunde-Sein und einer abwartenden Haltung. Es war Max wirklich nicht so wichtig. Ineida ist bloß ein weiteres hübsches Spielzeug, das nur darauf wartet, genommen zu werden. Wie exotische tropische Fische in einem Privatsee. Er wirft seine Angel aus; wenn sie anbeißen, prima: Wenn nicht, ist das auch okay. Es gibt immer ein Morgen.«

»Sie schildern ihn als einen oberflächlichen, unbeschwerten Don Juan.«

»Ist er auch. Ich muß das wissen; ich bin eine von vielen Koryphäen auf dem Gebiet von Max Reckoner.«

»Sie scheinen gar nicht der Typ zu sein, der sich mit so jemandem einläßt, Judy.«

»Hören Sie, Nudger, Max ist ein Charmebolzen, ein Experte im Ausnutzen von Schwächen, und ich hatte damals gerade Probleme mit meinem Mann und war anfällig; die meisten Frauen sind zu irgendeinem Moment in ihrer Ehe anfällig.«

»Diese Theorie habe ich schon mal gehört.«

»Ich bin sicher, daß Sie sie schon einmal gehört haben. Sind Sie verheiratet?«

»Geschieden.«

»Aha.«

Nudger fragte sich, was sie damit sagen wollte. Er kam zu dem Schluß, daß es ihn nichts anging. Kaum etwas von Judy Villanova ging ihn etwas an. Er sagte: »Tut mir leid, ich hatte versprochen, nicht in Ihrem Privatleben herumzuschnüffeln.«

»Gerald – das ist mein Mann – hat nie etwas von mir und Max erfahren. Nur wenige Leute wissen, daß zwischen uns etwas gewesen ist. Wie haben Sie es erfahren?«

»Das kann ich Ihnen nicht sagen.«

»Warum nicht?«

»Ich habe jemandem versprochen, es nicht zu tun.«

»Vielleicht könnten Sie Ihr Versprechen brechen.«

»Nein. Eher breche ich das Gesetz.«

»Ein altmodischer Mann von Wort, was?«

»Das ist nicht etwas, das von der Zeit oder der Mode abhängt.«

»Nein, vermutlich nicht.« Sie lächelte zu ihm hinauf, wie das ätherische Kind, das sie sein würde, bis sie senil werden würde. Die Musik, die sie begleitete, eine schwüle Jazznummer, paßte nicht zu ihrem Image.

»Und was ist mit Sandra Reckoner?« fragte Nudger. »Wie steht sie zu Ineida?«

»Sie weiß, daß ihr Mann heiß darauf ist, in Ineidas unbeflecktes Höschen zu kommen, aber das stellt Ineida nicht in eine besondere Kategorie. Ich habe den Eindruck, daß Sandra Max' Spielchen hinnimmt, weil ihr nichts anderes übrigbleibt. Und sie ist klug genug, nicht den Frauen die Schuld zu geben, mit denen er sich einläßt; sie weiß, wenn die eine nicht seine momentane Geliebte wäre, wäre es eine andere.«

»Mit wem ist er im Augenblick liiert?«

»Keine Ahnung.« Sie lachte. »Vielleicht pausiert er ja gerade; irgendwann muß er das ja.«

»Haben Sie einmal irgend etwas gehört, daß Sandra Reckoner sich Liebhaber nimmt, wenn Max beschäftigt ist?«

Judy zuckte graziös mit den schmalen Schultern. »Ich habe Geschichten über sie gehört. Na und? Selbst wenn die Geschichten wahr sind, kann ich ihr keinen Vorwurf daraus machen.«

»Je davon gehört, daß sie auf ausgefallenen Sex steht?« fragte Nudger.

»Aber, aber, Mr. Nudger, jetzt klingen Sie wie ein alter Lustmolch.«

Alter? Nudger zuckte zusammen. Doch er wußte, daß er in Judys Augen alt war. So vieles hing von der Perspektive ab. Genau das machte seinen Beruf ja so schwierig.

»Nein«, sagte Judy, »ich habe noch nie etwas Derartiges über sie gehört. Aber es kann natürlich sein, daß es vielleicht stimmt, und ich nur nichts davon gehört habe.«

Plötzlich wandte sie den Kopf. Sie waren gerade rechtzeitig an der Straßenbahnhaltestelle in der St.-Charles-Street angekommen. Mit einem lauten Klingeln und einem metallischen Quietschen der Achsen kam zwei Querstraßen weiter unten ein oberlastiger, großer Kasten mit quadratischen Fenstern um die Ecke gezuckelt.

»Mir wäre es lieb, wenn mein Mann von diesem Gespräch nichts erführe, Mr. Nudger. Ich möchte nicht, daß alte Geschichten wieder aufgewärmt werden.«

»Gerald wird nichts davon erfahren. Fat Jack wird nichts davon erfahren.«

»Ich will nur hoffen, daß auf Ihr Wort immer Verlaß ist.«

»Oh, keine Sorge, das ist es.« Die Straßenbahn hatte weiter unten in der Straße an einer Haltestelle gehalten und glitt nun auf sie zu; für ein derart sperriges Ding bewegte sie sich recht elegant. »Gibt es wirklich eine?« fragte Nudger.

»Eine was?«

»Eine Endstation Sehnsucht.«

»Die gab es einmal, als sie Tennessee Williams berühmt gemacht hat. Jetzt gehört sie zu einer Busroute, Mr. Nudger.« Sie wühlte in ihrer weißen Strohhandtasche nach Kleingeld.

»Eine schöne Endstation«, sagte Nudger.

»Eine schöne Endstation«, pflichtete sie ihm bei.

»Ich hätte gern Ihr Wort, daß Sie Ineida oder Willy Hollister von diesem Gespräch nichts erzählen«, sagte Nudger.

Sie lächelte. »Das haben Sie. Und ich werde auch Sandra Reckoner nichts davon erzählen.«

»Sandra Reckoner?«

»In Wirklichkeit wollten Sie etwas über sie erfahren und nicht über Ineida.«

Die Straßenbahn kam schwankend vor ihnen zum Stehen. Sie war schmutzig-dunkelgrün, mit rot abgesetzten Fenstern. Die Harmonikatür ging zischend auf.

»Studieren Sie an der Loyola Psychologie«, fragte Nudger, »oder unterrichten Sie sie?«

Sie nickte ihm zum Abschied zu und stieg in die Straßenbahn. Er sah durch die erleuchteten Fenster, wie sie eine Karte löste und sich einen Platz suchte. Sie schaute nicht zu ihm hinaus, als die Straßenbahn sanft anfuhr und mit einem leisen Quietschen von Metall an Metall die St. Charles hinauffuhr.

Nudger schaute ihr nach, bis sie um eine Kurve verschwand, wobei von der Oberleitung, die ihr Leben verlieh, orangefarbene Funken sprühten.

Und ob Sehnsucht eine Endstation ist, dachte er.

20

Nach dem Gespräch mit der allzu scharfsichtigen Judy Villanova ging Nudger zu Fat Jacks Club zurück, um sein Auto zu holen, und fuhr dann in dem roten Mini zum Hotel Majestueux. Einige Straßen besaßen noch das ursprüngliche rauhe Kopfsteinpflaster; er überlegte sich, ob er sich nicht ein zusammengeknülltes Taschentuch zwischen die Zähne stecken sollte, um zu verhindern, daß er eine Plombe verlor.

Offensichtlich fand im Hotel irgendeine Tagung statt; mehrere Leute in identischen grünen Blazern standen vor dem Eingang auf dem Bürgersteig herum, und Nudger konnte in den beiden angrenzenden Straßen keinen Parkplatz auftreiben.

Er vergewisserte sich, daß er nicht im Halteverbot stand, schloß das Auto ab und ging zum Hotel zurück. Als er an einem Mann und einer Frau vorbeikam, die ebenfalls grüne Blazer trugen, sah er, daß sie sich große Namensschilder ans Revers geheftet hatten, die sie als Immobilienmakler auswiesen. Auf dem Namensschild der Frau stand: »Hi, Freund, ICH BIN MINDY.« Sie lächelte Nudger strahlend an, sah jedoch, daß sein Sakko nicht grün, sondern braun war, und schaute wieder weg.

Als er zwei Schritte an ihr vorbei war, hielt Nudger inne und blieb wie angewurzelt stehen. Ein hochgewachsener Mann stand ganz für sich in dem Licht unter der goldfarbenen Hotelmarkise. Er schaute gedankenverloren auf die Straße hinaus und war gerade dabei, ein Streichholz an den Stumpen zu führen, den er sich zwischen die Zähne geklemmt hatte.

Nudger ging zögerlich ein paar Schritte näher heran, um sicherzugehen, daß er sich in der Identität des Mannes nicht getäuscht hatte.

Er hatte sich nicht geirrt; der Große war Dwayne Frick. Und wahrscheinlich lauerte Frick auf ihn; es gab bessere Orte, um eine Zigarre zu rauchen als ein von Immobilienmaklern in geldscheingrünen Blazern wimmelnder Bürgersteig.

Aber waren Immobilien nicht eine sichere Investition? Unter all den vielen Menschen könnte er direkt an Frick vorbeigehen, ohne Schaden für Leib und Leben, oder ein weiteres beunruhigendes Gespräch befürchten zu müssen.

Andererseits mußte Nudger ja gar nicht an Frick vorbeigehen. Frick mußte ihn nicht einmal sehen; der Große dachte sicher nicht im Traum daran, den ganzen Abend vor dem Hotel herumzustehen. Nudger schob sich eine Antacidtablette in den Mund; es wäre vielleicht eine gute Idee, irgendwo hinzugehen und einen faden Spätimbiß zu essen, um damit seinen Magen zu beruhigen. Wenn er es recht bedachte, hatte er sogar ein wenig Hunger.

Er drehte sich um, um zu seinem Auto zurückzugehen, und prallte einige Schritte vor dem mächtigen Brustkasten Rocko Boudreaus zurück. Frack.

»Nett, daß wir uns hier so zufällig treffen, was?« meinte Frack. An diesem Abend war er witzig. Aber er lächelte nicht; er hatte Nudger die rechte Hand ganz sacht auf die Schulter gelegt. Doch das konnte sich blitzschnell ändern.

Nudger kaute hastig und schluckte die Antacidtablette herunter, ehe Frack etwas tat, das dazu führen könnte, daß er daran erstickte.

Frack lehnte sich ein wenig vor, um Nudgers Spearmint-Atem zu riechen. »Schon wieder Magentabletten? Sie ernähren sich wohl von diesen Dingern. Vielleicht könnten ich und Frick für Sie einen Arztbesuch arrangieren, damit Sie eine richtige Arznei bekommen.« Nun lächelte er Nudger mit seinem schaurigen, finsteren Lächeln an und verstärkte ein ganz klein wenig den Griff auf Nudgers Schulter. Es fühlte sich an wie die erste Vierteldrehung eines Schraubstocks. Offensichtlich wollte Frack, daß Nudger ruhig stehenblieb und sich nicht anmerken ließ, daß er unter Zwang handelte. Nudger kam zu dem Schluß, es wäre leichter zu gehorchen als nicht zu gehorchen. Wo mußte er schließlich schon dringend hin?

»So wie ich die Sache sehe, hat es alle Welt immer viel zu eilig«, sagte Frack. »Es gibt keine Veranlassung, daß Sie auch noch zu diesem ganzen Herumgerenne beitragen.« Wieder das grausige Lächeln. »Die Welt wäre besser dran, wenn sich eine Menge Leute einfach hinlegen und nie mehr rühren würden.«

Nudger hätte ihm in diesem Punkt vielleicht widersprochen, wenn ihm nicht vor Angst die Zunge am Gaumen geklebt hätte. Er dachte nicht mehr an Fracks Arztgerede; ihm war klar, was Frack mit ›nie mehr rühren‹ meinte.

Ein schwarzer Lincoln fuhr vor ihnen an den Randstein, und der Fahrer griff mit einer Riesenpranke hinüber und öffnete die Beifahrertür. Frick mußte ums Karree gefahren sein. Er warf Nudger einen Blick zu, ehe er sich wieder gerade hinter das Lenkrad setzte. »Ah. Hallo, mein Freund«, sagte er in seinem zuckersüßen Cajun-Akzent. In seinen diamantsplittergrauen Augen spiegelte sich schwach die grüne Beleuchtung des Armaturenbretts und ließ sie wie Katzenaugen aussehen. Nudger spürte keine Wärme von der Begrüßung, als Frack ihn mit der Hüfte anstieß, um ihm zu verstehen zu geben, er solle sich auf den Beifahrersitz setzen.

Als Nudger saß, knallte Frack die Tür zu und setzte sich direkt hinter Nudger. Nudger fragte sich, ob Frack eine Schußwaffe hatte, kam dann aber zu dem Schluß, daß das keine Rolle spielte; die Riesenpranke lag wieder auf seiner Schulter.

Mit gedämpftem, nicht ganz synchronem Klicken rasteten alle Schlösser der Wagentüren ein, als Frick einen Hebel zog, dann verlagerte er seine massige Leibesfülle neben Nudger, um in den Rückspiegel zu sehen, und fuhr den Wagen vom Randstein weg. Die Trauben grünbejackter Menschen, die in den Austausch von Strategien vertieft waren, wie man die Aufmerksamkeit potentieller Käufer von dem defekten Heizkessel weg- zur tragbaren Hypothekenfinanzierung lenken konnte, gaben nicht zu erkennen, ob irgend jemand Nudgers geschickt inszenierte Entführung bemerkt hatte.

»Ich nehme an, Sie fragen sich, wo wir mit Ihnen hinfahren«, sagte Frick und bog zügig nach rechts in eine dunkle Straße.

»Bis zu diesem Augenblick nicht«, sagte Nudger. Er war überrascht von diesem Aufflackern einer, wie er wußte, kurzzeitigen gespielten Tapferkeit. Es war offensichtlich, daß ihm nichts geschehen würde, bis sie an ihrem Zielort ankamen. Diese kurze Zeitspanne erschien jemandem, der glaubte, sein Leben stünde vielleicht auf dem Spiel, lang und luxuriös. Nudger spürte dankbar die Kostbarkeit einer jeden verstreichenden Sekunde, beinahe so, als könnte er hingreifen und die Zeit liebkosen. Einstein hatte schon gewußt, wovon er sprach, als er gesagt hatte, Zeit sei relativ und vergehe schneller, wenn man mit seiner Liebsten zusammen war als wenn man sich versehentlich auf eine heiße Herdplatte setzte. Dieser Einstein.

»Wenn wir da sind, wo wir hinfahren, wird Ihnen Ihr Sinn für Humor schon noch vergehen, mein Freund«, meinte Frick.

Frick verstand sich auf sein Metier ebensogut wie Einstein sich auf seins. Selbst der düstere Galgenhumor verflüchtigte sich, wenn die Lage wirklich aussichtslos war. Als der Lincoln abbremste und zwischen einem Bürogebäude und einem heruntergekommenen Hotel in eine dunkle Gasse bog, wollte Nudgers Magen aussteigen und weglaufen und knurrte ihm zu, ihm zu folgen.

Aber Nudger konnte sich nicht rühren. Wie gelähmt vom Bewußtsein seines nahen Todes saß er da, starrte durch die Windschutzscheibe und prägte sich jedes Detail der Gasse ein: die hohe trübe Straßenlampe am Ende, die die finsteren, vergitterten Fenster nur schwach erleuchtete; den sperrigen Müllkübel, der in der Mitte der Gasse drohend wie ein Panzer aufragte; den Stapel von der Feuchtigkeit verformter Pappkartons, aus deren geplatzten Nähten in Plastik verpackter Abfall herausquoll. So also würde es enden. Hier würde man am nächsten Tag seine Leiche finden. Livingston würde davon hören und jemandem sagen, Nudger hätte auf ihn hören sollen. Hammersmith würde benachrichtigt werden. Hammersmith würde Claudia informieren; sie würde auch der Meinung sein, er hätte hören sollen. Nudger war auch dieser Meinung; er hätte hören sollen.

»Hören Sie schlecht, mein Freund?« fragte Frick. Er war aus dem Auto gestiegen und darum herum gegangen. Er hielt Nudger die Tür auf. Frack war ebenfalls ausgestiegen, stand neben Frick und lächelte auf Nudger herunter.

In diesem Moment fiel Nudger wieder der Sumpf ein. Vielleicht würden sie ihn hier umbringen und seine Leiche im Bayou verschwinden lassen. Die Vorstellung, unter all dem Morast zu liegen, erfüllte ihn mit Grauen; dort würde es nichts geben, was man atmen konnte, dort konnte man nur Schlamm in die Lungen saugen. Dann wurde ihm klar, daß es ja kaum mehr ein Problem sein würde, was er atmete. Er schauderte, als wäre ein schwacher kalter Lufthauch die Gasse heruntergetänzelt.

»Er hört ja gar nicht richtig zu«, sagte Frack. »Er paßt eine Weile auf und dann muß er quasseln.«

»Jetzt quasselt er aber gar nicht«, meinte Frick.

Er wollte Nudger aus dem Auto zerren, doch Nudger schob seine Pranke weg, stieg von allein aus und stand in der Gasse. Zum ersten Mal seit er Frick vor dem Hotel hatte stehen sehen, war sein Magen ruhig, seine Gemütsverfassung vor Resignation eigenartig gelassen. Nun konnte er akzeptieren, was gleich geschehen würde. Was alles in allem bis auf die den Herzschlag stoppenden Einzelheiten bereits geschehen *war*. Doch er würde es ihnen nicht leicht machen; das war er dem alten, vormals lebendigen Nudger schuldig.

Er trat einen Schritt zurück, ballte die Fäuste, schlug eine rechte Gerade auf Fracks Kinn und beugte sich dabei vor, um sein ganzes Gewicht in den Schlag zu legen.

»Mensch«, sagte Frack beinahe bekümmert, wich dem Schlag aus und schubste Nudger gegen Frick. Frick bohrte Nudger die Fingerspitzen in den Magen. Nudger blieb die Luft weg, als er in einer halben Drehung herumgeschleudert wurde und Frack ihm die Hände in einem unnachgiebigen Griff hinter dem Rücken festhielt.

»Der hier ist ja einigermaßen kampflustig«, sagte Frick amüsiert. Er hielt Nudger die Hand an die Kehle und drückte zu. Beinahe sofort wurde es Nudger übel. Er bekam einen Arm frei und schlug blindlings nach Frick, hörte Frick auf seine seltsam gedrechselte Art sagen: »Bitte, mein Freund, wenn Sie ein bißchen kooperativ sind, wird es für alle Beteiligten weniger Unannehmlichkeiten geben.«

Nur einen Augenblick lang spürte Nudger Schmerzen unten am Kreuz, so stechende Schmerzen, daß sie ihm die annähernd wiedergefundene Fähigkeit zu atmen raubten. Dann starrte er auf die Schneise schwarzen Nachthimmels zwischen den Häuserdächern, und Pflastersteine drückten ihm in den Rücken.

Das linke Bein war in einem spitzen Winkel unter ihm abgeknickt; er schlitterte hart in das dritte Mal, nachdem sein phantastischer Schlag nach links von Ackie, dem linken Feldspieler der Roans, gefangen worden war. Dann gab es hinter seinem rechten Ohr eine Dynamitexplosion; ein Spieler der Roans hatte den Baseball zu flach geworfen und ihn damit am Kopf getroffen. Er bekam mit, was geschah, selbst als er das Bewußtsein verlor, selbst, als der dickliche Spieler der Roans – Ronny? Rolly? – bei dem Versuch, sich den Ball wiederzuholen, ausrutschte und auf ihn fiel.

»Könnte eine Gehirnerschütterung sein«, sagte jemand. »Verdammt, er war nicht sicher!« sagte ein anderer. Sein Vater war über ihn gebeugt, sein großes Gesicht zitterte, er sprach, als rede er mit jemand anderem. »Im Kinderbaseball geht es rauh zu«, sagte er.

»Rauh«, stimmte Nudger zu. Seine Stimme war tief, heiser. Seltsam. Eine Männerstimme. Er lag nicht auf dem Baseballfeld im Forest Park in St. Louis. Er war meilen- und jahreweit von da entfernt, in einer Gasse in New Orleans.

Er wollte sich aufsetzen und merkte, daß Frick und Frack brutaler mit ihm umgesprungen waren als der Spieler der Roans. Diese Typen waren harte Schläger und keine Baseballspieler. Schmerzen explodierten in Nudger wie eine Kernreaktion und strahlten vom Rumpf in alle Gliedmaßen aus. Wie eine feste, bittere Feuersäule kam ihm die Galle hoch. Er wollte sie wieder herunterschlucken; doch statt dessen übergab er sich.

Er lag reglos da und bemühte sich, gleichmäßig zu atmen. Die Schmerzen ließen etwas nach. Langsam hob er die rechte Hand und wischte sich den Mund ab, fuhr sich mit den Fingerspitzen übers Gesicht. Es schien in Ordnung zu sein. Dieselben vertrauten Gesichtszüge. Mit beiden Hände betastete er sich und das Pflaster, auf dem er lag. Keine Platzwunden oder Schrammen. Kein Blut. Nudger wußte, daß er das Opfer einer ausgesprochen professionellen Abreibung gewesen war; einer, die Schmerzen hervorrief, aber keine sichtbaren Beweise physischer Gewalt hinterließ. Nichts, was man der Polizei zeigen und mit Photos vor Gericht beweisen konnte. Frick und Frack waren echte Profis; sie hatten ihm nur im Inneren Schaden zugefügt, als hätten sie ein Ei in der Schale gequirlt.

Das Ei rollte auf die andere Seite und stöhnte. Einige Leute schlenderten am Eingang der Gasse vorbei, aber nicht einer von ihnen warf einen Blick in ihre Finsternis.

Es dauerte geschlagene zwanzig Minuten, bis Nudger sich auf die Füße gerappelt hatte. Er lehnte sich an eine Backsteinmauer und untersuchte sich auf Blessuren. Arme und Beine funktionierten, aber ungelenk und unter Schmerzen. Womit, zum Teufel, hatten die beiden ihn bloß bearbeitet, mit Gummischläuchen?

Mit einer enormen Willensanstrengung zwang Nudger seine scheinbar abgetrennten Beine, ihn stoßweise von der Gasse auf den Bürgersteig hinaus zu befördern. Es schien, als brauche jedes Signal Sekunden, bis es vom Gehirn aus die Muskeln erreichte. Es war, als ginge er wie in Zeitlupe durch einen Alptraum. Und vielleicht tat er das auch.

Dann stand er mit einem Fuß auf dem Bürgersteig, mit dem anderen im Rinnstein. Er fragte sich, wie er diesem Problem abhelfen könnte; es schien, als könnte er den Fuß im Rinnstein nicht bewegen. Er war wie festgeklebt, ein Teil des Asphalts. Eine Handvoll Leute ging an ihm vorbei; sie kamen nicht auf die Idee, ihm zu helfen, oder vielleicht dachten sie auch, er sei betrunken. Eine Frau lachte ihn sogar aus.

»Eh, Mann, ist Ihnen schlecht oder so?«

Vor ihm stand ein Auto. Einen Augenblick lang war Nudger zu Tode erschrocken. Dann sah er das Leuchtschild auf dem Autodach, die Schrift an der Tür.

Die Polizei?

Er kniff die Augen zusammen. Nein, ein Taxi. Der Fahrer mußte ihn halb auf der Straße stehen gesehen haben und hatte wohl geglaubt, er wollte ein Taxi anhalten.

»Ist Ihnen schlecht oder so?« fragte der Taxifahrer noch einmal.

»Oder so«, murmelte Nudger. Er stolperte auf das Taxi zu, zog die Fondtür auf und ließ sich auf dem Rücksitz zusammensacken. Beim Einsteigen hatte er sich am Dach den Kopf angeschlagen, aber das spürte er kaum.

»Zum Krankenhaus?« fragte der Fahrer und schaute ihn im Rückspiegel prüfend an.

»Zum Hotel Majestueux«, sagte Nudger und ließ sich von den weichen Polstern des Taxis wie von einer Mutter umfassen.

»Mann, das ist ja gleich um die Ecke.«

»Dann fahren Sie erst noch ein Weilchen in der Gegend herum. Ich brauch' ein paar Minuten Verschnaufpause.«

»Sie sehen aus, als bräuchten Sie mehr als das, Mister. Ich bring' Sie zu einem Arzt.«

»Im Hotel gibt es einen, falls ich einen brauchen sollte.«

»Und ob Sie einen brauchen werden.«
»Sie haben vergessen, den Taxameter anzustellen.«
Der Taxifahrer seufzte und lenkte das Taxi vom Bordstein weg. »Nach rechts oder nach links?« fragte er, als er an der Kreuzung darauf wartete, daß die Ampel grün wurde.
»Egal«, sagte Nudger. »Das spielt keine Rolle.«
»Nö«, meinte der Taxifahrer. »Vermutlich nicht.«

Nudger schaffte es, durch das Foyer, ohne sich vor Schmerzen zu krümmen. Er hatte zwanzig Dollar für die Taxifahrt zahlen müssen, aber er fand, das sei es wert gewesen; er hatte die Zeit gebraucht, um sich soweit zu erholen, daß er in sein Zimmer gehen konnte. Wenn er dort ankam, würde er eine sorgfältige Bestandsaufnahme machen. Vielleicht brauchte er ja wirklich einen Arzt, doch er bezweifelte es; Frick und Frack verstanden sich zu gut auf ihren Job, um tatsächlich etwas gebrochen zu haben. Ihre Masche waren innere Blutergüsse, und darin waren sie Meister.
Lift und Korridor waren leer, als er zu seinem Zimmer ging. Prima. Er wollte keine Aufmerksamkeit erregen. Die Schmerzen überwältigten ihn, zwangen ihn, die Schultern hochzuziehen und den Oberkörper zu krümmen.
Erst beim dritten Versuch gelang es ihm, den Schlüssel ins Schloß zu bekommen. Dann drehte er den Knauf, schob die Tür auf und taumelte ins Zimmer hinein.
Es war beinahe stockfinster; nur das Fenster war ein hoher rechteckiger dunkelgrauer Schatten. Er tastete an der Wand herum, fand den Lichtschalter und knipste das Licht an.
Er schnappte nach Luft und verursachte dabei ein rasselndes Geräusch, das ihn erschreckte.
Sandra Reckoner saß am Fußende des Betts, hatte die langen Beine übereinandergeschlagen und strahlte ihn an. Sie hielt eine halbvolle Flasche Southern Comfort in der

Hand und war offensichtlich ein bißchen beschwipst, aber gänzlich ausgezogen. Ihre Kleider lagen ordentlich zusammengelegt in dem blauen Sessel neben dem Schreibtisch.

Nudger wollte ihr Lächeln erwidern, doch etwas in ihm schien sich zu verlagern, und er stöhnte auf. Er sah, wie das Lächeln von Sandras langem, knochigen Gesicht verschwand und Besorgnis seinen Platz einnahm. Sie stand auf. Junge, Junge, und wie sie aufstand!

»Nudger, was haben Sie denn?«

»Kein Gefühl für den richtigen Moment«, sagte er, wankte zum Bett und brach ohnmächtig zusammen.

21

Willy Hollister hatte ein besseres Gefühl für den rechten Moment als Nudger. Während Nudger von diversen Schmerzgraden gebeutelt wurde, war Hollister mit Ineida zusammen.

»Wie spät ist es?« fragte sie. Sie lag an ihn gekuschelt in seinem Bett, den Kopf in seine Armbeuge gelegt. Sie fühlten sich angenehm ermattet und kühl, nur mit einem dünnen Laken zugedeckt; beide rochen leicht nach Schweiß, der von ihrer Körperhitze in einen moschusartigen Duft verwandelt worden war, das Resultat ihrer nur wenige Minuten zurückliegenden leidenschaftlichen Paarung.

Hollister kniff die Augen zusammen und schaute durch den Vorhang von Ineidas dunklem Haar auf die Leuchtzeiger seiner Armbanduhr.

»Gleich Mitternacht«, sagte er. Er beugte den Kopf vor und küßte sie flüchtig auf die Stirn. Er liebte sie. Er war hinlänglich überzeugt, daß er sie liebte.

»Ich muß nach Hause«, sagte sie.

»Wieso? Du kannst doch ebensogut heute nacht hier bleiben.«

»Ich gehe morgen ganz früh in den Club, um mit Fat Jack neue Arrangements zu besprechen. Marty holt mich um acht ab; ich will nicht um sieben hier aufstehen und nach Hause gehen müssen, um dort auf ihn zu warten.«

»Warum so früh?« fragte Hollister.

»Das ist der einzige Termin, an dem Fat Jack morgen Zeit hat.«

Hollister wußte, daß Fat Jack Ineida wahrscheinlich nur bei Laune halten wollte; neue Arrangements hin oder her, sie würde die Menge nie vom Sitz reißen. Ineida würde lernen müssen, sich mit höflichem Applaus zu begnügen. Hollister wäre das nie genug gewesen, aber vielleicht wäre es das für sie. Er lächelte leicht in dem dämmrigen Schlafzimmer. Aber was spielte das noch für eine Rolle? Sein Lächeln wurde breiter, unbemerkt. Sollte er ihr sagen, sie solle sich die Mühe mit den neuen Arrangements sparen? Ihre Zeit nicht vergeuden?

Sie setzte sich plötzlich auf, erschreckte ihn, die Wölbung ihres Rückens war glatt und hell in dem gedämpften Licht, der Busen wackelte ein wenig bei der abrupten Bewegung. Hollister sah, wie sie auf dem Nachttisch herumtastete. Ein Feuerzeug klickte, beleuchtete mit seiner bläulichen Flamme ihr faltenloses Gesicht. Eine Zigarette ragte aus dem zusammengepreßten Mund, die Augen waren zum Schutz gegen den Qualm halb zusammengekniffen. Sie rauchte nur selten, aber sie hatte schon lange von der traditionellen Zigarette danach gehört und gelesen und wollte offensichtlich auf diese Erfahrung nicht verzichten. Sie rauchte oft nach dem Sex. Die Bettfedern quietschten, als Ineida sich wieder hinlegte und den Kopf wieder auf Hollisters Arm legte.

»Hättest du lieber einen Joint?« fragte er. »Ich habe ein bißchen gutes kolumbianisches Gras da.«

»Nein, danke, ich rauch' bloß die hier noch zu Ende und dann gehe ich.«

Hollister legte den Kopf wieder auf das Kopfkissen und lauschte ihren langen, flachen Atemzügen beim Rauchen. Sie atmete hauptsächlich durch die Nase. Bis auf die paar Male, die sie Marihuana geraucht hatte, hatte er sie noch nie einen Lungenzug machen sehen.

Er war sich sicher, daß Ineida ihn wirklich liebte. Wahrscheinlich mehr als er sie. Bald wäre es an der Zeit für den Schmerz, so wie ihn die Liebe immer mit sich brachte. Sein Vater hatte ihn nach dem Tod seiner Mutter, als Willy erst zehn Jahre alt gewesen war, sehr gut behandelt. Die Prügel hatten abrupt aufgehört. Sein Vater hatte zu trinken angefangen. Dann, nach dem Trinken, kam der religiöse Wahn, das Verzückt-die-Augen-Verdrehen und In-der-Kirche-vor-Ekstase-ohnmächtig-Werden. Und sein Vater hatte nicht zugelassen, daß man Willy nach diesem Zwischenfall in der Schule, mit Iris Crane, irgendwohin brachte, wo man ihn mit Medikamenten vollpumpen und mit spitzfindigen Fragen auf seine Geistesverfassung untersuchen konnte.

Hatte er wirklich gesehen, wie die Hand seines Vater hervorgeschossen war und seine Mutter vom Heuboden heruntergeschubst hatte? Er konnte sich nicht ohne jeden Zweifel sicher sein. Sein Vater war zwar überrascht gewesen, ihn beim Hühnerstall neben dem reglosen Körper seiner Mutter stehen zu sehen, doch in seinem groben Farmergesicht hatte nichts als fassungsloser Unglaube gelegen. In der einen Sekunde hatte Willys Mutter noch neben ihm gestanden, geredet und auf die gerade gesäten Äcker hinausgeschaut, und in der nächsten lag sie schon fünfzehn Meter tiefer auf dem nackten Boden, tot.

Hollister war sich nicht sicher, was er an diesem Tag gesehen hatte. Er wußte, daß wahrscheinlich nicht einmal sein Vater sich sicher war, was geschehen war. Zwanzig Jahre später, in dem sterilen Krankenhauszimmer, hatte Hollister vielleicht eine Beichte auf dem Sterbebett erwartet, aber sein Vater hatte ihn bloß angesehen, etwa so, wie er ihn Sekunden nach dem Todessturz seiner Mutter angeschaut hatte, und sich dann zu dem leeren Bett neben seinem umgedreht und war ruhig gestorben.

Hollister war sich immer noch nicht sicher, eigentlich über gar nichts, außer über seine Musik. Die Idioten, die wußten, daß er großartig war, hatten ja keine Ahnung von dem Preis dieser Großartigkeit. Den Preis an Schmerz, der gezahlt werden mußte. Es kam darauf an, nie das seelische Gleichgewicht zu erlangen, und die authentische Pein des Verlusts zwischen den Tönen mitschwingen zu lassen. Wie könnte irgend jemand diesen Preis verstehen, wenn er nicht selbst diese Großartigkeit und das Bedürfnis in sich spürte? Das Bedürfnis und die Möglichkeit – und das Brüllen des Schmerzes, das zu einem verführerischen Flüstern gebändigt wurde.

Hollister hätte um ein Haar laut aufgelacht, daß nur so wenige das sehen und spüren konnten. Den kostbaren Gewinn, der im Verlust lag.

Neben ihm beschrieb ein winziger roter Meteor einen Bogen zum Aschenbecher, und Ineida drückte ihre Zigarette aus. Sie setzte sich wieder auf, verrenkte sich und beugte sich hinunter, um ihn auf den Mund zu küssen, wobei ihre Haare wie ein Zelt über sein Gesicht fielen.

Sie stellte die ewige Frage: »Liebst du mich?« und setzte sich halb auf, blieb aber immer noch über ihn gebeugt. »Liebst du mich? Selbst jetzt noch, wo du erfahren hast...«

»Das ist mir doch egal«, fiel ihr Hollister ins Wort. »Ich muß sogar zugeben, daß ich mich im Grunde sogar darüber freue.« Er fuhr mit der Fingerspitze sanft über die weiche Innenseite ihres Oberschenkels, und sie schnappte laut nach Luft und zuckte vor Wonne. »Ich liebe dich mehr, als du vielleicht glaubst«, flüsterte er.

»Bist du dir auch ganz sicher?«

»So sicher, wie ich mir nur je bei etwas gewesen bin.«

Sie gab ihm noch einen Kuß, stand dann auf und ging ins Bad. Aus dem Badezimmerfenster fiel Licht nach draußen und beleuchtete den Garten. Vom Schlafzimmerfenster aus war ein Stückchen des Gartens zu sehen.

Hollister lag da und schaute auf die symmetrischen dunklen Reihen der Rosenbüsche. Er wußte, daß die Rosen bald blühen würden.

22

»Himmel, du pißt ja Blut.«

Sandra Reckoner, schüchtern wie sie nun einmal war, war geblieben, nachdem sie Nudger ins Bad geholfen hatte. Sie stand nun neben der Tür, nackt und unbesorgt, was die grelle Morgensonne über ihren langen Körper ans Licht bringen könnte. Sie hatte auch keinen Grund zur Sorge; die wenigen Schwangerschaftsstreifen und der leichte Hängebusen schienen ihre Attraktivität irgendwie sogar noch zu erhöhen, indem sie sie auf eine Art und Weise wirklich und sinnlich machten, die eine bloße Playmate-Kandidatin nie erreichen konnte.

»Das kommt von den Schlägen in die Nieren«, sagte Nudger, der sich mit der flachen Hand an die Wand stützte.

»Meinst du nicht, du solltest zu einem Arzt gehen?«

»Nein.« Er stieß sich von der Wand ab und ging zum Waschbecken.

»Warum nicht?«

»Ärzte sind wie Mechaniker und eine Menge andere Leute, die für ihre Dienstleistungen zuviel berechnen. Wenn man zu denen geht, finden Sie alles mögliche, was nicht in Ordnung ist.«

»Das ist eine dämliche Einstellung.«

»In meinem Alter ist sie das wahrscheinlich; mit mir könnte wirklich allerhand nicht in Ordnung sein.«

»Macht es dir denn keine Angst, in deinem Urin Blut zu sehen?«

»Und ob. Aber es hat mir mehr Angst gemacht, nachdem ich vor ein paar Jahren das erste Mal in die Nieren getreten worden bin. Aber ich weiß, daß es schließlich von selbst wieder in Ordnung kommen wird; die Leute, die mir das angetan haben, haben genau gewußt, wie weit sie gehen durften.« Er wusch sich die Hände, spritzte sich kaltes Wasser ins Gesicht.

»Du klingst, als würdest du auch noch ihre Professionalität bewundern«, sagte Sandra.

»Ich bewundere sie nicht«, sagte Nudger, »aber ich verlaß mich lieber darauf als auf meine Krankenversicherung.« Eine Versicherung, die, wie ihm siedendheiß einfiel, abgelaufen sein könnte. Hatte er die letzte Prämie gezahlt? Er durfte nicht vergessen, das zu überprüfen.

»Weißt du, wer dich zusammengeschlagen hat? Und warum?«

»Ja und ja«, antwortete Nudger. »Es waren zwei sehr große urzeitliche Typen, die eine Botschaft unterstrichen haben, die sie mir zuvor übermittelt hatten.«

»Du weißt schon, daß es so etwas wie eine Polizei gibt?« sagte Sandra. »Hast du sie verständigt?«

»Nein.«

»Das solltest du aber. Du bist schließlich überfallen worden. Mir ist, als gebe es eine städtische Verordnung, daß Stadtfremde nicht zusammengeschlagen werden dürfen. Und vielleicht könntest du Polizeischutz gebrauchen.«

»In diesem speziellen Fall bin ich mir da nicht so sicher.«

Sandra warf ihm einen merkwürdigen Blick zu. »Du warst gestern abend nicht in der Verfassung, darüber zu reden«, sagte sie. »Würde es dir helfen, jetzt darüber zu reden?«

»Nein«, sagte Nudger. »Ich will nicht einmal daran denken.«

Sie wußte, wann sie bei einem Thema nicht nachbohren durfte. Sie ging um ihn herum, beugte sich vor, drehte die Wasserhähne in der Badewanne auf und zog dann den Chromhebel heraus, der die Dusche anstellte. »Warte, bis das Wasser heiß ist«, sagte sie. »Ich bin gleich wieder da.« Sie ging wieder um seine vornübergebeugte Gestalt herum und verschwand aus dem Bad.

Nudger stand da und erinnerte sich an die Nacht mit ihr. Sie hatte ihn getröstet, seinen Kopf an ihre nackte Brust gedrückt, als er vor Schmerzen immer wieder aufgewacht war. Mehrmals hatte sie vorgeschlagen, den Hotelarzt zu rufen; jedesmal hatte Nudger den Vorschlag abgelehnt. In der Kühle des klimatisierten Zimmers hatte er die Hitze ihres Körpers gewollt, die Wärme ihres grenzenlosen Mitgefühls. An Sex war natürlich gar nicht zu denken gewesen; schon das bloße Atmen war für Nudger schon anstrengend genug gewesen. Aber sie war bei ihm geblieben und hatte ihm gegeben, was er in diesem Moment so dringend gebraucht hatte.

Nudger lächelte kurz. Er hatte sein Treueversprechen gegenüber Claudia gehalten. Er fühlte sich ziemlich selbstzufrieden.

Sandra kam ins Bad zurück, trug nun Slip und BH. Sie fuhr mit der Hand hinter den Plastikduschvorhang, um die Temperatur des rauschenden Wassers zu prüfen.

»Bist du bereit?« fragte sie.

Nudger nickte.

Sie half ihm, über den Wannenrand zu steigen; dabei schaute er an sich herunter und sah, daß er nur einige wenige schwache Blutergüsse aufwies und die schlimmste Abreibung, die er je erlitten hatte, beinahe kaum Spuren hinterlassen hatte.

»Kannst du da drinnen allein stehen?« fragte Sanda durch das Wasserrauschen.

»Ich kann stehen und mich bewegen«, sagte Nudger. »Es

tut halt bloß weh, wenn ich es tue.« Die heißen Wasserstrahlen schienen seine Haut zu durchdringen und seine steifen und malträtierten Muskeln zu entspannen. Er sah zu Sandra hinüber, lächelte über den besorgten Ausdruck auf ihrem knochigen Gesicht. »Ich bin auf dem Weg der Besserung«, beruhigte er sie.

Sie nickte, schaute aber nicht weniger besorgt drein. »Natürlich«, sagte sie und zog den Duschvorhang zu. Er hörte sie nicht hinausgehen, hörte aber das laute Einschnappen des Riegels, als sie die Badezimmertür hinter sich zuzog.

Nudger drehte sich langsam um, um auch seinen Rücken vom Wasser bearbeiten zu lassen, drehte sich dann noch einmal um und hielt das Gesicht in die Brause. So blieb er etliche Minuten lang stehen, lieferte sich der Kaskade heißen Wassers aus. Schließlich trat er einen Schritt zurück, damit ihn die Brause auf die Brust traf. Dampf stieg auf. Er konnte förmlich spüren, wie seine Muskeln lockerer wurden, wie seine Kraft zurückkam.

Er blieb lange unter der Dusche, trieb die Wasserrechnung des Hotels Majestueux in die Höhe. Dann frottierte er sich behutsam ab, kämmte sich mit den Fingern das Haar und wischte den Wasserdampf von dem beschlagenen Spiegel ab, damit er sich in ihm betrachten konnte.

Derselbe vertraute Nudger, aber vielleicht ein paar Jährchen älter als er am vergangenen Abend gewesen war.

Er ging steif aus dem Bad, um ein paar Klamotten aufzutreiben. Jeder Schritt verursachte ihm Schmerzen, aber weniger als er befürchtet hatte, und die Schmerzen im Kreuz waren beinahe verschwunden.

Am liebsten hätte er sich wieder hingelegt, doch er wußte, wenn er das täte, würden seine Muskeln wieder steif werden, und er würde einen Großteil der Wirkung der Dusche ruinieren. Mit der bedächtigen Langsamkeit eines Menschen in einem Traum zog er sich an.

Schon die Arme nach hinten zu strecken, um in das Hemd zu schlüpfen, tat weh, ebenso weh tat es, an die Wand gestützt in die Hose zu steigen. Aber die Schuhe und Socken waren am schlimmsten. Sich zu den Füßen hinunterzubücken war die reinste Qual. Mit Müh und Not gelang es ihm, einen Schuh mit einer Schleife zuzubinden, dann sagte er sich, was soll's, band den anderen mit einem simplen Knoten zu und setzte sich aufrecht hin.

Das Anziehen hatte ihn mehr erschöpft als er gedacht hatte. Außerdem hatte er dabei gemerkt, daß er Hunger hatte. Sollte er hinuntertelefonieren und sich einen motorisierten Rollstuhl mit Chromradkappen kommen lassen oder einfach nur den Zimmerservice anrufen?

Er entschied sich für den Zimmerservice und bestellte ein Käseomelett, Toast, Orangensaft und ein Kännchen Kaffee. Er ließ sich in den blauen Sessel plumpsen und schaute zum ersten Mal auf die Armbanduhr. Überrascht stellte er fest, daß es schon beinahe elf war. Sandra Reckoner hatte ihm nicht nur ihre Nacht, sondern auch ihren Morgen geschenkt, ohne viel dafür bekommen zu haben.

Nudger wurde klar, daß das Zimmermädchen an diesem Morgen entweder spät dran war oder schon da gewesen war, seine Tür von innen verschlossen gefunden hatte und sein Zimmer auf einer späteren Runde in Ordnung bringen würde. Es kam ihm in den Sinn, daß sie gleichzeitig mit dem Pagen vom Zimmerservice auftauchen und zum Papierkorb hinübereilen könnte, um ihn zu leeren. Das könnte kleinere Komplikationen verursachen; Nudger kam zu dem Schluß, daß er das Päckchen mit Ineidas Liebesbriefen aus dem Papierkorb holen sollte, in dem er sie in der zusammengeknüllten Serviette versteckt hatte.

Er stand auf und schleppte sich zum Schreibtisch hinüber, stützte sich mit der linken Hand flach ab, beugte sich über den Papierkorb und tastete unter zerknüllten Papieren nach der Serviette.

Sowie er die Serviette berührte, wußte er, daß etwas nicht stimmte; sie lag ganz flach da, nicht mehr so, wie er sie sorgfältig plaziert hatte, um die Briefe zu verstecken.

Das Blut schoß ihm in den Kopf, und ihm wurde schwindlig, deshalb richtete er sich wieder auf, hob dabei den metallenen Papierkorb mit hoch und stellte ihn auf den Schreibtisch. Er fuhr mit der Hand in den Papierkorb und tastete umher; immer noch keine Briefe. Um ganz sicherzugehen, schüttete er den Inhalt des Korbs auf den Schreibtisch. Die Briefe waren verschwunden.

»Dieses Luder!« sagte er leise, aber doch so heftig, daß ihm von dem jähen Ausatmen die Seiten weh taten.

Als es an der Tür klopfte, schob er den Abfall schnell in den Papierkorb und stellte ihn wieder auf den Boden. Dann humpelte er zur Tür hinüber und öffnete sie, in der Erwartung, sein Frühstück in Empfang nehmen zu können.

Aber vor der Tür stand nicht der Zimmerservice.

Vor der Tür stand Ineida Mann.

23

Nicht Ineida Collins, Ineida Mann. Für den Besuch bei Nudger hatte sie das Image der jugendlichen Naiven abgelegt. Sie trug schwarze Lederhosen, die vorne zugeschnürt wurden, und eine marineblaue Bluse mit einem riesigen Kragen. In den dunklen Stöckelschuhen war sie fünfzehn Zentimeter größer als das kleine Mädchen, das sang. Sie trug ein enges goldenes Nietenarmband am Handgelenk und hielt ein Ledertäschchen so umklammert, daß der lange, schmale Schulterriemen wie eine Peitsche aus ihrer Hand herabbaumelte. Nudger fand, sie sehe aus, als hätte sie sich an einem Ort herumgetrieben, an dem Löwen dressiert wurden.

»Ich möchte mit Ihnen reden«, sagte sie in einem leisen scharfen Ton. Alles an ihr war heute scharf, bis auf ihre Augen. Sie gaben sich zwar alle Mühe, hatten aber Marshmallowpupillen.

Nudger trat einen Schritt zurück und bedeutete ihr, einzutreten. Sie stolzierte ins Zimmer, zögerte, als sie sah, daß er nur mit Mühe gehen konnte.

»Was ist denn mit Ihren Beinen?« fragte sie.

»Ich hatte einen Unfall. Bin am dritten Mal ausgerutscht.«

Sie sah ihn merkwürdig an, bohrte aber nicht nach. Es war offensichtlich, daß sie nicht wegen der Briefe hier war; weder zerkratzte sie ihm mit den Fingernägeln das Gesicht noch drohte sie ihm, ihn zu verklagen. Aber vielleicht mußte sie sich dazu erst noch aufputschen. Nudger wußte jedoch, daß sie anders an ihn herantreten würde, wenn sie erfahren hätte, daß er ihre mitunter klinischen Liebesepisteln an Willy Hollister entwendet und gelesen hatte; entweder würde er gar nichts von ihr hören oder er würde von ihren Anwälten hören.

An der Tür blieb sie stehen, stellte sich breitbeinig hin und schaute ihn herausfordernd an, errichtete einen Brükkenkopf, den sie jeden Moment zu einer groß angelegten Invasion ausweiten konnte. »Warum stellen Sie Nachforschungen über mich an?« fragte sie.

»Das tue ich ja gar nicht«, sagte Nudger, was für diesmal der Wahrheit nahe genug kam.

Sie kniff die grünlichen Augen zusammen und schaute wie eine Tigerin aus. Sie hatte den Ausdruck geübt; sie setzte ihn ganz bewußt ein, um ihren Zorn zu zeigen. Nudger dachte sich, daß sie unter all der gespielten Tapferkeit und dem vielen Make-up im Grunde verängstigt war. »Sie ziehen Erkundigungen über mich ein«, sagte sie. »Kommen in meine Wohnung, lügen mich an, schnüffeln im Club herum. Hat mein Vater etwas damit zu tun?«

»Nicht direkt.«

»Wissen Sie, wer er ist?«

»Ja.« Nudger hatte es satt, zu stehen. Er ging unter Schmerzen zu dem blauen Sessel und ließ sich vorsichtig hineinsinken. Der alte Sessel fühlte sich ziemlich gut an.

Ineida stemmte die Fäuste in die Seiten und reckte kämpferisch das Kinn vor. Nudger dachte, daß sie als Schauspielerin eine strahlendere Zukunft vor sich haben könnte denn als Sängerin. »Wenn mein Vater Sie nicht engagiert hat, um mir nachzuspionieren, wer denn dann?«

»Ich spioniere Ihnen nicht nach, Ineida. Und Sie spielen in meinem Auftrag nur eine Rolle, die sich für Sie als vorteilhaft erweisen könnte.«

»Das ist aber vage, Nudger. Ich bin nicht hergekommen, um mir vages Gerede anzuhören.«

»Tut mir leid. Ich fühle mich heute morgen eben vage.«

In diesen Stöckelschuhen mußte ihre theatralische breitbeinige Pose ihre Knöchel strapazieren. Sie stellte sich gerader und natürlicher hin, die Beine enger zusammen, damit ihr Gewicht gleichmäßiger und bequemer auf die dünnen Pfennigabsätze drückte.

»Warum sind Sie so angezogen?« fragte Nudger.

»Wie angezogen?«

»Wie eine Domina in einem billigen Puff.«

Sie schaute ihn verwundert an; sie hatte keine Ahnung, wovon er sprach. Frauen, die gegen Bezahlung masochistische Männer auspeitschten, gingen über ihren Erfahrungshorizont und ihre Vorstelllungskraft. Sie dachte sich wohl, ihre Unkenntnis sei unverzeihlich, griff schweigend in ihre Handtasche und warf Nudger einen prallen Umschlag auf den Schoß.

»Was ist denn das?« Nudger rührte den Umschlag nicht an. Aber er wußte, was es war, nur nicht, wieviel.

Sie sagte es ihm. »Zwanzigtausend Dollar.«

Er war beeindruckt und bei weitem nicht ungeheuer

selbstlos und unbeirrbar. Aber als er sah, wie Ineida ihn anlächelte, nahm er den Umschlag und warf ihn ihr wieder zurück. Zu seiner Überraschung fing sie ihn mit der Leichtigkeit eines Profibaseballspielers mit links und behielt ihn in der Hand.

Das Lächeln blieb, ein zuversichtlicher Bogen über dem hochmütigen Kinn. »Sie glauben mir wohl nicht«, sagte sie. »Wollen Sie das Geld sehen? Es zählen?«

»Nein«, sagte er. »Der Anblick von so viel Geld könnte meine Entschlußkraft ins Wanken bringen. Ich bin schließlich nicht aus Holz; ich bin zum größten Teil aus Pappmaché, das aus unbezahlten Rechnungen hergestellt worden ist.«

»Dann nehmen Sie das da an.« Sie hielt ihm den Umschlag hin, warf ihn diesmal nicht. »Gehen Sie dorthin zurück, wo Sie hergekommen sind und vergessen Sie diesen Auftrag. Aber vorher sagen Sie mir noch, wer Sie engagiert hat. Und warum.«

»Das kann ich nicht, Ineida. Ethische Prinzipien.« Er dachte an ihre Liebesbriefe, die er gestohlen hatte und die jetzt aus seinem Besitz verschwunden waren, und sein Magen krampfte sich zusammen.

Sie sah, daß er es ernst meinte, hörte auf zu lächeln und steckte den prallen Umschlag wieder in die Handtasche zurück. Nudger schaute zu, wie er verschwand; gedankenverloren fuhr er sich mit der Hand über den Mund. »Sie haben ja wirklich ethische Prinzipien«, sagte sie beinahe überrascht.

»Natürlich. Man findet sie an den unerwartetsten Stellen«, sagte er. »Wie verlorene Knöpfe.« Als David Collins' Tochter hatte sie wahrscheinlich noch nicht viel von ethischen Prinzipien mitbekommen. »Haben Sie mit Ihrem Vater darüber geredet?«

»Nein. Was sollte dabei schon groß herauskommen? Wenn er Sie engagiert hätte oder wüßte, wer es getan hat, würde er mich bloß anlügen. Er glaubt, ich sei zu jung, um manche Dinge zu wissen, für ihn bin ich immer noch ein Kind.«

»Woher haben Sie die zwanzigtausend Dollar?« fragte Nudger.

»Sie gehören mir; ich habe eigenes Geld.« Sie schaute Nudger merkwürdig an. »Arbeiten Sie für meinen Vater und haben Angst, das Geld anzunehmen?«

»Nein.«

»Wenn das so ist. Mit zwanzigtausend Dollar können Sie von New Orleans weit weg kommen.«

»Nicht, daß ich für ihn arbeite«, sagte Nudger, »aber wenn wir einen Wettbewerb veranstalten, um zu sehen, wer sich die weiteste Einfachkarte leisten kann, dann würde er gewinnen.«

Sie kannte Daddy gut genug, um Nudger in diesem Punkt nicht zu widersprechen. »Ich mag nicht, daß er auf mich aufpaßt, als wäre ich eine Zwölfjährige«, sagte sie.

»Das mögen die wenigsten. Und schon gar nicht die Zwölfjährigen. Weiß Willy Hollister, daß Sie hier sind?«

Das Kinn wurde wieder vorgereckt. »Natürlich nicht! Er weiß gar nicht, daß meine Familie Geld hat. Niemand in der Jazzszene weiß das oder kennt meine wahre Identität.«

»Von mir werden sie nicht erfahren, wer Sie sind«, sagte Nudger.

»Woher haben Sie gewußt, wer ich bin, wenn Sie es nicht von Daddy wissen?«

»Ich habe es von jemand anderem erfahren. Sie sind aus New Orleans, Ineida; wie lange glauben Sie, können Sie in einem Club auftreten, ohne daß Sie jemand erkennt?«

»Ich habe die letzten sechs Jahre nicht in der Stadt verbracht, und die Leute aus meinem alten Bekanntenkreis gehen nicht in Jazzclubs, die nicht in der Bourbon Street liegen.« Wieder lächelte sie mit diesem unerschütterlichen blinden Selbstvertrauen. »Und ich schaue auch ganz anders aus als früher, Nudger; ich bin erwachsen geworden.«

»Das ist nicht zu übersehen«, sagte Nudger und musterte sie dabei von oben bis unten in ihrer hautengen Kleidung. Er sah, daß ihr das gefiel. Würde sie ihn mit etwas anderem als Geld zu bestechen versuchen?

»Nun?« Sie senkte den Kopf und schaute ihn immer noch lächelnd von unten herauf an.

»Nun, was?« Nudger fragte sich, ob sich eine Menge Leute in Ineida getäuscht hatten. Aber der Gedanke an Wurst wider Wurst, an Sex wider das, war ihr nicht in den naiven Sinn gekommen. Oder falls doch, war er durch den reinen, frisch gefallenen Schnee wieder geflüchtet. »Sagen Sie mir jetzt, wer Sie engagiert hat, wenn es nicht Daddy gewesen ist?«

»Nein«, sagte Nudger und fragte sich, ob er enttäuscht war.

Es gab ein höfliches Klopfen an der Tür. Ineida schaute zur Tür, dann wieder zu Nudger, und er nickte, bedeutete ihr, die Tür aufzumachen. »Das ist bestimmt der Zimmerservice.«

Ineida ging zur Tür, öffnete sie und trat einen Schritt zurück.

Ein schlaksiger junger Page, den Nudger noch nie gesehen hatte, schob einen Wagen mit Nudgers Frühstück ins Zimmer. Als er Ineida in ihrem *Playboy*-Outfit sah, machte sein Adamsapfel einen Satz, doch sein Gesichtsausdruck blieb routiniert ausdruckslos. Die Räder des Wagens quietschten, als er mit ihm einen vagen Achter beschrieb.

»Für ihn«, sagte Ineida und wies auf Nudger.

Der Junge schluckte laut und schob den Wagen zu dem blauen Sessel hinüber. Nudger bedankte sich mit einem Nicken und wollte in die Hosentasche greifen, um seine Brieftasche herauszuholen, ohne aufstehen zu müssen. Er stellte fest, daß die Hosentasche leer war, und sah seine

Brieftasche auf der Kommode liegen, wo sie Sandra Reckoner hingelegt hatte, nachdem sie zu Boden gefallen war, als sie ihm gestern beim Ausziehen geholfen hatte.

»Hier«, sagte Ineida und hielt dem schlaksigen Jungen einen Fünfdollarschein hin. Er nahm das Geld und grinste sie an; er mochte sie, und wie. Nudger wünschte, er würde sie in einen jugendfreien Film und auf einen Hamburger und eine Cola einladen und sie dazu bringen, Willy Hollister zu vergessen.

Nachdem der Page gegangen war, drehte sie sich wieder zu Nudger um, der sich sorgsam eine Serviette auf den Schoß legte und die silberne Haube von seinem Teller hob. Noch nie hatten Eier, Toast und Kaffee so gut gerochen.

»Ihre letzte Chance«, sagte sie und hielt dabei die halboffene Handtasche so, daß er eine Ecke des weißen Umschlags sehen konnte. Bei dem Anblick schien sich der leicht parfümierte Geruch des Geldes mit seinen Frühstücksaromata zu vermischen.

Nudger ignorierte Ineida, und versuchte, nicht zu dem Umschlag hinzusehen.

»Lockt es Sie denn gar nicht?«

»Natürlich tut es das.«

»Und wieso nehmen Sie dann mein Angebot nicht an?«

»Wie Sie schon gesagt haben: Skrupel.«

»Ich sagte: ethische Prinzipien.«

»Ist doch dasselbe.«

»Ist auch derselbe Preis. Ich glaube nicht, daß Sie nicht käuflich sind, Nudger; ich glaube, es ist nur so, daß Ihnen ein anderer mehr bezahlt, als ich Ihnen anbiete. Wieviel mehr?«

»Seien Sie nicht albern. Niemand hat mehr Geld als Sie.«

Nudgers Ablehnung verwirrte sie und brachte sie in Harnisch. Dieser Besuch lief nicht so, wie sie es sich vorgestellt hatte. Mit einem hingerissenen Pagen und einem Privatdetektiv, der so dumm war, daß es ihn mehr nach

Essen als nach Geld gelüstete, hatte sie nicht gerechnet. Das Leben war verdammt kompliziert und unberechenbar. Unfair, unfair. In ihr schien etwas zusammenzubrechen. Plötzlich sah sie in ihren MTV-Klamotten, die sie angezogen hatte, um ihn mit ihrer Autorität zu beeindrukken, noch lächerlicher aus. Eine andere Kleidung und andere Manierismen hatten sie nicht dorthin gebracht, wo sie hingewollt hatte.

»Ich möchte, daß Sie mich in Ruhe lassen.« Sie weinte beinahe, weil sie nicht kaufen konnte, was sie haben wollte. »Ich möchte, daß Sie damit aufhören, herumzuschnüffeln und mich und Willy zu belästigen und unser Glück zu gefährden.«

»Sie täuschen sich da in einigen Dingen«, sagte Nudger.

»Nein, ich nicht. Und ich kriege auch, was ich will, Nudger.« Ihr standen die Tränen in den Augen; sie schaute entsetzlich jung und unwissend aus, wie sie da stand, am Rand der Tränen und der Wut, drauf und dran, auf den hohen Stöckelschuhen umzukippen und sich da hineinzusteigern. So ungeheuer entschlossen. »Ich bringe Sie schon noch dazu, Willy und mich in Ruhe zu lassen, ganz egal, was ich tun muß.«

»Eine Drohung?«

»Eine Drohung«, bestätigte sie. Sie zitterte und war dabei, jeglichen Anschein von Kontrolle über ihre Gefühle zu verlieren.

»Darf ich Ihnen die Hälfte meines Omeletts anbieten?« fragte Nudger.

»Nein! Tun Sie mir den einen Gefallen und ersticken Sie an Ihrem verdammten Omelett!«

Nicht willens, vor seinen Augen zusammenzubrechen, stakte sie schnell aus dem Zimmer hinaus, damit er das Schluchzen, das er gehört hatte, nicht sehen konnte. Sie schlug die Tür so fest zu, daß das Omelett auf dem Teller zitterte als wäre es lebendig und neurotisch.

Nudger saß einige Minuten lang in der hallenden Stille, schob dann den Teller von sich und goß sich eine Tasse Kaffee ein. Ineida hatte ihm mit ihren Tränen und ihren zwanzigtausend Dollar den Appetit verdorben.

Nach dem Kaffee und einer halbe Scheibe gebutterten Toasts ging Nudger zum Bett hinüber und setzte sich mit dem Telefon hin. Er wählte direkt den Third District in St. Souis und wurde mit Hammersmith verbunden.

»Jack, hier spricht Nudger.«

»Ich weiß«, sagte Hammersmith. »Ich bin gewarnt worden.«

Nudger nahm sich vor, dem diensthabenden Sergeanten Ellis das nächste Mal seinen Namen nicht zu sagen. »Ich brauche ein paar Informationen.«

»Ich nehme an, du bist immer noch in New Orleans, denn sonst wärst du leibhaftig hier, um dein Ersuchen mit der ganzen Kraft deiner Persönlichkeit vorzubringen. Was genau willst du denn wissen?«

»Nichts Genaues«, sagte Nudger. »Ich will wissen, was du von dem Mord an Billy Weep hältst.«

»Redest du von Benjamin Harrison Jefferson?«

»Du weißt schon, von wem ich rede.«

»Was ich davon halte, was?« Hammersmith wußte genau, warum Nudger ihn ersuchte.

Nudger hörte das angestrengte Keuchen, als Hammersmith sich eine Zigarre anzündete, und war froh, daß mehr als sechshundert Meilen zwischen ihnen lagen. Selbst so dachte er kurz daran, aus dem Fenster zu schauen, um nachzusehen, aus welcher Richtung der Wind kam.

»Wir haben in Weeps Wohnung ein Gramm Heroin gefunden, Nudge«, sagte Hammersmith.

»Ich habe gedacht, ihr hättet seine Wohnung durchsucht und nichts gefunden.«

»Es war in ein abgeschnittenes Kondom gewickelt und steckte ganz unten in einem Leuchtsockel und oben drüber war eine Glühbirne eingeschraubt. Hättest du es gefunden?«

»Nein«, sagte Nudger und ließ sich von Hammersmith den Preis für die Information abringen, die er enthüllen würde. Er nahm sich fest vor, ausgebrannte Glühbirnen nicht länger als selbstverständlich hinzunehmen. Sie waren genau wie ausgebrannte Menschen für eine Überraschung gut.

»Die wahrscheinlichste Hypothese ist, daß jemand wußte, daß Weep das Gift in der Wohnung versteckt hatte und ihn deswegen getötet hat, es aber nicht gefunden hat.«

Hammersmith hörte sich beim besten Willen nicht so an, als würde er diese Hypothese selbst glauben.

»Wie hätte jemand wissen können, daß er es gehabt hat oder wieviel es war?«

»Könnte sein, daß jemand gesehen hat, wie er es von seinem Dealer bekommen hat, und ihm nach Hause gefolgt ist.«

Nudger dachte daran, wie der dahinsiechende Billy Weep im Dunkeln in seinem Sessel gehangen hatte. Er konnte sich nur schwer vorstellen, daß Weep überhaupt die Kraft gehabt haben sollte, das Haus zu verlassen und sich den Stoff zu beschaffen. Und es war gar nicht so leicht, einen Dealer zu finden, der Heroin wie Pizza ins Haus liefert. Weiche Drogen vielleicht, aber doch nicht Heroin.

»Hat man in seinem Blut Spuren von Heroin nachweisen können?« fragte Nudger.

»Nein. Man hat zwei Komma fünf Promille Alkohol und eine Spur THC gefunden. Marihuana. Er war doppelt high, als er umgebracht worden ist.«

»Vielleicht nicht«, sagte Nudger. »THC bleibt lange Zeit

im Körper, und als ich kurz vor seinem Tod mit ihm geredet habe, hat Billy mir gesagt, daß er nichts trinkt.«

»Das mit dem Trinken mag wahr sein oder auch nicht, Nudge. Der Gerichtsmediziner sagt, seine Leber sei fast total hinüber gewesen, und er wäre wahrscheinlich ohnehin in den nächsten sechs Monaten gestorben, auch wenn niemand nachgeholfen hätte.«

»Was ist mit Nadeleinstichen?« fragte Nudger. »Hat der Gerichtsmediziner bei Billy welche gefunden?«

Hammersmith schmatzte und paffte an der Zigarre; am Telefon hörte er sich an wie eine aufgeheizte Lokomotive. »Wie scharfsinnig von dir, daß du das fragst, Nudge. Keine Anzeichen von Nadeleinstichen, weder unter der Zunge noch zwischen den Zehen noch sonstwo.«

»Weißt du, womit er erschlagen worden ist?«

»Nein. Es könnte eine ganze Anzahl von Dingen gewesen sein. Die eigentliche Todesursache ist Ersticken.«

»Ersticken?« wiederholte Nudger. »Jemand hat ihn erwürgt?«

»Was immer dabei auch benutzt worden ist, hat ihn am Hals getroffen, den Kehlkopf und die Luftröhre zerquetscht, und es ihm unmöglich gemacht, Luft zu bekommen.«

Nudger konnte nicht anders; einen Augenblick lang stellte er sich vor, wie schrecklich das wäre, die letzte, entsetzliche Panik: sich wie wild auf dem Boden herumzuwälzen und vergeblich nach Sauerstoff zu ringen, dabei das Herz gegen die Rippen hämmern spüren, das Angstgefühl, wenn der Körper nach Luft schrie. Die Wut. Das Entsetzen.

Hammersmith überraschte Nudger. »Tut mir leid, Nudge. War er ein guter Freund?«

»Für eine Menge Musikliebhaber«, sagte Nudger. »Du hast meine Frage nicht beantwortet, Jack.«

»Ich weiß. Ich bin mir nicht sicher, was ich davon halte.

Es könnte das Offensichtliche sein – ein alter Junkie wird nach Hause verfolgt und wegen seines Vorrats getötet.«

»Könnte aber auch sein, daß jemand das Heroin dort plaziert hat, damit es so ausschaut.«

»Wer so clever ist«, sagte Hammersmith, »ist auch schlau genug, sich ein Flugticket in den Süden zu kaufen. Bis nach New Orleans.« Schmatz, keuch an der Zigarre. »Siehst du dort unten irgendeine Verbindung mit Weeps Tod?«

»Nichts Konkretes. Vielleicht Hollister, aber ich habe ihn überprüft. Er hatte an dem Abend, an dem Billy ermordet worden ist, nicht die Möglichkeit, die Stadt zu verlassen und rechtzeitig wieder hier zu sein. Die Zeiten passen nicht ganz.«

»Meine Klamotten passen auch nicht ganz«, sagte Hammersmith, »aber ich trage sie trotzdem.« Was gelogen war; der fettleibige Hammersmith ließ sich die meisten Anzüge auf die gepflegte Leibesfülle maßschneidern. »Vielleicht hat Hollister doch eine Möglichkeit gefunden.«

»Das wäre etwa so, als ob du dich in einen Anzug Größe vierundneunzig quetschen wolltest«, sagte Nudger.

Hammersmith brummte irgend etwas.

»Ich sag dir Bescheid, wenn sich hier unten etwas tut«, sagte Nudger.

»Mach das«, sagte Hammersmith und verursachte wieder ein widerlich schlürfendes Geräusch mit der Zigarre. »Bis dahin werde ich kühn und wachsam zwischen den Bürgern und den Wilden stehen.«

»Woher weißt du, wer wer ist?« fragte Nudger, aber da dröhnte ihm schon das Freizeichen ins Ohr. Hammersmith, der die Manie hatte, am Telefon immer das letzte Wort haben zu müssen, hatte aufgelegt.

Das machte nichts. Er hätte Nudgers Frage ohnehin nicht beantworten können. Niemand konnte das. Das war ja der Welt und Nudgers Problem.

24

»Für wen arbeitet er?« fragte Hollister.

»Keine Ahnung. Das will er partout nicht sagen.« Ineida sagte Hollister nicht, daß sie Nudger Geld angeboten hatte, damit er sich aus seinem Job in New Orleans zurückzog. Was immer dieser Job auch mit ihr und Hollister zu tun hatte.

Die beiden saßen in einer hinteren Nische in der Croissant Bar im French Quarter, in der sie oft zusammen frühstückten. Aber heute aß keiner etwas. Ein angebissenes Heidelbeer-Croissant trocknete neben Hollisters dampfender Kaffeetasse auf einer Serviette aus. Ineida hatte vor sich auf dem Tisch nur ein unberührtes Glas Orangensaft stehen. An diesem Morgen fühlte sie sich nicht wohl.

»Es ist doch ganz egal, wer er ist oder für wen er arbeitet«, meinte Ineida. »Wir tun ja nichts Illegales; er kann uns nichts anhaben. Wir können ihn einfach ignorieren.« Sie sagte es, als wollte sie mehr noch sich selbst überzeugen als Hollister.

Nach langem Nachdenken hatte sich Hollister zu diesem letzten Versuch entschlossen, mehr über Nudger in Erfahrung zu bringen. Er war nicht überrascht, daß es Ineida mißlungen war. Aber sie hatte recht; sie brachen kein Gesetz. Niemand konnte wegen seiner Gedanken oder dem zukünftigen Schmerz verhaftet werden.

Lange nach dem Tod seiner Mutter hatte er gelernt, den Blues zu spielen, die Musik der Verlorenen. Der Inbegriff des Leidens. Er hatte gelernt, von der Leere zu zehren, die der Tod seiner Mutter und das darauffolgende Jahr hinterlassen hatte. Er hatte viel über Schmerz nachgedacht. Im College in Illinois. Später in New York. Seine Mutter hatte ihn geliebt, und nach ihrem Tod hatte sein Vater ihm gesagt, wie sehr sie von ihnen beiden geliebt worden sei. Hatte es ihm immer und immer wieder gesagt. Willy hatte die Angst in seinem Vater gespürt, und die Qual. Hatte den Schmerz seines Vaters gespielt, und es hatte funktioniert; dieser Schmerz hatte in den kleinen New Yorker Clubs, in denen er aufgetreten war, und später in den Bluesstädten des Mittleren Westens in seiner Musik mitgeklungen. Und als sein Vater starb, hatte Hollister festgestellt, daß er nicht länger von diesem Schmerz zehren konnte. Aber er hatte entdeckt, daß das nichts machte. Sein eigener funktionierte sogar noch besser. So ungeheuer viel besser. Aber ab und an brauchte er einen neuen Fix. Wie ein Vampir. Genau wie ein Vampir. Hollister schauderte. Dieser Vergleich gefiel ihm nicht.

»Du siehst müde aus«, sagte Ineida. »Fehlt dir etwas, Babe?«

»Ich habe letzte Nacht kaum geschlafen«, sagte er. Er lächelte sie an. »Ich weiß auch nicht, warum. Vielleicht weil ich an dich gedacht habe. Mir gewünscht habe, du wärst bei mir, auch wenn mir tausend andere Sachen durch den Kopf gegangen sind.«

Sie berührte seine Hand und erwiderte das Lächeln. Sie war wirklich eine bildschöne Frau, dachte er. Er konnte von Glück sagen. Das Bedürfnis regte sich mächtig in ihm, das schreckliche Bedürfnis und die Reue. Als er in ihre ahnungslosen Augen sah, fühlte er sich hin und her gerissen, während ihm etwas im Schädel herumspukte, verstand, was da ablief und seine Gedanken und Sehnsüchte inszenierte.

»Nichts spielt eine Rolle außer uns beiden«, sagte Ineida grimmig.

Hollister erkannte, daß das beinahe stimmte. Beinahe. Wenn er wollte, konnte er den Rest seines Lebens mit dieser Frau verbringen. Er liebte sie ja wirklich. Er schaute ihr wieder in die Augen und sagte es ihr.

Da hörte er auf einmal die Musik, die ihn rief und drängte. Aber diesmal würde es ein wenig anders sein.

Er machte einen Augenblick die Augen zu und lauschte in sich hinein. Er wußte, daß der Moment gekommen war. In der Musik kam alles auf den richtigen Moment an.

25

Nudger hatte eigentlich gehofft, er werde sich nach dem Frühstück kräftiger fühlen. Statt dessen war ihm ein wenig übel, und er fühlte sich schwächer. Vielleicht war das die Folge seines Gesprächs mit Hammersmith; vielleicht war das die psychologische Wirkung der Zigarre, selbst durch das Telefon und über die weite Entfernung hinweg.

Als er aufstand, hätte ihn beinahe ein Schwindelanfall gezwungen, sich wieder hinzusetzen. Mühsam schob er den Servierwagen mit dem Frühstücksgeschirr in den Gang hinaus, hängte das ›Nicht Stören‹-Schild an den Türknauf, schloß sich im Zimmer ein und ging zum Bett.

Müde. Er hatte gar nicht gemerkt, wie müde er war. Die Ereignisse der letzten Zeit machten sich jetzt erst bemerkbar, überfielen ihn. Oder wollte er sich in den Schlaf flüchten? Aus dieser ganzen wahnwitzigen Sache flüchten. Es gab viele Vielleichts, die hier zutreffen könnten. Nudger konnte sich nicht genau denken, weshalb er mit einem Mal derart erschöpft war, aber er war es; das wußte er mit Sicherheit. Er fiel halb aufs Bett und lag auf dem Bauch.

Er schlief bis in den frühen Abend, stand dann in der stillen Dämmerung auf, torkelte ins Bad, schaltete das Licht an und beugte sich über die Toilettenschüssel. Er stellte befriedigt fest, daß sein Urin nicht mehr ganz so rot war. Mann, wie konnte man das sehen und dabei nicht das Gefühl haben, daß mit der Welt alles in Ordnung war?

Nudger wußte, wie – trotz seiner Neigung zu grundlosem Optimismus. Die Schmerzen waren wieder da und drohten, hundsgemein zu werden, deshalb legte sich

Nudger wieder hin, schlief augenblicklich ein und schlief bis um zwanzig nach neun am nächsten Morgen. Wenn man sich nicht amüsierte, flog die Zeit nur so dahin.

Déjà vu schien in Nudgers Leben eine dominierende Rolle zu spielen. Er fragte sich, ob es wohl allen so gehe. Dieser Morgen war eine Wiederholung des vergangenen Morgens, nur ohne Sandra Reckoner. Die heiße Dusche, um die Schmerzen und Steifheit zu lindern, die sauberen, unzerknitterten Klamotten, die Eier, der Saft und der Kaffee, die von dem glotzenden jungen Pagen gebracht wurden, der, als er den Wagen hereinrollte, nach Ineida Ausschau hielt, wobei sein vorstehender Adamsapfel wie eine Art Sinnlichkeitsradar hektisch auf und ab hüpfte.

»Sie ist nicht da«, sagte Nudger.

»Ja, Sir«, sagte der Page und stellte das Tablett wieder vor den blauen Sessel. »Das sehe ich.« Er führte sich auf, als hätte Nudger teuflischerweise Ineidas Verschwinden befohlen. Der Junge schien es Nudger krummzunehmen, deshalb gab Nudger ihm nur einen Dollar Trinkgeld und sah ihm zu, wie er sich schmollend verzog.

Nudger hatte an diesem Morgen viel Appetit, und es gab nichts, was ihn ihm verdarb. Nudger spachtelte das Omelett, aß den Toast bis auf den letzten Krümel auf und leerte das Glas Orangensaft. Dann blieb er sitzen, trank in aller Ruhe zwei Tassen Kaffee und stellte mit Hoffnung und Befriedigung fest, daß er sich an diesem Tag einigermaßen wohl fühlte. Er hatte immer noch einige Schmerzen, doch die ließen sich soweit ignorieren, daß er mit ihnen leben konnte. Er konnte wieder Nudger sein und nicht mehr nur ein Ding, das reglos dalag und dem alles weh tat.

Immer noch steif, aber bei weitem nicht in seinem Schneckentempo vom Tag zuvor, kämpfte er sich behutsam in das Sportsakko und richtete den offenen Hemdkragen. Dann ging er aus dem Hotel und fuhr durch Sonnenschein wie goldfarbene Melasse zu Fat Jacks Club.

Fat Jack saß an diesem Morgen in seinem Büro am Schreibtisch und studierte einen Aktendeckel mit Notenblättern, deren Noten skizzenhaft und verblaßt aussahen. Er hatte seine Anzugjacke aufgeknöpft und trug ein makellos weißes Hemd, dessen hochgerollte Ärmel Unterarme wie fleischige Hinterkeulen sehen ließen.

»Hi, High Tech«, sagte Fat Jack. Er winkte lässig.

»Hi«, sagte Nudger ein wenig verwirrt. Hatte Fat Jack ›Tech‹ gesagt oder hatte er ihn ›Tex‹ genannt?

»Jemand hat mir ein paar Bluesnummern geschickt, die sein Computer geschrieben hat«, erklärte Fat Jack. Tech. »Will, daß ich sie eines Abends von der Band spielen lasse. Das Problem dabei ist nur, daß der Computer nicht wie W. C. Handy schreibt, sondern wie IBM. Ist es zu fassen, ein Stück hier heißt tatsächlich ›Dot Matrix Momma of Mine‹?«

»Das ist leicht zu behalten.«

»Das ist Syphilis, aus.«

Nudger ahnte, daß Fat Jack die Dot-Matrix-Nummer nicht gefiel.

»Wo waren Sie?« fragte Fat Jack.

»Habe lange geschlafen; ich war völlig erledigt.«

»Nicht heute morgen. Ich rede von gestern.«

»Als Ineida gestern morgen zu mir ins Hotel gekommen ist«, sagte Nudger und lenkte die Stoßrichtung von Fat Jacks Frage so geschickt ab wie ein erfahrener Politiker in einem Fernsehinterview, »hat sie mir zwanzigtausend Dollar angeboten, damit ich sie und Hollister in Ruhe lasse.«

Fat Jack machte ein nachdenkliches Gesicht und verlagerte sein gewaltiges Gewicht; der Stuhl unter ihm ächzte nach Gnade.

»Sie hat behauptet, es sei ihr Geld«, sagte Nudger. »Glauben Sie, daß sie so viel Geld alleine auftreiben könnte, ohne daß ihr Vater etwas davon weiß?«

»Vielleicht weiß er momentan nichts davon«, sagte Fat

Jack, »aber Sie können sicher sein, daß er bald davon wissen wird, ob es nun ihr Geld ist oder seins.« Plötzlich schaute er Nudger durchdringend an. »Eh, wieso haben Sie ihr Angebot ausgeschlagen?«

Nudger zuckte die Achseln. »Ich mache es wieder wett, wenn ich Ihnen die Rechnung schicke.«

Fat Jack war zu sehr in seine Sorgen vertieft, um auf diesen unerhörten Wink mit dem Zaunpfahl zu reagieren. Er spielte mit den Wurstfingern der linken Hand am Goldring herum, den er am kleinen Finger der rechten Hand trug. »Was hat sie gesagt, als Sie ihr Angebot abgelehnt haben, alter Schnüffler?«

»Sie konnte nicht verstehen, warum sie etwas, das sie unbedingt haben wollte, nicht kaufen konnte. Sie ist wütend geworden.«

»Solche Leute«, sagte Fat Jack, »kennen den Wert des Geldes. He, ich meine den wirklichen Wert. Schon in ihrem Alter, denn die ist ihr ganzes Leben lang reich gewesen. Leute wie Sie und ich, wir meinen zwar, daß wir ihn kennen, aber das tun wir nicht. Gewöhnlich nicht, bis es zu spät ist. Sie müssen sie in beträchtliche Verwirrung gestürzt haben, ein Privatdetektiv ohne Preisschild.«

»Sie hat angenommen, daß mir jemand anderes mehr dafür bezahlt, daß ich den Auftrag ausführe, als sie mir angeboten hat, damit ich aufhöre.«

»Eh.«

»Sie will wissen, was da vor sich geht«, sagte Nudger, »will wissen, inwiefern sie da mit hereinspielt. Ich glaube, vielleicht ist es an der Zeit, daß wir es ihr sagen, schauen, was dann passiert.«

»Nein«, sagte Fat Jack schnell. »Ganz gleich, was dann passiert, es wird etwas ganz Furchtbares sein und es wird mir passieren.«

»Aber bedenken Sie doch, wieviel schwieriger es sein wird, wenn David Collins erfährt, daß Sie eine Information gehabt haben, die seine Tochter vor Hollister hätte retten können, aber geschwiegen haben.«

Fat Jack dachte über Nudgers Frage nach und schob dabei mit den Fingerspitzen die computerkomponierten Nummern auf der flachen Schreibtischplatte hin und her. Nudger konnte den Titel eines Stücks lesen, auch wenn er von seiner Perspektive aus gesehen verkehrt herum lag: ›Floppy Disk Fanny‹. Der hier gefiel ihm. Das Telefon auf dem Schreibtisch klingelte.

Fat Jack nahm den Hörer ab, preßte ihn über den Hängebacken ans rechte Ohr und meldete sich mit Namen. Ein paar Sekunden verstrichen, und dann wurde sein Gesicht so weiß wie sein Hemd.

»Ja, Sir«, sagte er. Beide Hängebacken begannen zu wabbeln; unter dem linken Auge zuckte es. Es war, als ob der Dünne, der angeblich in jedem Dicken stecken sollte, darum kämpfte, herauszukommen. Nudger wurde schon nervös, wenn er ihn bloß ansah.

»Das ist doch nicht Ihr Ernst«, sagte Fat Jack. »He, vielleicht ist das bloß ein Scherz, und sonst nichts.« Pause. »Okay, es ist kein Scherz.« Er hörte noch eine Zeitlang zu, sagte noch einmal »Ja, Sir« und legte dann auf. Lange Zeit schwieg er. Nudger schwieg ebenfalls. Die Klimaanlage hinter dem Schreibtisch brummte und gluckerte; draußen auf der Conti zischte mit dem tiefen Surren von Gummi auf heißem Asphalt der Verkehr vorbei.

Fat Jack sprach als erster. Er hörte sich atemlos an. »Das war David Collins. Ineida ist verschwunden. Nicht zu Hause. Nicht irgendwo anders. Ihr Bett ist unberührt.«

»Dann ist sie mit Hollister durchgebrannt, wie sie es vorgehabt hatten.«

»Sie meinen wohl, wie Hollister es vorgehabt hatte. Collins hat mit der Post einen Brief bekommen.«

»Brief?« fragte Nudger. Sein Magen schlug einen Salto; er war seinem Kopf weit voraus, er reagierte bereits auf einen Verdacht, der bisher noch nicht völlig Gestalt angenommen hatte.

»Einen Erpresserbrief«, bestätigte Fat Jack. »Ohne Unterschrift, in ausgeschnittenen Zeitungsbuchstaben, genau wie in irgendeiner bescheuerten Polizeiserie.« Fat Jack schwieg, schwitzte. »O Gott – Polizei! Collins hat gesagt, Livingston sei jetzt auf dem Weg hierher, um mit mir über Hollister zu reden.«

»Wieso ist er nicht auf dem Weg, um mit Hollister zu reden? Das wäre doch wohl gescheiter.«

»Nein, wäre es nicht. Hollister ist ebenfalls verschwunden. Und seine Kleidung ist aus seinem Kleiderschrank verschwunden.« Fat Jacks rosa Äuglein traten in dem bleich gewordenen Gesicht aus den Höhlen hervor. Er machte viel mit; Dinge, die über seinen Horizont gingen, überschlugen sich. »Wir haben zu lange über die Briefe geschwiegen, die Sie gefunden haben. Ich sage Livingston besser nichts davon.«

»Nicht, ehe er Sie danach fragt«, meinte Nudger. »Und das wird er nicht.«

»Wenn er von ihnen erfährt und sie haben will, müssen wir entweder Beweise unterschlagen oder etwas gestehen, das Collins uns nie verzeihen kann. Eine feine Wahl!«

»Keine, die wir zu treffen haben«, sagte Nudger. »Die Briefe sind nämlich verschwunden.«

»Häh? Wohin verschwunden?«

»Keine Ahnung. Sie sind aus meinem Zimmer geklaut worden.«

Mit dieser neuen Sorgenquelle durchlief Fat Jack ein Beben. Sein Epizentrum mußte sein Herz gewesen sein; er hielt die Hände auf eine Art und Weise an den Brustkorb gepreßt, daß Nudger einen Moment lang beunruhigt war, doch dann schien Fat Jack sich wieder abzuregen und legte die Hände auf den Schreibtisch. »Meinen Sie, Collins könnte sie vielleicht haben?«

»Ich glaube, das können wir ausschließen«, sagte Nudger. Er wußte, daß Frick und Frack es bei ihrem Zusammenstoß in der Gasse erwähnt hätten, wenn sie in seinem Zimmer gewesen wären und die Briefe gefunden hätten. Oder sie hätten David Collins angerufen, um sich neue Instruktionen zu holen, und dieser Zusammenstoß wäre weitaus schlimmer verlaufen.

»Haben Sie eine Ahnung, wer die Briefe haben könnte?« fragte Fat Jack.

»Nein«, log Nudger. »Ist die Polizei wegen Ineidas Entführung offiziell eingeschaltet worden?«

»Collins ist nicht der Typ, der bei so etwas Vertrauen zur Polizei hat«, sagte Fat Jack. »Er wird sich allein um die Sache kümmern und auf seine Art.«

Nudger dachte kurz daran, zu fragen, weshalb dann Livingston von Ineidas Verschwinden wußte, aber er fand selbst, daß das naiv wäre.

Fat Jack verzog plötzlich das Gesicht, als wäre in seinem Kopf etwas schmerzhaft eng angezogen worden. »Was, zum Teufel, soll ich Livingston bloß sagen?«

»Improvisieren Sie«, riet Nudger. »Das haben Sie Ihr ganzes Leben lang getan, und damit sind Sie doch immer wunderbar gefahren.« Er stand auf.

»Wohin gehen Sie?«

»Ich verschwinde, ehe Livingston hierher kommt. Es besteht keine Veranlassung, ihm die Sache zu erleichtern.«

»Oder Ihnen zu erschweren.«

»Zur Abwechslung ergibt es sich einmal so.«

Fat Jack nickte, doch sein Blick ging nachdenklich ins Leere: er probte bereits im stillen die Sprüche, die er Livingston vorsetzen würde. Seine Überlebensinstinkte waren geweckt. Er war kein Mensch, der sich leicht oder würdevoll Problemen beugte, und er hatte in seinem Leben schon eine Menge Probleme erlebt. Er kannte eine Vielzahl von Winkelzügen und würde sie alle anwenden.

»Apropos«, sagte Nudger, »kennen Sie eine gewisse Marilyn Eeker?«

»Eeker...?« murmelte Fat Jack geistesabwesend; er war mit den Gedanken nicht bei der Frage. »Nein, nie gehört.«

»Eine zierliche Blondine, um die Vierzig.«

Fat Jack war immer noch ganz in sein heikler werdendes Dilemma vertieft und machte sich nicht die Mühe, zu antworten. Vielleicht hatte er die Frage auch gar nicht gehört.

Er schien es nicht einmal zu bemerken, als Nudger ging.

26

Sie warteten an seinem Auto auf Nudger, gleich um die Ecke vom Fat Jack's. Frick und Frack. Sein Magen knurrte etwas, das wie »Bitte, niiicht!« klang. Er dachte kurz daran, sich umzudrehen und wegzulaufen, auch wenn sie ihn schon gesehen hatten und leicht einholen konnten. Die Angst und die Erinnerung wühlten in seinen Gedärmen wie etwas Lebendiges und Gewalttätiges. Er versuchte, es niederzukämpfen; es wollte partout nicht unten bleiben.

Nudger dachte sich, die beste Art, damit umzugehen, sei, zu seinem Auto weiterzugehen und sich dabei die Angst nicht anmerken zu lassen. Die Schmerzen aus der vorherigen Abreibung schienen wieder aufzuflammen, nun da er in der unmittelbaren Nähe der Täter Frick und Frack war. Er wünschte, er wäre in Fat Jacks Büro geblieben und hätte sich für Livingston entschieden, anstatt nun hier zu sein und wie ein Schuljunge auf zwei Klassenrowdies zuzugehen.

Zuerst glaubte Nudger, der rote Mini hätte einen Platten. Dann sah er, daß die linke Vorderseite nur deshalb fünfzehn Zentimeter niedriger war als die rechte, weil Frick einen seiner Quadratlatschen auf die Stoßstange gestellt hatte. Als Nudger näherkam, hüpfte die Seite wieder hoch, als Frick den Fuß zurücknahm, sich aufrecht hinstellte, und beide Männer ihm ohne zu lächeln entgegensahen, auf ihn warteten.

»Keine Angst, mein Freund«, sagte Frick. »Diesmal gibt es keine groben Überredungsversuche.«

»Nett von euch, daß ihr meine inneren Blutergüsse ausheilen laßt«, sagte Nudger und blieb etwa zwei Schritte von den beiden entfernt stehen. Seine Stimme hatte nicht gekiekst, wie er befürchtet hatte. Der Verkehr floß auch weiter an dem geparkten Auto vorbei; ein paar Fahrer fuhren langsamer, um die beeindruckende Leibesfülle von Frick und Frack anzugaffen, und beschleunigten dann schnell wieder, hofften dabei, daß sie mit ihrem nachlassenden Tempo und ihren neugierigen Blicken niemandem zu nahe getreten waren und beteten, daß ihnen der Motor nicht abstarb.

»Wollen Sie nicht eins von diesen kleinen weißen Dingern nehmen, die Sie ständig kauen?« fragte Frack. Er verlagerte sein Gewicht leicht zur Seite und ließ die Schulter ein wenig herabhängen, als sei er drauf und dran, eine kurze linke Gerade zu schlagen, versuchte, noch bedrohlicher zu wirken. Dabei hatte er diese theatralischen Tricks gar nicht nötig; wahrscheinlich hatte er schon bei seinem Erscheinen aus dem Schoß den Geburtshelfer seiner Mutter in Angst und Schrecken versetzt.

Nudger tat ihm den Gefallen und schob sich mit dem Daumen eine Antacidtablette aus der Rolle in den Mund. »Worum geht es denn?« fragte er und schmatzte laut, als könnte das Geräusch über sein Unbehagen hinwegtäuschen.

»Mr. Collins möchte gern mit Ihnen reden«, sagte Frick.

»Worüber?«

Frick lächelte jetzt tatsächlich. »Was spielt das schon für eine Rolle? Mr. Collins möchte gern mit Ihnen reden, mein Freund, und worüber er mit Ihnen reden will, werden Sie erfahren, wenn er beschließt, es Ihnen zu sagen. So ist das eben bei Mr. Collins.«

»Wer bin ich, um mit der Tradition zu brechen?« sagte Nudger. Er würde es nicht zu weit treiben. Er konnte sich nicht sicher sein, daß Frick und Frack von Ineidas Verschwinden wußten. Er wäre zwar jede Wette eingegangen, daß sie davon wußten und aus diesem Grund hier waren. Doch es wäre unklug, David Collins vorweggreifen zu wollen, also schwieg Nudger.

»Steigen Sie ins Auto«, befahl Frack.

Nudger schaute sich um. »Wo steht es?«

»Wir nehmen Ihr Auto«, sagte Frick. »Dann müssen Sie sich nicht ein Taxi nehmen, um ins Hotel zurückzukommen. Sie fahren.«

Nudger erhob keinen Einwand gegen eine derart entschiedene Rücksichtnahme. Sie schauten ihm zu, wie er das Auto aufschloß. Frick setzte sich vorne neben ihn, wo ihm die Knie beinahe ans Kinn stießen. Frack war irgendwie im Fond verstaut, seine riesigen Knie bohrten sich durch das dünne Polster des winzigen Schalensitzes Nudger in den Rücken.

»Kann man denn die Sitze nicht weiter vorstellen, damit ich mehr Platz habe?« fragte Frack.

Frick griff unbeholfen nach unten und zerrte an einem Hebel. Anstatt nach vorne zu rücken, knallte die Rückenlehne seines Sitzes in der Liegestellung so weit es ging nach hinten.

Die Lehne erreichte die Liegestellung nur halb, denn sie schlug auf Frack, der vor Überraschung und Schmerzen aufstöhnte und die Lehne so heftig nach vorn schob, daß Frick um ein Haar mit dem Kopf an die Windschutzscheibe geflogen wäre.

»Menschenskind!« rief Frick. »Paß doch auf.«

»Ihr beide seid zu groß für dieses Auto«, sagte Nudger, als der Mini zu schaukeln aufgehört hatte.

»Scheiß drauf«, sagte Frack. »Fahren Sie los. Wir sagen Ihnen, wie Sie fahren müssen.«

Nudger fuhr los.

Weniger als eine Stunde später kämpfte sich das Zwergauto einige Meilen vor der Stadt die lange Zufahrt zu einem feudalen, weitläufigen, im spanischen Stil gebauten Haus hoch. Es war ganz aus Stuck und Holz, weiß angestrichen, mit dunkelgebeizten Fensterrahmen. An jedem Ende des langgezogenen Hauses war eine Art abgebrochener Wachtturm mit kleinen rechteckigen Fenstern. Genau der richtige Ort für Rapunzel, falls sie noch eine Zwillingsschwester gehabt hätte. Blühende Bougainvillea rankten sich bis zur Mitte der Türme hoch und veranstalteten eine wilde Farbenorgie, Blumenanarchisten, die dem sorgsam gepflegten grünen Gebüsch um den Sockel zu entkommen suchten. Eine kreisförmige Zufahrt führte unter einem ziegelbedachten Portikus zu hohen, dunkelgebeizten Holztüren, die mit Schmiedeeisen verziert waren. Hinter dem Haus, wo das Gelände allmählich zu einem entfernten Maschendrahtzaun anstieg, arbeitete ein Gärtner langsam, aber sorgfältig mit einem Spaten, schaufelte Erde in säuberlichen Haufen zur Seite. Nudger wollte gar nicht daran denken, was er da wohl graben mochte.

Der rote Mini klapperte bis zur Kuppe der Zufahrt hinauf. Der überhitzte kleine Kühler seufzte erleichtert auf, als Nudger Fricks Instruktionen befolgte, unter dem Portikus parkte und schließlich den Motor abstellte.

Nudger kam sich vor, als gehörte er zu einer dieser Zirkusnummern, bei denen sich ein Dutzend Clowns aus einem winzigen Auto quälen. Was Frick und Frack an Anzahl abging, machten sie durch ihre Zentnerlast mehr als wieder wett.

Frick und Nudger warteten geduldig, bis Frack unter viel Gebrumme und Geknurre seine verrenkten Gliedmaßen aus dem Fond des Wagens freigehievt hatte. Nudger fragte sich, wie er der Autovermietung erklären sollte, daß das Auto gedehnt worden war. Wurde das von der Versicherung, die er unterschrieben hatte, abgedeckt? Als wäre er wütend auf das Auto, weil es so winzig war, knallte Frack die Tür so fest zu, daß dabei um ein Haar das Fenster herausgesprungen wäre.

Mit Nudger in der Mitte, traten die beiden großen Männer auf die Veranda, schoben die Tür auf, ohne anzuklopfen, und gingen ins Haus; sie waren mit der imposanten Umgebung vertraut und hatten das mitgebracht, um dessentwillen sie ausgeschickt worden waren.

Das Innere des Hauses war so luxuriös wie das Äußere es hatte vermuten lassen. Es gab meilenweiten Kachelboden, teuer aussehende Läufer, wuchtige Möbel im spanischen Stil, und an den mit Sand gescheuerten Wänden hingen Ölgemälde in reichverzierten Rahmen. Nichts sah auch nur im geringsten benutzt oder gar abgenutzt aus; es war, als hätten professionelle Innenarchitekten die Möbel einfach so hingestellt und angeordnet, daß sie alle paar Tage einmal abgestaubt wurden.

Frick ging einen Flur entlang voraus, durch eine Tür und eine breite, hellerleuchtete Treppe hinunter. Eine weitere Tür führte sie in das Kellergeschoß des Hauses. Allmählich mißfiel Nudger die Sache.

Sie gingen durch einen weiteren Flur, dieser hier wurde von noch mehr Gemälden gesäumt. Aber sie waren ganz anders als die traditionellen Ölgemälde oben; sie waren modern, Farbkleckse auf der Leinwand, deren Formen nicht enträtselbar waren, die aber irgendwie unheilvoll wirkten. Jackson Pollock, besessen von Poe.

Frick blieb an einer Flurbiegung stehen, trat zur Seite und winkte Nudger, um die Ecke voranzugehen.

Nudger tat es, nicht ohne dunkle Vorahnung, und sah einen kleinen dunkelhaarigen Mann in einem kleinen schwarzen Ledersessel in einem großen Zimmer sitzen, das mit Teppichboden ausgelegt worden war.

Im Gegensatz zum Erdgeschoß herrschte in diesem Zimmer ein gemütliches Durcheinander. Die Regale an den Wänden waren mit diversen Sammelstücken vollgestopft: Glaskuriositäten, antike Metallspardosen, ein paar alte schmiedeeiserne Spielzeuge, mehrere Reihen voller antiker Krüge. In einer Ecke stand ein Fernseher, dessen großer Bildschirm ein gelangweiltes, trübes Auge war. In einer anderen Ecke war eine Bar aufgebaut. Telefone standen wie Aschenbecher herum; niemand müßte sich aus einem der üppig gepolsterten schwarzen Sessel erheben, um einen Anruf entgegenzunehmen. Eine gutgenährte gelbe Katze räkelte sich auf der Lehne eines schwarzen Sofas; sie wandte den Kopf, legte ihn ein wenig zurück und starrte Nudger mit gelassener Verachtung an, als rangiere er auf ihrer Liste der Respekt gebührenden Dinge weit hinter dem Katzenklo. New Orleans hatte keinen Mangel an Katzen, und sie alle schienen keine hohe Meinung von Nudger zu haben.

Der Dunkelhaarige sah Nudger und stand auf. Er war mittelgroß, breitschultrig, aber ausgesprochen dünn, sah jünger aus als Nudger erwartet hatte, und hatte ein gleichmäßig geschnittenes Gesicht, das trotz der tiefen Aknenarben, die seine Wangen sprenkelten, hübsch war. Er schaute Nudger aus recht großen, klaren braunen Augen an. Er hatte denselben Gesichtsausdruck wie die Katze. Und auch denselben Teint; seine Haut hatte einen gelblichen Ton. Er sagte: »Setzen Sie sich, Mr. Nudger.« Er sprach mit dem Hauch eines Lispelns.

Während er sprach, war eine große Frau mit kastanienbraunem Haar aufgestanden, die außerhalb von Nudgers Blickfeld gesessen hatte. »Ich bin in ein paar Stunden wieder zurück, Darling«, sagte sie zu dem gelblichen Mann und stolzierte königlich und keck wie ein Revuegirl aus im Zimmer. Sie sah aus, als habe sie geweint, aber das machte sie nur noch schöner, ebenso menschlich wie statuenhaft. Mrs. Collins?

Als sich die Tür hinter der Frau geschlossen hatte, legte Frick Nudger die Hand auf die Schulter und führte ihn zu einem der schwarzen Sessel. Der Sessel zischte, als Nudger sich in ihn sinken ließ; er fühlte sich seltsam hilflos, ein Gefangener dieser Weichheit, die jede schnelle Bewegung verhindern würde. Frick trat ein paar Schritte zurück und stellte sich seitlich hinter Nudger. Frack bezog an der Tür Posten und verschränkte die Arme in einer lässigen, aber wachsamen Hier-kommt-keiner-durch-Pose.

»Ich bin David Collins.« Der gelbliche Mann kam herüber und blieb vor Nudger stehen. Er trug eine gutgeschnittene dunkelblaue Hose, ein blaues Seidenhemd und graue Schuhe aus knittrigem Leder, die verdächtig nach Hausslippern aussahen. Seine Kleidung biß sich mit seinem Teint, aber sein Getränk nicht. In der rechten Hand hielt er ein Whiskyglas; das Glas enthielt Eiswürfel und etwa einen Fingerbreit einer verdünnten bernsteinfarbenen Flüssigkeit, wahrscheinlich Scotch. Er fragte ganz leise, in einem sehr ruhigen Plauderton: »Wer hat meine Tochter, Mr. Nudger?«

»Das weiß ich nicht.«

»Was wissen Sie denn?«

»Daß sie verschwunden ist. Ich war bei Fat Jack, als Sie ihn angerufen haben. Er konnte nicht verbergen, worum es in dem Gespräch gegangen ist.«

»Willy Hollister ist ebenfalls verschwunden.«

»Tatsächlich?« Nudger beschloß, sich bei diesem Thema dumm zu stellen, Fat Jack zuliebe.

Collins lächelte – nein, er zeigte in einer Grimasse seine Zähne. Dabei erinnerte er Nudger an einen jungen, widerwärtigen Richard Widmark. »Seine Kleidung ist aus seiner Wohnung verschwunden. Er hat seinem Vermieter nicht gekündigt. Er hat keine Nachricht hinterlassen, keine Nachsendeadresse. Hat einfach gepackt und ist auf und davon.« Er trank einen winzig kleinen Schluck Whisky; nippte nur. »Und was sagen Sie dazu, Mr. Nudger?«

»Ist Ineidas Kleidung auch verschwunden?«

Collins nickte leicht, in unbestimmter Bewunderung. »Eine kluge Frage. Die Antwort darauf ist ja, was mich so beunruhigt. Ihre Kleidung ist da. All ihre persönlichen Sachen sind da. Alles, außer Ineida. Das ist kein Streich, bei dem sie mitspielt.« In Collins schien sich langsam Zorn aufzustauen, eine gedämpfte Wut, die vor gefährlicher Energie knisterte. Nudger verstand, weshalb er gefürchtet wurde. »Sie ist entführt worden; ich habe eine Lösegeldforderung erhalten.«

»Wieviel wird verlangt?«

»Noch keine genaue Summe. Sie wollen sich wieder melden, um mich wissen zu lassen, wieviel es mich kosten wird, Ineida zurückzubekommen, und wo die Geldübergabe stattfinden soll.« Er trank noch einen gezierten Schluck Whisky; der Flüssigkeitsspiegel schien überhaupt nicht gesunken zu sein, als er das Glas absetzte. »Neben diesem Zimmer liegt ein Weinkeller, Mr. Nudger. Ich bin stolz auf die Jahrgänge, die in ihm lagern, aber er dient noch einem anderen Zweck. Dort drinnen könnte jemand wie eine Luftsirene schreien und nicht einmal hier, wo wir jetzt sind, würde man ihn hören.« Die großen braunen Augen blinzelten nicht, flackerten nicht. »Warum hat Fat Jack Sie engagiert, Mr. Nudger? Und leugnen Sie jetzt ja nicht, daß er Ihr Klient ist.«

»Warum sollte ich etwas leugnen, was Sie bereits mit Sicherheit wissen?« fragte Nudger, vernünftig und im Interesse der Selbsterhaltung. »Er hat mich engagiert, um Nachforschungen über Willy Hollister anzustellen. Er machte sich Sorgen wegen Hollisters Beziehung zu Ineida, Sorgen, was Sie tun könnten, wenn ihr wegen ihrer Verbindung mit dem Club etwas zustoßen würde. Er wußte, daß er auf sie aufpassen sollte, aber es gab wirklich keine Möglichkeit für ihn, das zu tun. Das Nächstbeste, was er tun konnte, war, herauszufinden, aus welcher Ecke es Ärger geben könnte, und ihn abzuwehren versuchen.«

»Und was haben Sie über Hollister und meine Tochter in Erfahrung gebracht?«

»Ineida ist ein nettes Mädel, das nicht singen kann. Und sie ist verliebt und kann nicht klar denken.«

»Und Hollister?«

Nudger holte tief Luft und erzählte Collins von Willy Hollister und Jacqui James und den anderen verschwundenen Frauen in diversen Städten, in denen Hollister den Blues gespielt hatte, wie er noch nie zuvor gespielt worden war. Während Collins aufmerksam zuhörte, wurden die Falten in seinem hageren Gesicht tiefer und seine Augen dunkler. Dies alles gefiel ihm ganz und gar nicht.

Als Nudger zu Ende geredet hatte, ging Collins zu einem schwarzen Stahlaktenschrank neben der Bar. Er schloß die oberste Schublade auf und zog sie ganz heraus; mit einem leisen Schnarren rollte sie auf ihren Schienen. Dann, immer noch mit dem Rücken zu Nudger, nahm er etwas heraus. Er ließ die Schublade offenstehen, kam zurück und blieb vor Nudger stehen.

»Woher hatten Sie die hier?« fragte er und hielt den Stapel mit Ineidas Liebesbriefen so, daß Nudger ihn sehen konnte.

Nudger dachte an Collins' Weinkeller, aber nicht an den Wein. Sein Blick huschte zu einer schweren Bohlentür, die wahrscheinlich zum Weinkeller führte. Ihm war immer noch nach Kooperation zumute. »Ich habe sie aus Willy Hollisters Wohnung mitgehen lassen«, sagte er.

»Man schnüffelt nicht in anderer Leute Wohnungen herum«, sagte Collins.

»Oder in anderer Leute Hotelzimmern.«

Collins wirkte eine Minute lang verwirrt, dann lächelte er sein Richard-Widmark-Totenkopf-Lächeln. »Sie irren sich, Nudger, nicht wir haben die aus Ihrem Zimmer geholt. Jemand hat sie uns gegeben.«

»Wer?«

»Keine Ahnung. Sie kamen mit der Post.«

Nudger beschloß, nicht nachzubohren. Er wollte nicht, daß Collins mit noch größerem Druck reagierte.

»Wie lange haben Sie die gehabt?« Collins wog den Briefstapel prüfend in der rechten Hand, als wollte er ihn angewidert von sich schleudern, außer Sichtweite, aus seinem und seiner Tochter Leben. Aber das stand nicht in seiner Macht, und das machte ihn rasend.

»Ein paar Tage.«

»Haben Sie sie Fat Jack gezeigt?«

»Nein.« Nudger sagte nicht, daß er Fat Jack von Ineida und Hollisters drohendem Durchbrennen erzählt hatte. Er hoffte, Collins werde ihn auch nicht danach fragen. Dann wäre nämlich Klientenschutz angesagt, und Nudger wußte nicht, ob er dazu in der Lage wäre.

Doch Collins schob die Schuld dem naheliegendsten Opfer zu. »Vielleicht wäre Ineida jetzt nicht verschwunden, wenn Sie mich von diesen Briefen unterrichtet hätten. Oder wenn Sie sich nicht hier herumgetrieben und Fragen gestellt und Pandorabüchsen geöffnet hätten.« Er hatte die Oberlippe auf eine fiese Art hochgezogen und sprach deshalb sehr undeutlich. Er sah aus, als wäre er auf einen üblen Gestank gestoßen.

»Hören Sie...«, flehte Nudger.

»Sie hören jetzt, Sie Arschloch! Jemand hat meine Tochter entführt. Das bedeutet zweierlei: Erstens werde ich alles tun, um sie zurückzubekommen. Zweitens werde ich alles Mögliche und noch mehr tun, um dafür zu sorgen, daß derjenige, wer immer sie auch entführt hat, noch lange genug lebt, um es zu bereuen, aber nicht viel länger.«

»Rufen Sie die Polizei«, sagte Nudger.

»Oh?« Collins wanderte jetzt auf und ab. Die gelbe Katze beobachtete ihn dabei, ohne zu blinzeln, drehte langsam den Kopf von links nach rechts und wieder nach links. »Ist das ein Befehl, Nudger?«

»Ein Rat. Trotz allem, was man liest oder im Fernsehen sieht, schaltet man immer am besten die Polizei ein, wenn jemand entführt worden ist. Und danach das FBI. Die verstehen was von ihrem Job.«

»Ich will nicht, daß die Polizei etwas davon weiß.«

»Livingston weiß davon.«

Collins gab keine Antwort. Er schien Livingston nicht als Polizisten zu betrachten.

»Ich mag Ihre Tochter«, sagte Nudger. »Ich will auch, daß sie wieder heil nach Hause kommt.«

»Gut. Das paßt ja. Das wird Sie doppelt anspornen.«

»Zu was anspornen?« Aber Nudger wußte schon, was Collins im Sinn hatte.

»Sie sind doch Detektiv«, sagte Collins. »Sie bringen Dinge in Erfahrung. Sie werden in Erfahrung bringen, wo Ineida steckt. Sie werden dafür sorgen, daß sie wieder heil nach Hause kommt.«

»Vielleicht ist das etwas, das ich nicht zustande bringen kann, ganz gleich, wie sehr ich mich auch anstrenge.«

»Das werden Sie sich aber wünschen. Denn wenn Sie nach einer gewissen Zeitspanne, die ich bestimme, immer noch nicht mit Ineida hier sind, werden Sie eben alleine wieder hier sein. Dann bleiben Ihnen nur noch zwei Stationen: der Weinkeller und das Bayou.« Er warf einen düsteren Blick auf Frick und Frack. »Sie werden sich noch auf das Bayou freuen, Nudger.«

»Vielleicht verlangen Sie da etwas Unmögliches«, sagte Nudger.

Schwarzes Laserlicht glomm in Collins' Augen auf. »Wenn es um meine Tochter geht, ist nichts unmöglich.«

Die Eiswürfel in seinem Glas klirrten leise; seine Hand zitterte. Er faßte das Glas abrupt mit beiden Händen und wandte sich ab.

Frick trat einen Schritt zur Seite, und Frack machte eine Handbewegung und bedeutete Nudger, mit ihnen hinauszugehen.

Nudger war bereit. Als er aufstand, zischte ihn der Sessel wie eine feindselige Schlange an. Frick und Frack warteten darauf, daß er vor ihnen durch die Tür ging. Ehe ihre überdimensionalen Gestalten ihm den Blick versperrten, schaute er noch einmal zurück.

Collins stand am anderen Ende des Zimmers, immer noch halb von ihnen abgewandt und streichelte die gelbe Katze. Ihrem Gesichtsausdruck nach zu schließen, träumten sie beide von Mäusen.

27

Weise Menschen behaupten, in allen Erlebnissen eine Universalität zu sehen, eine Art verbindendes Netz, das sich durch das ganze Universum zieht, so daß kein Ereignis von irgendeinem anderen unabhängig ist; alles, so sagen sie, habe eine Ursache, und wenn man es nur sorgfältig genug untersuche, sei es dieselbe Ursache. Das sind weise Menschen. Nudger war jedoch jemand, der immer den Tag rekonstruierte, um herauszufinden, wo er den Autoschlüssel verlegt hatte, nur um schließlich doch zu Fuß gehen zu müssen und dann später zu entdecken, daß der Schlüssel immer noch im Zündschloß steckte, wo er ihn am Abend zuvor vergessen hatte. Er dachte sich oft, daß er für seinen Beruf nicht geeignet war. Aber wie viele Menschen waren schon für ihren Beruf geschaffen, wenn man einmal von Jockeys und Damen mit Bart absah?

Und da war er nun, suchte nach der einzigen verbindenden Ursache in diesem Universum von Grits und Korruption, in das er so bereitwillig hineingestolpert war, um die nächste Monatsmiete zu bezahlen. Um herausfinden zu können, was er nicht wußte, mußte er zuerst herausfinden, warum er es nicht wußte. Und der leichteste Weg, das zu tun, war, es sich von jemandem sagen zu lassen.

Er hatte Sandra Reckoner an verschiedenen Orten angerufen, und sie schließlich dort aufgetrieben, wo er sie als erstes hätte suchen sollen, unter ihrer Privatnummer. Mit ihr war es genauso wie mit Zündschlüsseln.

Sie war einverstanden, sich mit ihm zum Mittagessen im *The Instrumental* zu treffen, der Bar in derselben Straße wie das Flaggschiff-Antiquitätengeschäft ihres Mannes, in der sie über Sex und schlecht gehütete Geheimnisse gesprochen hatten.

Obwohl das Lokal proppenvoll war, war es ihr gelungen, denselben Tisch zu bekommen, an dem sie schon einmal gesessen hatten. Dieselbe dralle Kellnerin glitt wie auf Rollschuhen zwischen den Tischen hindurch; dieselben Musikinstrumente hingen an den Wänden und von der Decke herab. Der einzige Unterschied war, daß jetzt ein Pianist da war und eine junge Blondine auf dem Klavier saß, die einen Drink und eine Zigarette in einer Hand balancierte und à la Helen Morgan sang. Nudger fand, daß sie nicht übel war, aber ihren eigenen Stil brauchte. Das traf auf sehr viele Menschen zu.

Sandra wirkte kühl und ein wenig belustigt. Ihr Make-up und das Schummerlicht ließen ihr langes, schmales Gesicht zehn Jahre jünger aussehen, beraubte es dabei jedoch eher des Charakters als seine Attraktivität zu erhöhen. Sie trug Hosen und eine knallig-gestreifte, weit geschnittene Seidenbluse mit großen, schwarzen Knöpfen; nur eine große Frau konnte dieses Outfit tragen.

»Bist du zu dem Schluß gekommen, daß du mir ein Mittagessen schuldest?« fragte sie, als Nudger ihr gegenüber

Platz genommen hatte. Das Glas, das vor ihr stand, war bis auf halbgeschmolzene Eiswürfel leer. Sie hatte schon eine Weile auf ihn gewartet.

»Ich schulde dir mehr als das«, sagte er. »Oder vielleicht sind wir auch mehr quitt, als ich gedacht habe.« Die Frau auf dem Klavier stöhnte leise von verflossener Liebe.

Sandra fragte ihn nicht, was er damit gemeint hatte; sie war der festen Überzeugung, daß sich die meisten Dinge mit der Zeit von selbst lösten. Nudger würde es schließlich von selbst sagen, und sie würde immer noch da sein, um zuzuhören.

Plötzlich stand die Kellnerin mit gezücktem Bleistift an ihrem Tisch. Sie trug ein Parfum, das aufdringlich nach Flieder roch. Avon-Gestank.

»Darf ich Ihnen irgend etwas bringen?« fragte sie.

»Irgend etwas? Wohl kaum«, sagte Nudger. »Bloß Essen oder Getränke.«

Ihre gelangweilte Kellnerinnen-Miene änderte sich nicht. Falsche Wellenlänge, falscher Planet. Wieder ein Beweis, daß das Universum aus zufälligen und grundverschiedenen Teilen bestand.

»Ich habe keinen Hunger«, sagte Sandra. »Ich möchte nur noch einen Scotch mit Wasser.« Sie schaute Nudger an. »Mach schon und bestell dir etwas zum Mittagessen; ich werde dich bestimmt nicht für unhöflich halten.«

»Was können Sie empfehlen?« fragte Nudger die Kellnerin.

»Roastbeef-Sandwiches.«

»Was gibt es hier sonst noch?«

Sie schüttelte den Kopf. »Bloß Roastbeef-Sandwiches.«

»Schön«, sagte Nudger. Eine schmerzlose und leichte Entscheidung war erquickend. »Dann nehme ich eins mit Ketchup, Salz und Pfeffer, aber ohne Zwiebeln.«

»Es gibt sie nur auf eine Art«, sagte die Kellnerin.

Es war überhaupt keine Entscheidung nötig.

»Prima!« Er war nicht sarkastisch; er freute sich offensichtlich wirklich über die mangelnde Auswahl an Sandwiches.

Sie warf ihm einen merkwürdigen Blick zu und kritzelte einen Schnörkel auf ihren Bestellblock. Sie machte ähnliche Schnörkel für die Getränkebestellungen und ging dann geschäftig davon, um ihre Nachricht zu übergeben, damit jemand, der Kellnerinnen-Chinesisch las, interpretieren, zubereiten und ausschenken konnte.

»Die Roastbeef-Sandwiches hier sind phantastisch«, versicherte Sandra. »Und nun, da du darüber ganz unbesorgt sein kannst, worum machst du dir also sonst noch Sorgen?«

»Sehe ich besorgt drein?«

Sie nickte. »Und verwirrt. Weswegen?«

»Warum hast du vorgestern abend in meinem Hotelzimmer auf mich gewartet?« fragte er.

Sie lächelte. »Ich mag dich, und ich mag Wollust.«

»Letzteres bezweifle ich nicht«, meinte Nudger.

Sie wirkte eher belustigt denn beleidigt. »An Wollust ist doch nichts Schlimmes; sie ist weitaus unschuldiger und unkomplizierter als Liebe. Aber warum bezweifelst du den ersten Teil meiner Aussage? Ich mag dich wirklich.«

»Aber du mußt doch wissen, daß David Collins deine Zuneigung zu mir nicht teilt. Weshalb hast du ihm dann die Briefe gegeben?«

»David Collins? Briefe?«

»Collins ist derjenige, der dich geschickt hat, mein Zimmer zu durchsuchen und mich auszuhorchen.«

»Und die Briefe?«

»Der Stapel blauer Umschläge, den du aus meinem Zimmer hast mitgehen lassen und ihm gegeben hast.«

Als er dabei ihr Gesicht beobachtete, begann ihn sein Magen zu plagen, ein leises Aufwallen von Schmerz und Reue. Sein Magen sagte ihm, daß er sich in dieser Frau täuschte. Ein Vorgefühl von Schuld schlug die Krallen in ihn. Sie müßte es eigentlich gewesen sein, und doch war sie es nicht gewesen. Das wurde ihm in diesem Moment klar. Er war dabei, jemanden zu kränken, der ihn mochte, der ihm mehr vertraut hatte als er ihm. Und doch blieb ihm keine andere Wahl; er mußte das mit Sicherheit herausfinden und dann tiefer nachbohren.

»Ist das der Großkotz-David-Collins, dessen Namen wegen seiner Wohltätigkeit und seiner Winkelzüge ab und zu in der Zeitung steht?«

Nudger nickte.

»Ich habe den Mann nie kennengelernt. Sind das seine Briefe, die aus deinem Zimmer verschwunden sind?«

»Nicht seine Briefe, aber sie stammen von jemandem, den er kennt.«

»Und du glaubst, ich sei zu dir gekommen, um dich auszuhorchen und dein Zimmer zu durchstöbern, daß ich Sex als Vorwand benutzt habe, um hereinkommen und mich eine Weile dort aufhalten zu können?« Mehr als alles andere schien sie von ihm enttäuscht zu sein. »Du glaubst, daß ich dich bestohlen habe.«

»Ich war mir nicht sicher. Deshalb habe ich ja mit dir reden wollen.« Zu spät für Abmilderungsversuche; er hatte sie verloren.

Sie stand von ihrem Stuhl auf, schaute stirnrunzelnd auf ihn herab und schüttelte langsam den Kopf, als wäre er ein Jahrgangswein, der sich plötzlich in Essig verwandelt hatte. Er hatte sie auf eine gar nicht so unähnliche Art enttäuscht.

»Im großen und ganzen«, sagte sie ruhig, »gab es nicht viel zwischen uns, Nudger, aber was zwischen uns war, hast du kaputtgemacht.«

»Ich hatte keine andere Wahl. Ich mußte es wissen.«

»Und weißt du es jetzt?«

Er wußte es; er war sich sicher. Es hatte von Anfang an

keinen Sinn gemacht. »Du hast die Briefe nicht genommen«, sagte er. »Setz dich doch wieder, Sandra. Bitte.«

Sie bedachte ihn mit einem kühlen, mitleidigen Lächeln, drehte sich um und ging mit ihren langbeinigen Schritten durch die Menge der Trinker und Speisenden zum Ausgang. Eine Frau, die niemandem eine zweite Chance gab, verschwand aus seinem Leben. Das grelle Nachmittagslicht und der Verkehrslärm explodierten kurz um sie, als hätte sie sie durch bloßes Berühren des Türknaufs herbeigezaubert; dann war sie in der Helligkeit verschwunden, noch ehe die Tür wieder zugefallen war.

Nudger kam es mit einem Mal so vor, als sänge die kettenrauchende, trinkende, stöhnende Frau auf dem Klavier nur für ihn. Er saß verdrossen da und dachte, daß das Gespräch ganz und gar nicht so gelaufen war, wie er es geplant hatte. Genaugenommen waren in letzter Zeit eine ganze Reihe von Ereignissen nicht gut für ihn gelaufen. Es war entmutigend, er fühlte sich verzagt und klein. Vielleicht sollte er Selbstmord begehen, indem er von seinem Stuhl auf den Boden sprang.

Er versuchte, das Gefühl abzuschütteln. Es war kontraproduktiv, und er hatte zu arbeiten.

Außerdem war seine Pechsträhne vielleicht zu Ende. Das Schicksal war so – wechselhaft. Und es war ausgewogen; hatte eine Art, alles auszugleichen. Deshalb hatte er wahrscheinlich, trotz seiner Stimmung wegen des Vorfalls mit Sandra Reckoner, den Tiefpunkt bereits erreicht, und mit seinem Glück ginge es nun wieder bergauf. Es mußte einfach so sein; von nun an würde für ihn in großen und kleinen Dingen alles glattgehen. Davon war er nachgeradezu überzeugt. Er konnte seine neue Glückssträhne in den Adern pochen spüren.

Ein Schatten fiel auf den Tisch. Sandras? Er riß den Kopf herum, schaute schräg hinter sich und roch den aufdringlichen Fliederduft.

Die dralle Kellnerin stand neben ihm, schaute ausdruckslos zum ihm herunter und sagte: »Roastbeef ist aus.«

28

Nudger kannte die Frau nicht, die mit schwungvollen, energischen Schritten über den tiefen Teppichboden durch die Lobby des Majestueux ging. Nudger war ganz mit seinen Problemen beschäftigt und achtete kaum auf sie, bis sie näher herangekommen war.

Sie war Mitte Vierzig, immer noch attraktiv, in der zerbrechlichen Art von Blondinen mit Porzellan-Teint. Das Alter hatte sie sacht, aber häufig berührt, hier eine leichte, aber strenge Falte, da ein Mangel an Glanz in dem gutfrisierten Haar. Sie wirkte spröde, und doch sanft und wissend, geformt durch das Feuer des Lebens. Ihr schwungvoller Gang war federnd und anmutig wie der einer Bodenturnerin. Sie war ziemlich klein, zierlich, und als ihre Blicke sich trafen, kam sie noch schneller auf ihn zu. Sie war bestimmt...

»Ich bin Marilyn Eeker, Mr. Nudger«, sagte sie. »Der Portier hat Sie mir gezeigt. Ich versuche schon die ganze Zeit, Sie zu erreichen.«

»Ich weiß«, sagte Nudger. »Wir scheinen uns immer ganz knapp zu verpassen. Weshalb wollten Sie mich sprechen, Miß Eeker?«

»Mrs.«, korrigierte sie. »Es geht um Ineida. Ich weiß, daß Sie – Nachforschungen über ihr Leben angestellt haben.«

Nudger schwieg verwundert.

Marilyn Eeker lächelte nervös und schaute sich um. »Könnten wir irgendwo hingehen und uns hinsetzen, Mr. Nudger?«

»Natürlich.« Nudger wies auf das Hotelrestaurant. Sie ging mit ihm hinein, und die Kreolenkönigin, die hier

Hosteß war, führte sie zu einer Ecknische am Fenster. Von ihren Plätzen sahen sie die flirrende Hitze wie schwüle Träume von der feuchten Straße aufsteigen.

Marilyn Eeker schwieg, bis die Kellnerin ihr den bestellten Eistee und das Glas Milch für Nudger gebracht hatte. Sie gab genau zwei flache Löffel Zucker in den Tee, dann einen Spritzer Zitrone und ließ die Schale in das Glas fallen. Nudger sah, daß ihre Bluse an den Manschetten ausgefranst war. Nachdem sie das Gebräu sorgfältig und gründlich durchgerührt hatte, sagte sie: »Ineida ist verschwunden, Mr. Nudger. Was wissen Sie darüber?«

»Was ich nicht weiß«, erwiderte Nudger sanft, »ist, wer Sie sind und weshalb Sie glauben, daß sie verschwunden ist.«

Marilyn Eeker war überrascht; sie riß die durchscheinenden blauen Augen auf. Es waren schöne Augen, die gerade erst begannen, verwaschen auszusehen. Dann lächelte sie entschuldigend. »Tut mir leid – momentan kann ich nicht klar denken. Ich bin Ineidas Mutter.«

Nudger hatte gerade nach seinem Glas greifen wollen und hielt mitten in der Bewegung inne. »David Collins' Frau?«

»War ich einmal. Wir haben uns vor fünfzehn Jahren scheiden lassen. David hat seine Beziehungen spielen lassen und das Sorgerecht für Ineida behalten. Ich lebe jetzt allein und benutze meinen Geburtsnamen. David und ich sehen uns nie. Aber meine Tochter und ich stehen uns immer noch sehr nahe; wir sind gute Freundinnen geworden. Sie vertraut sich mir an, Mr. Nudger. Sie hat mir gesagt, sie glaube, daß Sie für ihren Vater arbeiten, später ist sie sich da nicht mehr so sicher gewesen. Wer sind Sie? Für wen arbeiten Sie?«

Nudger schaute über den Tisch hinweg in die gewaltige, unbarmherzige Pein, die an der Seele dieser sanften Frau nagte. Ihre Tochter war verschwunden, und sie war dabei gänzlich aus dem Spiel gelassen worden. Er dachte sich, daß er ihr eine Antwort schuldig war. »Ich bin Privatdetektiv und engagiert worden, um über Ineidas Beziehung mit Willy Hollister Erkundigungen einzuziehen. Ich kann Ihnen die Identität meines Klienten nicht enthüllen, aber es ist nicht David Collins.«

Sie schaute einen Augenblick lang aus dem Fenster, drehte sich dann wieder um, sah ihm ins Gesicht und nickte. »Ich habe Willy Hollister kennengelernt. Ineida hat ihn eines Tages einmal mitgebracht, um ihn mir vorzuführen. Ich kann ihn nicht ausstehen.«

»Warum nicht?«

»Ich bin im Bayou aufgewachsen, Mr. Nudger, habe dann an der Ostküste das College besucht und bin weltklug geworden und war immer noch ein Südstaatenmädchen, als ich hierher zurückkam und mir den begehrten David Collins als Ehemann geangelt habe. Mein Vater war Naturforscher. Er hat sich früher Alligatoren gehalten, von der Zeit, als sie gerade aus dem Ei geschlüpft waren bis zu dem Zeitpunkt, als sie ausgewachsen waren und wild wurden und sie etwas dazu trieb, in den Sumpf zurückzukehren. Kurz bevor sie im Bayou hinter unserem Haus verschwunden sind, haben sie einen ganz bestimmten Blick bekommen; es war ihnen etwas in den Sinn gekommen, das sie nicht kontrollieren konnten und auch gar nicht unter Kontrolle haben wollten. Ich habe diesen Blick nicht mehr gesehen, seit ich als Wildfang Schößlinge umgeknickt habe, bis ich Willy Hollister kennengelernt habe.«

»Wie haben Sie erfahren, daß Ineida verschwunden ist?« fragte Nudger.

»Wir waren miteinander verabredet, aber sie ist nicht erschienen. Ich habe bei ihr angerufen, aber niemand ist rangegangen, und da bin ich zu ihrer Wohnung gefahren. Es war offensichtlich, daß sie schon eine ganze Zeitlang nicht mehr da gewesen ist. Ich habe David angerufen und wollte wissen, wo sie steckt. Er ist mir ausgewichen. Hat sich außerdem so benommen, als würde etwas nicht stimmen; das konnte er nicht verbergen. Unterschwellig kocht er vor Wut, Mr. Nudger. So ist er immer, wenn er hilflos, frustriert und ein wenig verängstigt ist.«

»Hollister ist ebenfalls verschwunden«, sagte Nudger. »Es sieht so aus, als wären die beiden durchgebrannt.«

Marilyn Eeker sah auf ihre zarten Hände hinunter, die sie auf dem Tisch gefaltet hatte, und atmete schwer durch die Nase. »So etwas habe ich befürchtet.« Sie schaute langsam auf. Der Blick der hellblauen Augen war verhangen. »Ineida ist schwanger«, sagte sie.

Nudger hob das Glas Milch ein paar Zentimeter hoch, stellte es wieder hin und schob es von sich; dabei schwappte ihm ein wenig Milch auf die Finger. Kalt.

»Auweia!« sagte er. »Woher wissen Sie das?«

»Sie hat es mir gesagt. Sie weiß es schon seit beinahe zwei Monaten. Sie ist ungefähr im dritten Monat.«

»Ihr Mann hat bei unserem Gespräch nichts davon gesagt.«

»Er ist mein *Ex*-Mann. Und er weiß nichts davon. Ineida hatte Angst, es ihm zu sagen.«

»Ich habe auch Angst, es ihm zu sagen«, sagte Nudger. »Wird sie das Kind bekommen?«

»Ja, sie will nicht abtreiben.«

»Sollte sie aber«, meinte Nudger.

»Vielleicht.«

Er schwieg einen Moment. Jetzt ergab alles viel mehr Sinn. Vielleicht waren Ineida und Hollister tatsächlich miteinander durchgebrannt; vielleicht hatte sie die Schwangerschaft dazu gezwungen. Die Lösegeldforderung war vielleicht gar nicht echt, war vielleicht das Werk eines Spinners.

Aber er wußte, daß das äußerst unwahrscheinlich war. Für Hollister wäre Ineidas Schwangerschaft nur eine unerwünschte Komplikation, ein Katalysator für eine noch größere Tragödie. Dennoch beschloß Nudger, fürs erste nichts von der Lösegeldforderung zu sagen.

»Haben Sie schon daran gedacht, die Polizei einzuschalten, Mrs. Eeker?«

»Nein«, sagte sie. »David würde mich umbringen.« Sie sagte es ganz ruhig und vernünftig. Sie übertrieb nicht, es war eine nüchterne Einschätzung.

»Was wollen Sie jetzt tun?«

Sie schüttelte den Kopf, biß sich auf die Lippen. »Weiß ich noch nicht.«

»Gehen Sie zu Collins«, sagte Nudger. »Sagen Sie ihm, Sie wissen, daß Ineida und Hollister miteinander durchgebrannt sind. Sagen Sie ihm, daß Sie mit mir geredet haben und daß ich Ihre Vermutung bestätigt habe. Ob Sie ihm etwas von der Schwangerschaft sagen, müssen Sie sich noch überlegen.«

»Er wird mich hinausschmeißen.«

»Wird er nicht. Er weiß, daß Sie zur Polizei gehen könnten, wenn er das tut. Wenn es sein muß, drohen Sie ihm damit. Ineida ist auch Ihre Tochter; Sie haben ein Recht darauf, zu wissen, was unternommen wird, um sie wiederzubekommen. Ihr Mann wird es Ihnen erklären. Sagen Sie ihm, wenn er es nicht tut, mache ich es.«

»Er wird fuchsteufelswild auf Sie sein.«

»Wenn er das nicht ohnehin schon wäre, würde ich Ihnen diesen Rat nicht geben.«

Nudger beobachtete, wie sie mit ihrem Dilemma rang. Dann kam sie offenbar zu einem Entschluß; die Spannung in ihren gestrafften Schultern ließ nach.

Sie sagte: »Danke, Mr. Nudger«, und stand auf. Sie fischte ein paar zerknitterte Dollarscheine aus ihrer billigen Vinylhandtasche und legte sie auf den Tisch. Sie waren ausgeblichen und abgenutzt, Marilyn Eeker nicht ganz unähnlich.

Nudger nahm die Scheine und hielt sie ihr hin. »Ich kümmere mich um die Rechnung«, sagte er. »Ich habe ein Spesenkonto. Bitte. Das ist der *American way*.«

»Nett von Ihnen, daß Sie das anbieten«, sagte sie und lächelte zu ihm herunter. Sie hatte ein ausgesprochen zartes, kristallenes Lächeln.

Sie ignorierte das Geld, das ihr hingehalten wurde und ging energisch davon, schickte sich an, sich der Verachtung ihres Ex-Mannes auszusetzen und seinen Zorn auf Nudger auf die Spitze zu treiben.

Nudger verstand, weshalb sie und David Collins nicht zueinander paßten.

29

Nudger beschloß, Fat Jack von seinen beunruhigenden Gesprächen mit David Collins und Marilyn Eeker nichts zu sagen. Der Fette hatte schon genug Sorgen, und die Tatsachen, daß Ineida schwanger war und Nudger von Collins hart unter Druck gesetzt wurde, sie zu finden, ehe ihr etwas zustieß, würden ihn wohl kaum beruhigen. Fat Jack wußte, daß seine Überlebenschancen von Nudgers Suche nach Ineida abhingen. Und alle wußten, wie die Chancen standen, daß ein Entführungsopfer je wieder lebendig auftauchte. Unter solchen Umständen konnte ein massiger Klient, der ebenso überreizt wie übergewichtig war, eine Belastung sein.

»Was haben Sie nun herausgefunden, alter Schnüffler?« Fat Jack stand in seinem Büro am Fenster. Er lehnte sich zurück, als wollte er in einem ganz bestimmten Winkel nach unten sehen; sein gewaltiger Bauch strapazierte dabei die goldene Gürtelschnalle. Nudger fragte sich, ob er daran dachte, sich durch das Fenster zu quetschen und die Höhe von zwei Stockwerken seinen Problemen ein Ende setzen zu lassen. Aber etwas sagte ihm, daß Fat Jack nicht der suizidale Typ war; er war zu lange in einer gleichgültigen und schwierigen Welt mit seiner Musik erfolgreich gewesen, um in die Selbstmordkategorie zu fallen. Sein Leitmotiv war das Überleben.

»Ich habe nichts Neues erfahren«, sagte Nudger. »Deshalb bin ich ja hier. Hatte Hollister eine richtige Garderobe oder einen Spind, in dem er Kleider zum Wechseln oder irgendwelche persönlichen Gegenstände aufbewahrt hat?«

Fat Jack drehte sich um und schaute Nudger ins Gesicht. Die Sonne, die durch das Fenster hereinströmte, ließ sein rötlichgelbes Haar schütter und seinen riesigen Kopf noch fettgedunsener erscheinen. In letzter Zeit sah er ungesund aus. »Eh, daran hab' ich ja noch gar nicht gedacht! Er hat zwar keine Privatgarderobe, aber einen Spind hat er. Unten im Gang neben dem grünen Zimmer.«

Nudger nahm an, das grüne Zimmer sei der Allzweckraum mit dem verblaßten Anstrich und den vergilbten Postern. »Ist er abgeschlossen?«

»Es gibt drei Spinde«, sagte Fat Jack, »Alle haben ein Kombinationsschloß. Die Kombination lautet zwei nach links, drei nach rechts, eins nach links.«

»Für welchen Spind?«

»Für alle. Niemand soll irgend etwas Wertvolles darin aufbewahren, und wenn ich mir die Zahlen merken soll, kann ich nicht jedem neuen Künstler eine neue Kombination geben.«

»Welcher gehört Hollister?«

»Der, der dem grünen Zimmer am nächsten steht.«

Das Telefon auf dem Schreibtisch schrillte, und Fat Jack zuckte zusammen. In letzter Zeit machten ihn Telefone nervös. Nudger verstand, weshalb. Es waren garstige Instrumente, die die falsche Nachricht übermitteln konnten, die jeden Augenblick auf ihrer Schnur hochschnellen und einem einen tödlichen Biß zufügen konnten.

»Ich sage Ihnen Bescheid, wenn ich etwas Interessantes finde«, sagte Nudger und ging allmählich zur Tür, während Fat Jack sich zögernd, doch mit massiger Anmut auf das Telefon zubewegte. Fat Jack schwitzte wieder; der weiße Hemdkragen war oben am Rand ganz dunkel vor Schweiß. Es deprimierte Nudger, in der Gegenwart solcher Qual zu sein.

Fat Jack klemmte sich den Hörer in die Speckfalten am Hals und nickte Nudger zum Abschied zu, als dieser die Tür hinter sich zuzog. Nudger hörte ihn erleichtert »Eh!« sagen. Dieser Anrufer würde wohl kaum schlechte Neuigkeiten bringen.

Unten herrschte bereits lebhafter Betrieb. Marty Sievers stand hinter der Bar, betrachtete ein Blatt Papier und unterhielt sich eifrig mit Mattingly, dem Barkeeper. Er warf einen kurzen Blick auf Nudger, gab aber keinerlei Zeichen, daß er ihn gesehen hatte. Judy Villanova servierte gerade einer Gruppe Frauen an einem Ecktisch, die aussahen, als könnten sie zu einer Touristengruppe gehören, exotische Ananas-Drinks mit Sonnenschirmchen. Als sie wieder zur Bar zurückging, sah sie Nudger und lächelte.

Sam Judman lächelte ebenfalls und nickte Nudger zu, als dieser an ihm vorbeiging. Judman stand mit der Begleitband auf der Bühne und baute sein Schlagzeug für den Abend auf, wieder in seinem Job. Nachdem Hollister verschwunden war, hatte man nicht viel Zeit verloren, altes Blut zurückzuholen. Offensichtlich rechneten Fat Jack und Sievers nicht damit, daß Hollister wieder zurückkommen würde, um hier Klavier zu spielen.

Nudger fand die Spinde ganz mühelos; sie standen nebeneinander an der Wand, direkt neben der Tür zu dem schmuddeligen grünen Zimmer, in dem sein Gespräch mit Hollister stattgefunden hatte und ihm ein Autogramm des großen Mannes gewährt worden war. Sie sahen aus wie gebrauchte Spinde aus einer High-School-Turnhalle; sie waren beige und mit unleserlichen Graffiti verschandelt. Oben am mittleren Spind verkündete eine eingeritzte Botschaft, daß eine Gloria irgend etwas sehr gerne tat, doch Nudger konnte nicht entziffern, was. Auf diese Art regte es die Phantasie mehr an.

Nudger drehte die Drehscheibe am Kombinationsschloß von Hollisters Spind. Es ließ sich nur mühsam bewegen, als ob es einen Tropfen Öl gebrauchen könnte, aber am Ende der Kombination rastete es ein, und Nudger spürte, wie die Spannung der Drehscheibe in seiner Hand nachließ. Er legte den Griff um und zog die Stahltür auf.

Im Spind hing ein schwarzes Fat-Jack's-T-Shirt an einem Haken. Ein zerknittertes und schmutziges ockerfarbenes Sportsakko war über einen anderen Haken drapiert. Auf dem Boden des Spinds stand ein Paar alter, abgelaufener Joggingschuhe.

Nudger durchsuchte die Sakkotaschen, drehte dann jeden Schuh um und schüttelte ihn. Er fand nicht, was er suchte, bloß eine kleine braune Spinne, die aus dem linken Schuh fiel und in ein Versteck huschte.

Draußen im Club spielte die Band einen Einheizer. Nudger kannte die Nummer nicht, aber sie hatte einen starken Rhythmus, und Judman hieb wie wild auf das Schlagzeug ein, während das Publikum, unbeschwerte Leute, die von Entführung und Mord nichts wußten, den Takt mitklatschten. Es hörte sich gut an.

Nudger blieb ein paar Minuten lang in dem heißen Gang stehen und hörte zu. Dann schloß er die Spindtür, wirbelte das Kombinationsschloß herum und verließ den Club, ohne noch einmal nach oben in Fat Jacks Büro zu gehen.

»Nudger, Sie wollen etwas, was ich Ihnen nicht geben kann«, sagte Livingston.

Er lehnte sich hinter dem Schreibtisch zurück, eingerahmt von der düsteren Aussicht aus dem schmutzigen

Fenster in seinem Büro. Ein großer Vogel, wahrscheinlich eine Taube, flatterte dicht vor der Scheibe vorbei, als wäre sie verwirrt; Nudger dachte schon, sie werde ans Fenster stoßen, aber im letzten Moment drehte sie ab und verschwand im Sturzflug aus seinem Blickfeld. Vielleicht war der Blick durch Livingstons Fenster von draußen ebenso trügerisch wie von drinnen.

»Wieso können Sie mir nicht den Schlüssel zu Hollisters Wohnung geben?« fragte Nudger.

Livingston spähte um die immer gegenwärtige Blumenvase herum; diesmal steckten in ihr häßliche Dinger, die wie jene Pflanzen aussahen, die Fliegen und rohe Hamburger fraßen. Hier waren sie am richtigen Ort. »Diese Wohnung ist der Tatort eines Verbrechens«, erklärte er.

»Es ist kein Verbrechen angezeigt worden«, wandte Nudger ein.

»Bis jetzt.«

»Stimmt«, entgegnete Nudger. »Vielleicht sollte ich am besten eine Entführung anzeigen und es offiziell machen, daß ein Verbrechen stattgefunden hat.«

Livingston mochte diesen Vorschlag nicht, mochte Nudger nicht, weil er ihn gemacht hatte. Auf Livingston wurde von beiden Seiten Druck ausgeübt, und das wußten sie beide. »Versuchen Sie es bloß nicht auf die Tour, Nudger«, sagte Livingston. In seinen schrägstehenden Knopfaugen lag wieder das kalte Glitzern. Ein eiskalter Sack, sagte das Glitzern. Ein tückischer kleiner Sack.

»Solange Collins die Polizei nicht um Hilfe gebeten hat«, sagte Nudger, »sind Sie keineswegs verpflichtet, die Wohnung als einen Ort zu betrachten, an dem eventuell Beweise gesichert werden müssen. Sie haben wirklich kein Recht dazu, Hollisters Wohnungsschlüssel in Ihrem Besitz zu haben.«

»Sie waren es doch, der behauptet hat, ich hätte einen Schlüssel zu Hollisters Wohnung.«

»Sie haben es nicht abgestritten.«

Livingston lächelte. »Denken Sie mal an all das, was Sie nicht abstreiten, dessen Sie sich aber trotzdem nicht schuldig gemacht haben.«

»Das hier ist keine Frage von Schuld«, sagte Nudger. »Sie haben Hollisters Wohnung durchsucht und gesehen, daß seine Klamotten nicht mehr da sind; das habe ich aus einer zuverlässigen Quelle erfahren. Sie sind sehr gründlich. Ich bin sicher, es gab da einen Ersatzschlüssel, und Sie haben ihn aufgetrieben. Und wenn es keinen gab, haben Sie bestimmt einen Nachschlüssel des Hauptschlüssels des Vermieters.«

»Ich habe nicht einmal zugegeben, daß ich in Hollisters Wohnung gewesen bin«, sagte Livingston.

Nudger interpretierte das als gutes Zeichen; der Captain könnte allmählich anfangen, sich abzusichern, was bedeutete, daß er es vielleicht in Betracht zog, Nudger zu erlauben, die Wohnung zu betreten.

Nudger war sich sicher, daß Livingston inzwischen nicht nur wußte, daß es sich bei Ineidas Verschwinden um eine Entführung handelte, sondern auch alle verfügbaren Informationen besaß. Collins hatte ihn offensichtlich inoffiziell unterrichtet, ihm die Einzelheiten mitgeteilt. Vielleicht hatte er sich sogar genau wie Nudger vor Collins' Weinkeller eine Rede anhören müssen. Schließlich arbeiteten sie beide im selben Metier, das es mitunter mit sich brachte, den Aufenthaltsort von Entführungsopfern aufzuspüren, und Livingston kannte sich in der Gegend aus. Livingston mußte sich dumm stellen, auch wenn Nudger wußte, daß er es keinesfalls war. Zum gegenseitigen Schutz war hier eine Farce nötig, und Livingston verstand sich auf Farcen. Übung, Übung.

»Wir haben hier dieselben Interesssen«, sagte Nudger.

»Klar haben wir die. Aber ich will nicht, daß Sie alles versauen.«

»Apropos Sauerei«, sagte Nudger. »Denken Sie an den Sumpf.«

Livingston lächelte und schüttelte wissend den Kopf. »Ich bin in manche Tatsachen eingeweiht, von denen Sie nichts wissen, Nudger.«

»Ein paar Dinge weiß ich aber doch. Ich weiß, daß Leute, die wissen, wo allzu viele Leichen im Keller liegen, sich manchmal der Gruppe anschließen.«

Livingston strich sich mit einer pfotengleichen Hand das Revers glatt und dachte darüber nach.

»Haben Sie Kinder?« fragte Nudger.

Livingston schüttelte den Kopf.

»Dann können Sie nur schwer verstehen, was ein Vater für seine einzige Tochter empfindet; daß er vielleicht eher aus dem Bauch heraus reagiert, anstatt logisch zu handeln. Mächtige Instinkte sind da am Werk. Ursprüngliche Emotionen. Ein Vater, der seine Tochter verloren hat, ist zu allem fähig.«

»Haben Sie Kinder, Nudger?«

»Nein.«

Livingston schnaubte verächtlich, beinahe ein scharfes Bellen. Er rollte mit seinem Stuhl auf dem Plastikläufer, der den Teppich schützen sollte, etwa einen halben Schritt zurück und bückte sich außer Sichtweite. Nudger hörte eine Schublade aufgleiten.

Binnen weniger Sekunden tauchte Livingston wieder über der Schreibtischplatte auf. Er hielt einen glänzenden Messingschlüssel in der Hand. Er warf ihn leicht auf die Ecke des Schreibtischs, die in Nudgers Reichweite lag, so daß der Schlüssel mit einem dumpfen Geräusch aufkam, wie eine heruntergefallene Münze, die nicht zuerst auf der Kante landete und sich drehte.

»Sie bekommen ihn wieder zurück«, sagte Nudger, nahm den Schlüssel in die Hand und steckte ihn in die Hemdbrusttasche.

»Ich habe Ihnen nie etwas gegeben«, sagte Livingston. »Und wenn ich Ihnen etwas gegeben hätte, hätte ich dafür gesorgt, daß ich eine Kopie hätte, damit Sie es mir nicht zurückgeben müßten und ich Sie mit etwas Glück nie wiedersehen müßte, selbst wenn Sie das, was ich Ihnen nicht gegeben habe, in Schwierigkeiten bringen würde, aus denen Sie nicht wieder herauskämen.« Das alles sagte er, ohne dabei auch nur andeutungsweise zu lächeln.

»Verwirrend, aber schützend«, sagte Nudger. »Wie gutes Juristenkauderwelsch. Ich bewundere die Art, wie Sie Ihre Spuren verwischen, selbst wenn es auf anderer Leute Kosten geht.«

Livingston lächelte sein schmales und fieses Lächeln. »Das ist das Geheimnis des Lebens, Nudger, anderer Leute Kosten.«

Nudger mußte ihm beistimmen. Er hatte genug bezahlt, um zu wissen, daß das stimmte.

30

Nachdem er Livingstons Bau verlassen hatte, fuhr Nudger sofort zu Hollisters Wohnung in der Rue St. Francois. Er parkte den roten Mini eine Querstraße von dem hellbraunen Haus aus Backstein und Stuck entfernt und ging auf dem schmalen Bürgersteig zurück. Er war sich nicht sicher, ob es eine Veranlassung für eine derartige Vorsicht gab, doch er wußte, daß es unklug sein könnte, wenn sein Wagen vor Hollisters Wohnung gesehen würde. In diesem Spiel mischten unfreundliche Spieler mit.

Während er auf das sonnenbeschienene hellbraune Haus zuging, gab er sich betont lässig und sah sich um. Niemand schien das Haus zu beobachten, doch das war kaum beruhigend. Es bedeutete nur, daß vielleicht jemand auf der Lauer lag, der wußte, wie man eine Observierung durchführte. Die wenigen Leute, denen Nudger auf dem Bürgersteig begegnete, schienen sich wirklich nicht für ihn zu interessieren, aber seit er in New Orleans war, war nur wenig so gewesen, wie es zu sein schien. Als er an Hollisters Tür ankam, steckte er die Hand in die Hosentasche und zog den Schlüssel heraus. Er hatte keine Lust, länger als nötig auf der Vordertreppe zu stehen und sich mit dem Schlüssel abzumühen.

Der Schlüssel glitt mit einem gutgeölten, leisen Rappeln reibungslos ins Schloß; Livingston wußte, wo er sich gute Nachschlüssel machen lassen konnte. Dieser tüchtige kleine Sack.

Nudger drehte den Schlüssel um und wollte gerade den Knauf drehen und ins Haus gehen, als neben seinem linken Knie etwas hart an die Tür knallte. Er sprang zur Seite und wirbelte herum; es war ein Teenager, schwerelos und agil. Verängstigt.

»Tut mir leid«, sagte sie und hob dabei den roten Gummiball auf, der an die Tür geschlagen und im Gebüsch neben der Treppe gelandet war. »Ich wollte Sie nicht erschrekken.«

Sie war etwa zwölf, ein mageres schwarzes Mädchen mit riesigen Affenschaukeln, die die Haut auf ihrer Stirn zurückzuziehen schienen und ihre großen, klugen Augen sogar noch größer aussehen ließen. Wenn sie älter würde, würde sie, sofern sie etwas zunahm, hübsch sein, vielleicht sogar schön.

Nudger lächelte ihr zu, schob sie im stillen beiseite und griff wieder nach dem Türknauf.

»Er ist nicht da«, sagte das Mädchen. Offenkundig neugierig, war sie mitten auf dem Bürgersteig stehen geblieben und schaute zu Nudger hoch.

»Woher weißt du, daß er nicht da ist?« fragte Nudger.

»Ich habe vor kurzem bei ihm geklopft. Mir ist der Ball in seinen Garten gesprungen, und ich wollte fragen, ob ich ihn mir wieder holen darf. Niemand ist an die Tür gekommen, deshalb bin ich ums Haus rum und über den Zaun geklettert und hab' mir den Ball einfach geholt.« Sie warf sich den Ball mit der rechten Hand von hinten über die Schulter und fing ihn in Augenhöhe mit der linken auf. Grinste. Souverän. »Ich bin die Midge«, sagte sie. »Ich wohne hier nebenan. Und wer sind Sie?«

»Ich bin Mr. Hollisters Cousin. Ich heiße Nudger. Wofür steht Midge?«

»Steht nur für Midge, sonst nichts. Wofür steht Nudger?«

»Für Wahrheit, Gerechtigkeit und sogar den *American way*.«

»So? Das ist aber eine Menge.«

»Wird manchmal zu einer Last. Danke für die Auskunft, Midge. Ciao.«

»Sie gehen trotzdem rein?«

»Klar. Cousin Willy hat bestimmt nichts dagegen. Ich bin hier mit ihm verabredet.«

»Ich glaube nicht, daß er seit gestern abend zu Hause gewesen ist«, sagte Midge. Sie drehte sich um, ließ den Ball auf dem Bürgersteig dotzen und wollte über die Straße gehen.

»Moment mal!« sagte Nudger. Zu barsch. Er fürchtete schon, er hätte ihr Angst eingejagt. Doch sie trat wieder auf den Bürgersteig, kam zu ihm herüber und schaute ihn mit diesen klugen, unerschrockenen Augen an. Dieses Kind ließ sich nicht so leicht unterbuttern. »Hast du Mr. Hollister gestern abend gesehen?« fragte er.

»Ja. Hab' ich doch gesagt.«

»Um welche Uhrzeit?«

»Keine Ahnung, ich war schon im Bett. Mein Papa ist nach Hause gekommen und hat mit meiner Mama wegen Kopfschmerzen oder so gestritten. Davon bin ich wach geworden. Wenn ich spät in der Nacht aufwache, bleibe ich gern wach. Manchmal schau ich dann raus, mein Bett steht nämlich direkt vor dem Fenster. Und da hab' ich Mr. Hollister in seine Wohnung gehen sehen.«

»War er allein?«

»Natürlich. Es war schon spät. Wahrscheinlich ist er ins Bett gegangen.«

»Dann hast du nicht gesehen, wie er wieder weggegangen ist?«

»Nö.« *Patsch!* machte der Ball auf dem Bürgersteig, als sie ihn dotzte und mühelos wieder auffing. Sie war jung, voller Schwung und Elan und verlor allmählich die Geduld mit diesem Gespräch.

»War dein Fenster offen?«

Patsch! »Natürlich. Es war heiß gestern nacht.«

»Hast du irgendwelche Geräusche von hier gehört. Midge?«

»Nö.«

»Denk einmal scharf nach?! Stimmen? Irgend etwas?«

»Ich denke immer scharf nach. Vielleicht war da ein Kommen und Gehen. Lärm. Ganz spät. Oder vielleicht habe ich es auch bloß geträumt. Aber vielleicht sind es auch nur Mom und Dad bei der Versöhnung gewesen. Das tun sie manchmal.«

Ein alter, rostschutzgrundierter Chevy mit einem Schwarzen, mit Sonnenbrille, am Steuer kam in die Rue St. Francois gebogen, bremste ab, als er an Nudger und dem Mädchen vorbeifuhr, und fuhr dann wieder schneller weiter.

Patsch!

Nudger hoffte, daß, ganz gleich, was auch die Quelle des Lärms von vergangener Nacht gewesen sein mochte, Mom und Dad wieder Freunde waren. Er mochte Midge und fand, sie habe regelmäßigen Schlaf und eine harmonische Familie verdient. Der Lärm, den sie gehört zu haben glaubte, könnten Livingstons Männer oder Collins bei der

Durchsuchung von Hollisters Wohnung gewesen sein. Oder es könnten Hollister und Ineida gewesen sein. Oder es könnte auch, wie sie gemeint hatte, ein Traum gewesen sein. Wie dieser ganze Fall; Träume in Träumen. Es war, als gebe es so viele verschiedene Welten wie es Menschen gab, und vielleicht stimmte diese oder jene Welt mit der Realität überein. Aber vielleicht stimmte auch keine davon mit ihr überein. Vielleicht gab es auch gar keine Realität. Alles nur Träume. Oder war dieser Gedanke zu schrecklich, um darüber nachzudenken?

»Wo wohnst du?« fragte Nudger.

Patsch! »Gleich gegenüber. Mein Fenster geht nach vorne raus. Mir gefällt es da; man kann alles sehen, was passiert, selbst ganz spät abends, wenn niemand glaubt, daß noch fremde Augen auf ihm ruhen.«

Nudger schaute zu dem Fenster im ersten Stock empor, auf das sie zeigte. Es hatte keinen Vorhang; eine schiefe, vergilbte Jalousie war halb heruntergelassen. Von da müßte sie wirklich eine gute Aussicht haben. »Hast du in der letzten Woche oder so irgend etwas Ungewöhnliches hier vor sich gehen sehen?«

»Nö.« *Patsch! Patsch!* »Ich muß jetzt gehen.« Sie ging ein paar Schritte rückwärts; der Wurm der Jugend zappelte.

»Okay«, sagte Nudger. Er brannte jetzt noch mehr darauf, hineinzugehen. »Danke, Midge.«

»Gern geschehen, Nudger.« *Patsch!* Der rote Ball sprang drei Meter hoch in die Luft und beschrieb einen Bogen über der Straße. Sie wirbelte anmutig herum und schnappte ihn sich wie ein junger weiblicher Willy Mays, fing ihn wie ein Profi über der Schulter und rannte die im Schatten liegende Straße entlang, bis sie nicht mehr zu sehen war. Sie hatte diesen Ball phantastisch gefangen, wenn man bedachte, daß sie dabei direkt in die Sonne hatte sehen müssen.

Nudger öffnete die Tür und ging hinein.

In der Wohnung war es still. Die Luft war stickig, als wäre die Wohnung die ganze Nacht und den Großteil des Tages abgeschlossen gewesen. In der Luft hing eine Spur von Propangas, wie man sie oft in Wohnungen wahrnahm, die stundenlang nicht gelüftet worden waren. Nudger konnte mit einem Blick den Großteil der Wohnung sehen und durch die aufgezogenen Vorhänge der Schiebeglastür auf den gepflegten Garten hinausschauen, der von der niedrig stehenden Sonne beschienen wurde. Eine große Biene flitzte dort draußen herum und naschte an den Blüten. In der Küche schaltete sich mit einem zufriedenen, leisen Brummen der Kühlschrank ein.

Nudger machte sich ans Herumschnüffeln. Es gab keinerlei Anzeichen, daß schon vor ihm jemand die Wohnung durchsucht hatte, aber das war auch nicht zu erwarten gewesen. Die Leute, die sich für Hollister und Ineidas Aufenthaltsort interessierten, waren Profis. Wandschmuck, Küchenutensilien, die kleinen und unbedeutenden Dinge des täglichen Lebens waren immer noch da, aber die größeren und persönlicheren Gegenstände waren verschwunden. Im Schlafzimmerschrank lag nur noch ein verfilzter Pullover. In den Kommodenschubladen fanden sich nur Fusseln, und der Schreibtisch im Wohnzimmer war bis auf ein paar wenige stumpfe Bleistifte und ein zusammengefaltetes leeres Blatt Briefpapier ausgeräumt. Nudger faltete das Blatt auseinander, legte es hin und fuhr mit einem weichen Bleistift leicht darüber, um durch etwaige Vertiefungen in der Graphitzeichnung vielleicht einen Eindruck davon zu bekommen, was auf dem letzten, fehlenden Blatt Papier gestanden hatte. Das erwies sich als nicht effektiv; das funktionierte wohl nur in Detektivromanen und Detektivfilmen. Es kursierten wahrlich eine Unmenge an falschen Vorstellungen über seinen Beruf.

Er legte den Bleistift wieder hin und stand vom Schreibtisch auf. Dieser Besuch hatte ihm nicht viel geholfen, nur eine dauerhaft zuverlässige Zeugin hinterlassen, die beschwören konnte, daß er unter Vorspiegelung falscher Tatsachen hier gewesen war, falls die Polizei diesen Punkt vor Gericht geltend machen sollte.

Er beschloß, wieder zu gehen, doch etwas in ihm wollte noch bleiben. Es war ein unheimliches Gefühl, als ob sein Unterbewußtsein ihm etwas sagen wollte und zugleich davor zurückschreckte.

Von seinem Standort sah er eine Ecke des Schlafzimmers. Er ging auf die offene Schlafzimmertür zu. Das Bett ragte dort hervor; er konnte nicht bis zur Wand sehen.

Langsam betrat er das Schlafzimmer und ging zu einer Stelle in der Nähe des Messingfußbretts, von der aus er die andere Seite des Betts sehen konnte. Er hatte nie geglaubt, daß einem tatsächlich die Haare zu Berge stehen konnten, aber seine fühlten sich so an, als täten sie das gerade. Er machte ein paar Schritte nach links, reckte vorsichtig den Hals, schmerzhaft, um ein freies Blickfeld zu bekommen.

Der Teppich auf der anderen Seite des Betts war glatt und leer.

Nudger stieß einen langen Seufzer aus und fuhr sich erleichtert mit der Hand durch das Haar. Er hatte nun jeden Winkel der Wohnung gesehen; in ihr war keins der Dinge, die zu finden er sich fürchtete.

Aber als er sich zum Gehen umwandte, hielt er inne und blieb starr stehen, als wäre er auf eine Mauer eisiger Luft gestoßen. Im Toilettenspiegel sah er den Flur, die Schiebeglastür und dahinter den sonnigen Garten. Die Rosenbüsche, die Hollister gepflanzt hatte, standen immer noch da, in einer Reihe wuchsen abwechselnd rote und weiße Rosen.

Aber etwas war nun anders. Jetzt standen am Ende der Reihe zwei weiße Rosenbüsche hintereinander, dann ein roter. Jemand hatte die Rosenbüsche ausgegraben und wieder eingepflanzt, aber dabei nicht darauf geachtet, die beiden Büsche am Ende wieder in derselben Reihenfolge einzupflanzen, in der sie zuvor gewesen waren. Hatte sie umgekehrt.

Nudger ging zur Schiebeglastür, schloß sie auf und trat hinaus. Die untergehende Sonne war ebenso heiß wie hell; einige Rosenknospen an den Büschen waren aufgeblüht und in dem weichen Licht wirkten ihre Blüten rein und zart.

In dem Unterbau unter der Sonnenveranda waren einige Gartengeräte verstaut. Nudger kramte in den Schatten herum, fand Hollisters großen Spaten und ging mit ihm zu der Reihe der neu gepflanzten Rosenbüsche.

Er grub beinahe fieberhaft, spürte, wie sich bei der Anstrengung seine Arm- und Rückenmuskeln anspannten und weh taten und hatte Angst, das Übelkeit erregende, dumpfe Gefühl im Magen könnte außer Kontrolle geraten, wenn er nicht schwer arbeitete, um nicht daran denken zu müssen.

Nudger erinnerte sich an einen Fall, von dem ihm Hammersmith in St. Louis erzählt hatte. Ein Mann aus dem Osten der Stadt hatte eine Frau ermordet, die er in einer Bar aufgerissen hatte, sie erdrosselt und dann im Wald vergraben. Er war in der Bar mit ihr zusammen gesehen worden und hatte sich Sorgen gemacht, daß man ihm den Mord nachweisen könnte, wenn die Leiche gefunden werden würde. Er hatte sich solche Sorgen gemacht, daß er zwei Wochen später eines Nachts wieder zurückging, die verwesende Leiche wieder ausgegraben und den Kopf entfernt hatte, um eine Identifizierung anhand von Zahnarztunterlagen unmöglich zu machen. Hammersmith hatte nicht erzählt, was der Mörder mit dem Kopf gemacht hatte; Nudger hatte ihn nicht gefragt und wollte es auch gar nicht wissen.

Aber es beunruhigte Nudger, daß jemand so etwas einer Frau antun konnte, die er zwei Wochen zuvor vergraben hatte. Und es verwirrte ihn. Was war nur mit solchen Leuten los? Was fehlte ihren Köpfen oder ihren Herzen? Er wußte, daß er nie tun könnte, was der Mann aus dem Osten der Stadt getan hatte. Nudger würde statt dessen lieber auf dem elektrischen Stuhl sterben, als so etwas zu tun. Wirklich.

Er war am ganzen Körper in kalten Schweiß gebadet. Sein Gesicht war vor Emotionen verzerrt. Er wollte nicht das freilegen, was, wie er sicher war, unter der lockeren Erde lag.

Er grub weiter.

31

»Eh, alter Schnüffler. Sie müssen schleunigst herkommen«, sagte Fat Jack am Telefon.

Nudger war erst seit einer halben Stunde wieder in seinem Hotelzimmer, hatte erst wenige Minuten zuvor zu zittern aufgehört. Er war gerade dabei gewesen, sich nach dem Graben in Hollisters Garten die Erde von den Händen und Armen zu waschen. Mit immer noch nassen Händen war er ans Telefon gegangen und hatte sich dabei gefragt, ob schon jemals jemand auf diese Art einen tödlichen Stromschlag erhalten hatte.

»Wo ist hier?« fragte er.

»Mein Büro im Club«, sagte Fat Jack, als wäre Nudger verrückt, daß er überhaupt fragen mußte. »Ich habe gerade einen Anruf von David Collins bekommen.«

»Was für einen Anruf?«

»Das sage ich Ihnen besser persönlich.«

»Okay. Ich bin in zwanzig Minuten bei Ihnen.«

»Prima. Eh, ich habe wirklich Probleme, Nudger. Mega-Probleme.«

»Das ist noch gar nix«, meinte Nudger.

»Hä?«

»Das hat Al Jolson immer zu seinem Publikum gesagt, ehe er eine wirklich große Nummer abgezogen hat. Und Ronald Reagan auch.«

»Ich weiß. Na und?«

»Bis in einer halben Stunde«, sagte Nudger und legte auf.

Er blieb einen Moment lang stehen, ohne Hemd und starrte auf die dunklen Wasserflecken hinunter, die er auf dem Teppichboden hinterlassen hatte. Dann ging er wieder ins Bad zurück, wusch sich zu Ende und trocknete sich eilig die Hände ab. Er hätte gern den Heizstrahler in dem winzigen Badezimmer angestellt; trotz der Unfähigkeit der Hotelklimaanlage, die Tageshitze abzuhalten, fröstelte es ihn. Er zog ein frisches Hemd an, schlüpfte in das zerknitterte braune Sportsakko und machte sich auf den Weg zu Fat Jack.

»Wenige Minuten, ehe ich Sie angerufen habe, habe ich einen Anruf von Collins bekommen«, sagte Fat Jack. Er stand hinter seinem Schreibtisch und zappelte herum, als wäre er zu nervös, um sich hinzusetzen. Im Büro war es ebenfalls warm, aber Nudgers Frösteln hatte ihn dorthin begleitet.

Er wartete und schwieg. Das schien Fat Jack nur noch rappeliger zu machen. Es ging ihm sichtlich miserabel; er war ein wahrer Niagarafall an Angstschweiß. Mega-miserabel.

»Collins hat mir gesagt, daß er einen Anruf bekommen hat«, sagte Fat Jack, »und man ihn angewiesen hat, bis morgen abend eine halbe Million in bar aufzutreiben, sonst würde man ihm Ineida stückchenweise mit der Post zuschicken.«

Das überraschte Nudger nicht. Er wußte, von wo aus Collins angerufen worden war.

Fat Jack verzog vor Angst das Gesicht. Sie wollte partout nicht nachlassen; sie nagte wie Ratten an seinen Eingeweiden. Nudger schaute fasziniert zu. Es war schon sehenswert, wie ein Koloß wie Fat Jack bei lebendigem Leib von innen her aufgefressen wurde. »Collins hat mir gesagt, wenn irgendein Körperteil von Ineida in der Post auftauchen sollte, würde ein Körperteil von mir abgeschnitten. Er hat mir auch gesagt, welcher; es ist keiner, der bei Ineida fehlen wird.«

»Es scheint, als hätte er Ihnen Angst eingejagt«, meinte Nudger.

Fat Jack zog die Augenbrauen hoch und schaute verdutzt drein. »Mir Angst eingejagt? Eh, ich hab' mir vor Schiß beinah in die Hosen gemacht, Nudger. Collins ist jemand, der nicht blufft; er will dem freundlichen Fettsack wirklich Schaden zufügen. Ich will damit sagen, he, ich kaufe ihm jedes Wort ab.«

Nudger spazierte ein paar Sekunden lang im Büro herum, beinahe gedankenverloren, wie ein Boxer sich die Stelle im Ring heraussucht, an der er sich am wohlsten fühlt. An der Schreibtischecke, etwa zwei Schritte von Fat Jack entfernt, blieb er stehen und schaute dem Fettsack ins Gesicht.

Zum ersten Mal fiel ihm auf, daß Fat Jack an diesem Tag zuviel von seinem Zitronenduft-Rasierwasser trug; es half nicht, die Angst zu übertünchen, es machte den unverkennbaren scharfen Geruch der Verzweiflung nur noch beißender.

»Bei meinen Nachforschungen über Hollisters Vergangenheit«, sagte Nudger, »bin ich auf etwas gestoßen, das damals ganz normal schien, aber nun recht interessant geworden ist.« Er schwieg und beobachtete, wie Fat Jack der Schweiß über die breite Stirn strömte.

»Nun, ich bin interessiert«, sagte Fat Jack gereizt. Er langte hinter sich und schlug auf die Fensterklimaanlage, als wollte er ihr mehr kalte Luft entlocken. An ihrem glucksenden Brummen änderte sich nichts.

»Da ist etwas Merkwürdiges um einen fetten Menschen«, sagte Nudger. »Ein Mensch so groß und fett wie Sie. Nach einer Weile nimmt er seinen Leibesumfang als ganz selbstverständlich hin, denkt nicht einmal mehr daran, akzeptiert ihn als eine normale Lebenstatsache. Aber andere Leute tun das nicht. Ein wirklich fetter Mensch ist denkwürdiger als ihm bewußt ist, vor allem, wenn er Fat Jack heißt.«

Fat Jack legte den Kopf zurück, daß der Speck am Hals Falten schlug und warf Nudger einen gequälten, argwöhnischen Blick zu. »Eh, worauf wollen Sie heraus, alter Schnüffler?«

»Sie hatten eine Reihe von gescheiterten Clubs in den Städten, in denen Willy Hollister aufgetreten ist, und Sie waren zu den Zeiten dort, als Hollisters Frauen verschwunden sind.«

»Das ist nicht so merkwürdig, Nudger. Die Jazzwelt ist klein.«

Fat Jack setzte sich langsam auf den quietschenden, protestierenden, zu kleinen Stuhl, drehte sich ein wenig nach links, und schaute kurz nach oben, als suche er eine schriftliche Nachricht an der Decke. Er fand keine. Er drehte sich wieder zurück und sah Nudger ins Gesicht, zwang sich, stillzusitzen.

»Ich habe gesagt, die Leute erinnern sich an Sie«, sagte Nudger. »Und sie erinnern sich daran, daß Sie Willy Hollister gekannt haben. Aber Sie haben mir erzählt, Sie hätten ihn zum ersten Mal gesehen, als er hierherkam, um in Ihrem Club aufzutreten. Und als ich Ineida das erste Mal aufgesucht habe, kannte sie meinen Namen. Sie hat mir die Idee, daß ich ein Journalist sei, abgekauft; es paßte genau ins Bild, und sie hat eine Zeitlang gebraucht, bis sie nicht länger hilfsbereit war. Dann hat sie angenommen, daß ich für ihren Vater arbeite – genau wie Sie es vorhergesehen haben.«

Fat Jack stand halb auf, kam dann zu dem Schluß, daß er nicht die Energie besaß, um die Bewegung zu Ende zu führen, und ließ sich wieder auf den ächzenden Stuhl sinken. »Sie haben da etwas ausgelassen, Nudger. Wollen Sie damit etwa sagen, daß ich mit Hollister an dieser Entführung beteiligt bin? Eh, wenn das wahr wäre, warum hätte ich dann Sie engagieren sollen?«

»Sie brauchten jemanden wie mich, der die Sache mit Hollisters verschwundenen Frauen herausfindet. Das würde Ihnen helfen, ihn als Sündenbock aufzubauen.«

»Eh, als Sündenbock wofür?«

»Sie haben Hollister besser gekannt als Sie vorgetäuscht haben. Sie haben gewußt, daß er diese drei Frauen ermordet hat, um seiner Musik eine wahnsinnige, tragische Dimension hinzuzufügen – den Klang, der ihn so phantastisch gemacht hat. Sie haben gewußt, was er mit Ineida vorhatte.«

»Er hat ja nicht einmal gewußt, wer sie in Wirklichkeit ist!« sprudelte Fat Jack hervor. Kein schlechter Schauspieler; ungeheuer ehrlich.

»Aber Sie haben von dem Moment an, an dem Sie sie engagiert haben, gewußt, daß sie David Collins' Tochter ist. Sie hatten von Anfang beabsichtigt, Hollister als Sündenbock in Ihrem Entführungsplan zu benutzen.«

Fat Jack runzelte die Stirn und schaute mit einem schmerzerfüllten Blick zu Nudger hoch. Er schien ernsthaft verletzt wegen dieser absurden Anschuldigung, enttäuscht von Nudgers Unvermögen, sich die Dinge zusammenzureimen. »Menschenskind, alter Schnüffler! Wie kommen Sie nur auf diese verrückte Idee über den alten Fettsack? Hollister ist ein Killer – das haben Sie gerade selbst gesagt. Ich würde mich doch mit ihm nicht auf ein krummes Ding einlassen wollen.«

»Er hatte von dem wirklichen krummen Ding gar keine Ahnung«, erklärte Nudger. »Nachdem Sie mich dazu benutzt hatten, um klarzustellen, daß Hollister der naheliegendste Verdächtigte war, haben Sie selbst Ineida entführt und das Lösegeld verlangt, und sich dabei gedacht, daß Hollisters Vergangenheit und sein Verschwinden das Augenmerk der Polizei von Ihnen ablenken würde.«

Fat Jacks breites Gesicht bot ein sehenswertes Mienenspiel des Aufruhrs, verglichen mit dem, was in seinem Kopf vorgehen mußte, war es relativ ruhig. In den letzten paar Tagen war ihm klargeworden, daß er sich zuviel vorgenommen hatte. Er rutschte unkontrollierbar hin und her, und die Pein in seinem Blick war kaum mit anzusehen. Er wollte die Frage nicht stellen, aber er mußte es tun, und das wußte er. Er mußte die Antwort hören.

»Wenn all das stimmt«, stöhnte er. »Wo ist dann Willy Hollister?«

»Ich habe ein bißchen in seinem Garten gegraben«, sagte Nudger. »Er liegt unter seinen Rosenstöcken, dort, wo seinem Plan nach Ineida enden sollte, aber wo Sie die ganze Zeit einen Platz für ihn reserviert hatten.«

Die Zeit blieb stehen und tickte dann besonders langsam weiter, wie sie es immer tut, wenn etwas Unwiderrufliches passiert. Fat Jack ließ den Kopf sinken. Mit einem Mal schien ihm der Anzug zwei Nummern zu groß zu sein, als ob sich mit einem Schlag ein ganzes Jahr Weight-Watchers-Diät bemerkbar gemacht hätte. Er zitterte am ganzen Körper, und Tränen vermischten sich mit dem Schweißfilm, der auf den wabbelnden Wangen glänzte.

»Wie haben Sie sich das bloß zusammengereimt?« wollte er wissen.

»Als ich entdeckt habe, daß die Briefe verschwunden waren, hatte ich zunächst Collins' Alter ego Frick und Frack im Verdacht, aber das ergab im Licht der weiteren Entwicklungen keinen Sinn. Dann hatte ich Sandra Reckoner im Verdacht, aber sie hat die Briefe nicht gestohlen. Sonst kannte ich meines Wissens niemand, der in meinem Hotelzimmer hätte gewesen sein können. Niemand wußte auch nur, daß die Briefe dort waren. Niemand außer Ihnen. Sie haben sie gestohlen und dann David Collins übergeben, um Hollister noch tiefer in die Sache zu verwickeln, indem es nun so aussah, als hätten er und Ineida New Orleans gemeinsam verlassen. Und dann ist da die Tatsache, daß Ineida im dritten Monat schwanger ist.«

»Hä? Schwanger?«

»Wenn Hollister sie entführt hätte, hätte er von der Schwangerschaft gewußt und sie als Druckmittel eingesetzt. Aber in der Lösegeldforderung der Entführer war keine Rede davon.«

»Ineida ist angebufft? Sind Sie sicher?«

»Angebufft«, bestätigte Nudger. Er hatte diesen Ausdruck noch nie gemocht. »Das weiß ich von ihrer Mutter. Collins' Ex-Frau. Marilyn Eeker.«

Fat Jack sagte lange Zeit nichts. Dann meinte er ganz leise: »Okay. Ich stecke jetzt wohl in der Scheiße.«

»Bis zum Hals.«

Er hob langsam den Kopf. Seine Frage war ein Flehen um Gnade: »Was jetzt, alter Schnüffler?«

Nudger trat einen Schritt vor und beugte sich über den Schreibtisch hinunter, damit er Fat Jack in die Augen sehen konnte.

»Wo ist Ineida?« fragte er.

»Sie lebt noch«, war Fat Jacks einzige Antwort. So niedergeschmettert er auch war, war er doch immer noch zu gewieft, um sein ganzes Blatt aufzudecken. Es war, als wäre sein Fett eine Art Gummi, das Körper und Geist eine unerschöpfliche Spannkraft verlieh. Nudger konnte einfach nicht anders; er ertappte sich dabei, daß er ein derartiges Durchhaltevermögen angesichts eines solch unbarmherzigen Drucks bewunderte.

»Es ist an der Zeit für Verhandlungen«, sagte Nudger. »Und uns bleibt nicht allzuviel Zeit, um zu einer Einigung zu kommen. Ich habe nicht nur ein bißchen in Hollisters Garten gegraben, ich habe auch ein bißchen wieder aufgefüllt. Dieser Garten ist ein sehr belebter Ort. Während wir hier reden, gräbt die Polizei in der Erde, die ich wieder hineingeschaufelt habe.«

»Sie haben die Polizei verständigt?«

»Habe ich. Aber momentan erwarten sie, Ineida zu finden. Sobald sie Hollister finden, wird Livingston sich alles genauso zusammenreimen, wie ich es getan habe, und das gleiche Bild von Ihnen bekommen. Es dauert bei ihm vielleicht noch etwas, weil er weniger Anhaltspunkte hat als ich, aber tun wird er es.«

Fat Jack nickte bekümmert, erkannte die Wahrheit in dieser Prognose. Livingston war zweifellos ein äußerst cleverer Cop. »Und wie lautet Ihr Vorschlag?« fragte er.

»Wir haben beide ein Interesse daran, daß Ineida wieder heil zur Heimbase zurückkommt«, sagte Nudger. »Sie lassen sie frei, und ich halte bis morgen früh den Mund. Das gibt Ihnen einen Vorsprung vor der Polizei. Die Polizei hat keine Ahnung, wer sie wegen der Leiche in Hollisters Garten angerufen hat, deshalb kann ich sie mindestens solange hinhalten, ohne Verdacht zu erregen.«

Fat Jack überlegte nur ein paar Sekunden lang. Er sah den einzigen Weg aus dem Labyrinth und hatte vor, ihn zu nehmen.

Wieder nickte er, stand dann auf, stützte dabei sein gewaltiges Gewicht mit beiden Händen auf den Schreibtisch. »Und was ist mit Geld?« jammerte er. »Ohne Geld kann ich doch nicht weit flüchten.« Er fügte mit vollendeter Logik hinzu: »Darum ging es doch schließlich bei der Sache.«

»Ich habe nichts, was ich Ihnen leihen könnte«, sagte Nudger. »Nicht einmal das Honorar, das ich von Ihnen nicht bekommen werde.«

»Na schön«, seufzte Fat Jack. Er war nun die schiere Resignation; völlig niedergeschmettert. Unwillkürlich verspürte Nudger einen Hauch von Mitleid mit ihm. Etwas derart Lebensfrohes und Gewaltiges, sowohl physisch als auch an Talent und Leistung am Boden zerstört zu sehen, war ein ehrfurchtgebietender und mitleiderregender Anblick.

»In einer Stunde rufe ich David Collins an«, sagte Nudger. »Wenn Ineida dann nicht da ist, werde ich den Hörer auflegen, ihn sofort wieder in die Hand nehmen und die Nummer der New Orleanser Polizei wählen.«

»Sie wird da sein«, sagte Fat Jack. »Eh, das verspreche ich.« Er knöpfte sich das Jackett zu, holte Schwung und ging zur Tür. Einige wenige Winkelzüge blieben ihm noch; das war alles, was er brauchte. Einige wenige.

Er war nur einen Schritt von der Tür entfernt, als sie aufging.

Fat Jack ging auf einmal in die entgegengesetzte Richtung, als hätte er das Ende seines Gängelbands erreicht und würde zurückprallen, und machte zwei Schritte rückwärts.

Marty Sievers kam ins Büro. Er nickte Fat Jack und Nudger höflich zu, sah aus, als hätte er keine Ahnung, daß hier etwas Ungewöhnliches vor sich ging. Nudger wußte, daß dem nicht so war. Alle Karten lagen nun auf dem Tisch; mit dem Bluffen war es vorbei. Sievers mußte schon lange draußen vor der Tür gestanden und gelauscht haben.

»In nächster Zeit verläßt hier keiner den Raum«, sagte Sievers. Er sagte es leise, aber es war ein unverkennbarer Befehl, dem unweigerlich Folge geleistet werden sollte. Eine Drohung. Sie war wirkungsvoll, auch wenn er keine Waffe trug. Er brauchte keine Waffe. Das wußte er. Das wußten Fat Jack und Nudger. Das genügte.

»Ich muß im Moment sowieso nirgendwo hin«, sagte Nudger.

Sievers lächelte ein hübsches, strahlendes Lächeln. Filmstar-Charme. Blendend. Nudger hatte ihn noch nie so lächeln gesehen. Es war niederschmetternd.

»Sie müssen vielleicht irgendwohin, woran Sie im Traum noch nie gedacht haben«, sagte Sievers immer noch in demselben leisen Ton. »Und zwar ganz dringend.«

32

»Du gibst dein Operationsziel viel zu leicht auf«, sagte Sievers zu Fat Jack. »Es ist immer noch erreichbar.« Er sprach in einem knappen Ton, als rede er über eine militärische Operation.

Fat Jack wurde von Sievers' kurzangebundener Zuversicht nicht mitgerissen. »Mensch, Marty, das Ding ist geplatzt. Ich meine, eh, machen wir uns nichts vor und steigen wir aus, solange wir noch können. Ich...«

»Halt die Klappe«, unterbrach Sievers. »Halt bloß die Klappe.« Patton begegnet dem Bluesmusiker, dachte Nudger. Neuer Kommandeur. Schlachtfeldpatent. »Ich war draußen vor der Tür. Ich habe alles gehört, was ihr beide geredet habt. Diese Operation ist noch nicht abgeblasen; wir müssen nur den Zeitrahmen anziehen.«

»Den was anziehen – wie?« fragte Fat Jack zerstreut und verwirrt. Sichtlich kein Green-Beret-Material.

Sievers schaute zwar Fat Jack an, aber in einem unnatürlichen Winkel, so daß er Nudger aus dem Augenwinkel im Auge behalten konnte. Nudger hatte noch nie erlebt, daß jemand so etwas getan hätte. Dabei bekam er eine Gänsehaut im Nacken. »Wir setzen uns sobald wie möglich mit Collins in Verbindung«, sagte Sievers. »Wir kassieren soviel Geld wie wir in der nächsten Stunde bekommen können, ehe Collins erfährt, daß Hollisters Leiche gefunden wurde, und sich ausrechnet, daß Mord mit im Spiel und seine Tochter vielleicht tot ist. Dann würde er sich eher sträuben, zu zahlen, und die Polizei hinzuziehen.«

»Warum ist das Geld jetzt so wichtig?« fragte Nudger. »Es ist doch besser, lebendig als tot zu sein, wenn man bedenkt, daß Sie eine Mordanklage und die Todesstrafe vor Augen haben.«

Sievers wandte ein wenig den Kopf, um Nudger anzuschauen, behielt dabei Fat Jack aber aus den Augenwinkeln im Auge. Wegen dessen Leibesfülle war es bei Fat Jack leichter, doch die eigenartige Intensität blieb in Sievers' Blick.

Es war die schiere Konzentration und Berechnung; sein Adrenalin schoß, wie es das wahrscheinlich seit Vietnam nicht mehr getan hatte.

»Das Geld ist wichtig wegen der Leute, denen wir es schulden«, sagte er. »Wir beide haben uns eine Menge Geld geliehen, um ein paar unkluge Investitionen abzudecken, die wir mit den Einnahmen des Clubs gemacht haben. Wir haben uns nicht nur an David Collins' Kasse vergriffen, wir haben uns auch Geld von Leuten geliehen, die über Schuldner, die nicht zahlen können, die Todesstrafe verhängen. Und ohne das Lösegeld können wir beide nicht zahlen.«

»Darum mache ich mir jetzt keine Sorgen!« sagte Fat Jack. »Wir können leichter vor diesen Typen fliehen als vor der Polizei. Wenn man wegen Mordes gesucht wird und obendrein noch David Collins' Tochter entführt hat, kann man sich nirgends verstecken, Marty. Nirgendwo. Eh, verstehst du das denn nicht?«

»Ich verstehe, daß wir das zu Ende führen werden, was wir angefangen haben«, sagte Sievers. »Wir ziehen das jetzt durch.«

»Collins wird nicht einmal wissen, daß du an der Sache beteiligt bist«, sagte Fat Jack. »Aber was ist mit mir? Er wird sich sofort auf mich stürzen. Und wenn wir hier noch länger herumhängen und bei der Lösegeldübergabe von der Polizei geschnappt werden, wird ganz Louisiana wegen des Unterhaltungswertes bei unserer Hinrichtung zusehen wollen. Du unterschätzt Collins' Einfluß.«

»Was juckt es mich, was mit dir passiert«, sagte Sievers kühl. »Nur die Operation ist wichtig.«

»Manche Soldaten sind entbehrlich«, sagte Nudger. »Jeder gute Militär weiß das. Und dieser hier ist jetzt wieder in Vietnam; er wird sein Operationsziel verfolgen, und wenn all seine Männer dabei draufgehen.«

»Manche von uns haben eben den Mumm, zu tun, was getan werden muß«, sagte Sievers mit einem verächtlichen Seitenblick auf Fat Jack. »Dieses Faß Scheiße war von Anfang an entbehrlich. Ich habe ja gewußt, daß es so kommen würde; ich kenne doch meine Pappenheimer. Ich mußte alles selber machen, weil er zuviel Schiß hatte. Er hat immer Ausflüchte gemacht, sich hinter seiner Feistheit verkrochen. Er hat keinen Schneid, keine Bereitschaft, etwas Gefährliches oder Unerfreuliches zu tun.«

»Dann waren Sie es, der Hollister umgebracht hat?«

Sievers lächelte. »Klar. Wir haben ihn in dem Glauben gelassen, er werde Ineida umbringen und dann das Lösegeld mit uns teilen. Ihm gefiel die Vorstellung, auf zweierlei Art davon zu profitieren. Nicht, daß er eine andere Wahl gehabt hätte.«

»Hollister wurde die Luftröhre zerquetscht«, sagte Nudger. »Wie bei Billy Weep in St. Louis. Haben Sie bei den beiden einen Karateschlag benutzt?«

»Genau.« Sievers schien sich über Nudgers richtige Vermutung zu freuen, als wäre er auf einen überraschend begabten Schüler gestoßen. »Ich bin Ihnen zu Weeps Wohnung gefolgt und nachdem Sie gegangen waren, habe ich ihn neutralisiert. Wir wollten nicht, daß er erwähnt, daß Fat Jack ein enger Freund von Jacqui James gewesen war. Fat Jack war vor Jahren in St. Louis ein Zeuge von Hollisters Mord an der James; damit hatten wir Hollister in unserer Gewalt, haben ihn dazu gebracht, einverstanden zu sein, seine nächste Geliebte nicht nur wegen der Kunst, sondern auch wegen des Geldes zu ermorden. Fat Jack hätte ihn jederzeit, wann es ihm gepaßt hätte, der Polizei ausliefern können.«

Fat Jack traten beinahe die Augen aus dem Kopf; er hatte Todesangst. »Du redest zuviel, Marty!«

»Ist doch egal«, schnauzte Sievers ihn an, und Fat Jack schien sich in seine Leibesfülle zurückzuziehen und verstummte.

»Warum haben Sie Hollister Ineida nicht umbringen lassen?« fragte Nudger.

»Oh, wir hatten vor, sie ihrem Daddy zurückzugeben. Das war der einzige Weg, Collins davon abzuhalten, den Rest seines Lebens damit zu verbringen, all seine Möglichkeiten zu benutzen, um Jagd auf uns zu machen und uns umzubringen.«

»Dann ist sie wirklich noch am Leben.«

Sievers nickte.

»Wo ist sie?«

»Das dürfte Ihnen doch ganz egal sein«, meinte Sievers.

Nudger mißfiel die Art, wie er das sagte. Sievers schaute Fat Jack durchdringend an, ermahnte ihn damit, seine hinter dem Schreibtisch stehende Position nicht zu verändern, so wie ein Feldspieler einen Läufer am dritten Mal ansieht und ihn dort mit seinem Blick festnagelt, ehe er den Ball für das sichere Out zum ersten Mal wirft.

Nudger war das sichere Out.

Sein Magen hüpfte in einer heftigen Warnung herum; Angst lief ihm wie geschmolzenes Kupfer an den Rändern der Zunge und die Kehle entlang. Sievers kam langsam auf ihn zu, mit einer sachlich-ernsten Miene, die furchteinflößender war als ein finstres Gesicht. Es war nun an der Zeit für etwas von der bewußten Gefahr und Unerfreulichkeit.

Ein guter Kommandeur schreckte nicht davor zurück, sich die Hände schmutzig zu machen. Oder blutig. Es war das beste, das Nudger-Problem so schnell wie möglich zu neutralisieren, es aus dem Weg zu räumen und weiterzumachen.

»He, Moment noch«, sagte Nudger. »Lassen Sie uns erst einmal darüber reden. Eine Lösung finden...«

»Wir haben keinen Moment zu verlieren«, sagte Sievers. »Dafür haben Sie gesorgt. Wie sich herausstellt, haben Sie einen taktischen Fehler begangen.« Er schlich ein wenig schräg nach rechts, gerade so viel, um sich zwischen Nudger und der Tür zu plazieren.

Nudger dachte daran, um Hilfe zu schreien. Aber er konnte kaum die Musik aus dem Club unten hören. Das Büro war nahezu schalldicht. Niemand würde ihn hören. Niemand würde auf sein Rufen kommen.

Sievers drehte sich ein wenig zu Seite, war plötzlich in der Luft und wirbelte herum, sein rechter Fuß attackierte in einem sogenannten Halbmond-Kick. Nudger machte einen Satz nach hinten und spürte einen Luftzug, als Sievers' fransengeschmückter brauner Slipper an seinem Gesicht vorbei einen Bogen beschrieb.

Aber sein Satz nach hinten, um dem Tritt auszuweichen, hatte ihn dicht in eine Ecke geführt, und er hatte nun kaum noch Bewegungsspielraum. Sievers kam wieder näher, schickte sich zu einem neuen explosiven Gemetzel an. Für ihn war das Töten mit seinen Händen – oder Füßen – dasselbe, was für Hollister das Musikmachen gewesen war.

Nudger wußte, daß es eine einzige, winzige Chance gab, am Leben zu bleiben. Diese Chance nicht zu nutzen, wäre verwerflich. Hieße aufzugeben. Für immer. Er schluckte seine Todesangst herunter und griff an.

Sievers wurde von dieser unvermittelten Attacke eines vermeintlich unterworfenen Gegners überrumpelt. Deshalb streifte er Nudger nur seitlich am Kopf, als er souverän der Stoßrichtung des Angriffs aus dem Weg tänzelte und mit der Handkante hart zuschlug.

Kein sauberer Treffer. Aber kein Problem für den alten Kämpen. Der unerwartete Spaß brachte ihn sogar zum Lachen.

Nudgers rechtes Ohr war taub und summte. Sein verzweifelter Überraschungsangriff hatte ihm nichts eingebracht. Er stand nun buchstäblich mit dem Rücken zur Wand. In ein paar wenigen Sekunden würde er Billy Weep Gesellschaft leisten.

Sievers kam näher, bedrängte ihn, forderte ihn heraus, noch einmal anzugreifen, wollte, daß er angriff, sehnte sich danach, die Gewalt, von der er nur einen kurzen Vorgeschmack erhalten hatte, ganz auszukosten; der Kämpfer war wütend und hatte wieder Blut geleckt. Der nichtssagende, gedrungene Mann in dem konservativen braunen Anzug war aufs äußerste angespannt, sammelte Energie, um sie gegen Nudgers Tod einzutauschen. Sein Blick wurde starr; er wölbte die Hände zu eigenartigen Halbfäusten und duckte sich sprungbereit hin. Er wurde ganz reglos. Er war bereit.

Nudger hörte den Schuß nicht.

Er bezweifelte, daß Sievers ihn hörte.

Hokuspokus. Fidibus! Da war ein rundes bläuliches Loch, ein wenig links von der Mitte auf Sievers' Stirn. Es hätte der Zaubertrick eines Illusionisten sein können oder die Special-effects-Magie der Filmwelt. Nur war es das nicht; das war das wirkliche Leben. Sievers rührte sich nicht, aber die Energie schien aus ihm herauszuströmen; die Intensität schwand aus seinem Blick.

Er war wieder so nichtssagend wie immer. Der liebenswürdige durchschnittliche Marty. Der Mann, den die eigene Schwester gern zum Abendessen mit nach Hause bringen könnte.

Nudger schaute hinüber und sah, daß Fat Jack immer noch hinter dem Schreibtisch stand. Beinahe verloren in der rechten Hand des großen Mannes befand sich ein winziger Kleinkaliberrevolver, der viel zu sehr nach einem Spielzeug aussah, um wirklichen Schaden anzurichten oder irgend etwas mit dem Loch in Sievers' Kopf zu tun zu haben.

Die Dinge waren nicht so, wie sie schienen; der Revolver hatte seinen Zweck erfüllt. Aus den Augenwinkeln nahm Nudger eine Bewegung war, und dann gab es einen dumpfen Knall. Sievers war hingefallen.

»Er hat mir keine andere Wahl gelassen«, sagte Fat Jack seltsam atemlos. »Er wollte den freundlichen Fettsack Collins überlassen. Er war übergeschnappt. Scheiße, er hätte vielleicht sogar *mich* kaltgemacht, nachdem er mit Ihnen fertig gewesen wäre.«

Sievers war noch nicht ganz tot. Er begann zu zittern und herumzuzappeln und schlug dabei in einem Tempo und einem Rhythmus mit den Hacken auf den weichen Teppichboden, um die ihn Sam Judman unten am Schlagzeug beneidet hätte.

Der Anblick versetzte Fat Jack in Angst und Schrecken. Er schnappte keuchend nach Luft, unfähig, den Blick von Sievers abzuwenden. »Es hieß, entweder Sie oder er«, sagte er immer noch keuchend. »Ich habe in einen von euch mein Vertrauen setzen müssen, alter Schnüffler. In Sie oder ihn.« Er ließ den zentnerschweren Revolver sinken; sein Arm blieb dabei gerade durchgedrückt, als werde er von dem Gewicht nach unten gezerrt. »He, Sie sind mein einziger Ausweg aus der Sache, Nudger.«

Nudger war sich da nicht so sicher, doch er würde sich hüten, Fat Jack zu widersprechen. Er schaute auf Sievers hinunter. Die Menschen sollten einander so etwas nicht antun. Es war alles so verflucht unwirklich; unbehaarte Zweifüßler, die auf einer rotierenden Kugel aus Materie herumrannten, die durch ein unendliches Universum wirbelte, und einander liebten und haßten und umbrachten, wo sie doch alles waren, was sie in der Leere hatten. Was war hier los?

Noch nie war Nudger der durch die Hand eines anderen erlittene Tod so unbillig erschienen, auch wenn ihm selbst dadurch das Leben gerettet worden war.

Sievers fiel in heftige Zuckungen, ruderte mit den Armen, und seine Finger zitterten, als wären an den Fingerspitzen Elektroden befestigt. Nudgers Magen verkrampfte sich im Rhythmus mit dem Körper auf dem Boden.

»He, Mann, sorgen Sie dafür, daß er damit aufhört, Nudger!«

»Das kann ich nicht«, sagte Nudger nur, starrte wie hypnotisiert mit Fat Jack auf Sievers und das kleine Loch, das in dessen ansonsten makelloser Stirn nichts zu suchen hatte.

»Ach, Nudger, Sie müssen dafür sorgen, daß er aufhört, so zu zucken!« Fat Jack hatte die Augen weit aufgerissen und war bleich und schwitzte; die Speckfalten über dem Hemdkragen wabbelten, so sehr bemühte er sich, den Kopf abzuwenden. Aber er konnte einfach nicht wegschauen. Er zitterte am ganzen Körper, fast so wie Sievers' zuckende Beinahe-Leiche. Er weinte, schluchzte vor Entsetzen. Nudger verspürte wieder das vertraute Mitleid mit ihm. Das war kein Wunder, da er Fat Jacks Abscheu vor dem, was hier getan worden war, teilte. Der Tod war nie leicht, aber dies hier war grotesk. Das ganze Zimmer schien bei Sievers' Zuckungen mitzuwackeln.

Fat Jack glitt hinter dem Schreibtisch hervor, näherte sich Sievers mit beinahe ganz zugekniffenen feuchten Augen. Mit einer ungeheuren Anstrengung hob er den Arm, zielte mit der Waffe und riß den Lauf zurück, als er den Abzug durchzog.

Der Revolver machte nur wenig Krach; ein dumpfes Klatschen.

Sievers blieb davon unberührt. Fat Jack hatte danebengeschossen.

»O Gott!« stöhnte der Fette. »O Gott! O Gott!«

Er ging näher heran und schoß noch einmal. Und noch einmal. Ein kleines Loch erschien an Sievers' Halsansatz. Er blutete nicht; er hatte nicht mehr die Kraft, Blut zu pumpen. In einem seiner Mundwinkel bildete sich ein wenig erdbeerfarbener Schaum, wie rosa Seifenbläschen. Nudgers Magen tat einen Satz, und er mußte schlucken. Das hier war ganz und gar nicht so, wie der Tod durch Erschießen jeden Abend millionenfach auf Millionen von Fernsehbildschirmen aussah; diesen Tod mit anzusehen tat in der Seele weh.

Fat Jack saß jetzt auf dem Boden, die riesigen Beine gerade von sich gestreckt. Die Hosenbeine waren hochgerutscht; die in schwarzen Nylonsocken steckenden Fesseln waren überraschend schmal. Große Tränen, wie sie einem derartigen Koloß ziemten, liefen ihm über das Gesicht, fielen auf die Hemdbrust und hinterließen dort Flecken.

Er hielt den Revolver mit beiden Händen zwischen den Beinen umklammert, als hätte man ihm in den Unterleib getreten und es täte immer noch weh. Er konnte nicht aufhören, zu schluchzen.

Sievers kam endlich mit dem Sterben zu Ende und lag nun reglos da.

Nudger spürte auch weiterhin ein leises Zittern. Sein Herzschlag. Er holte tief Luft und hielt eine Zeitlang den Atem an, zwang sich, ruhig zu sein. Dann trat er einen Schritt auf Fat Jack zu und schaute zu ihm herunter. »Stehen Sie auf.«

Fat Jack schaffte es nicht alleine. Nudger mußte ein wabbliges, schweißglitschiges Handgelenk packen und hieven, während der Große sich abzappelte, um ein Haar hingefallen wäre und sich dann aufrappelte.

Nun wieder gefaßter, wischte sich Fat Jack mit den Wurstfingern die Wangen ab und fuhr sich mit dem Unterarm quer über das feuchte Gesicht. Nun mußte er nicht mehr ständig zu Sievers hinsehen; er brachte es gar nicht über sich, ihn anzuschauen. Er hielt den Blick vom Boden abgewandt. Nudger wartete darauf, daß seine mächtige Unverwüstlichkeit ins Spiel kam.

Nachdem beinahe eine Minute verstrichen war, richtete Fat Jack seine verrutschten Hosen und das heraushängende Hemd, fuhr sich mit den Fingern durch das schütter werdende, rötlichgelbe Haar, und als er dann Nudger anschaute, lag wieder das altbekannte Funkeln der reinen Vernunft in seinen kleinen Schweinsäuglein.

»Der gleiche Deal wie zuvor?« fragte er.

Nudger hatte keine Alternative. Sein vorrangiges Ziel war, dafür zu sorgen, daß Ineida heil und lebendig wieder nach Hause kam. Selbst heil und lebendig zu bleiben. Er nickte.

Fat Jack warf den kleinen leergeschossenen Revolver in die Ecke, ging an den Schreibtisch, und stopfte sich die Taschen mit allem voll, was er meinte, brauchen und tragen zu können.

Er wußte, daß die Polizei in eben diesem Augenblick in Hollisters Garten grub. Grub. Grub.

»In einer Stunde rufe ich Collins zu Hause an«, erinnerte ihn Nudger. »Falls Ineida dann nicht dort sein sollte, gilt mein nächster Anruf der Polizei.«

»Sie wird da sein. He, vertrauen Sie mir. Ich vertraue Ihnen doch auch, Nudger.«

»Keiner von uns hat eine andere Wahl«, sagte Nudger.

»So geht es in der Welt, alter Schnüffler. Keine Wahl. Nicht wirklich. Für niemanden. Würden Sie bitte Martys Brieftasche aus seiner Jacke ziehen und sie mir reichen?«

»Nein. Holen Sie sie doch selbst.«

»Das kann ich nicht, Nudger. Das wissen Sie doch. Ich muß doch wenigstens *etwas* Geld haben! Ohne harte Währung kann man nicht weit fliehen!«

»Ich habe Ihnen doch schon gesagt, daß ich nichts habe, was ich Ihnen leihen könnte.«

Fat Jack versuchte noch einmal, auf Sievers hinunterzuschauen, doch er schaffte es nicht. Sein Kopf drehte sich ein wenig in Richtung Leiche, aber die Augen wollten partout nicht folgen; nur das glänzende Weiße war auf Sievers gerichtet.

»Na schön, alter Schnüffler«, sagte Fat Jack resigniert. »Dann reise ich eben auf die billige Tour.«

Er stopfte sich das schweißgetränkte Hemd unter dem riesigen Bauch in die Hose, kämpfte sich in die zeltgroße Anzugsjacke und rauschte, ohne noch einmal nach Nudger zurückzuschauen, majestätisch aus dem Zimmer. Selbst die Hölle des hier Geschehenen würde bald in eine entfernte, finstere Schublade seines Gedächtnisses geschoben werden; im Handumdrehen würde er seinen alten beschwingten Gang wiedergefunden haben.

Nudger ging zu der geschlossenen Bürotür und sperrte sie ab. Dann ging er zu Fat Jacks Schreibtisch und setzte sich.

Das leise Geräusch des Blues, der von unten gedämpft heraufdrang, ließ das Büro noch stiller erscheinen. Er konnte gerade noch die Spitze eines abgestreiften Slippers von Sievers sehen, der neben einem reglosen braunbestrumpften Fuß lag.

Tod und Stille hatten alles gemeinsam. Nudger würde die nächste Stunde mit diesen beiden verbringen und sie besser kennenlernen als ihm lieb war.

Er hörte, wie sein schneller Atem zu einem gemächlicheren, gleichmäßigeren Rhythmus fand und sich das Tempo seines Herzschlags normalisierte. Die Bluesnummer, in die er hineingezogen worden war, war nun zu Ende. Beinahe. Nudger lehnte sich auf Fat Jacks Stuhl zurück.

Er leistete dem Mann mit dem Loch im Kopf Gesellschaft und spürte, wie die Zeit langsam über sie beide dahinkroch.

33

Als Nudger am nächsten Morgen auf ein Klopfen hin die Tür seines Hotelzimmers öffnete, war er nicht wirklich überrascht, Frick und Frack auf dem Gang zu sehen. Die beiden schoben sich ungebeten ins Zimmer. Fricks pokkennarbiges Gesicht war zu einem höhnischen Grinsen verzogen. Frack vollführte sein geschicktes Boxertänzeln und blieb mit einem höflichen Lächeln zwischen Nudger und der Tür stehen.

»Haben wir Sie beim Schlafen gestört, mein Freund?« fragte Frack in seinem einschmeichlerischen Akzent. Er schaute belustigt drein.

Ihr Klopfen hatte Nudger aufgeweckt. Er war aus dem Bett gestiegen, in die Hosen geschlüpft, aber nicht in das Hemd. Er stand mit nacktem Oberkörper und bloßen Füßen da und grub nervös die Zehen in den rauhen Teppichboden. So ohne Schuhe und Socken kam er sich verwundbar vor.

Sein Magen, der sich vor einem Augenblick noch nach einem Frühstück gesehnt hatte, war sich in dieser Sache jetzt nicht mehr so sicher.

»Mr. Collins ist der Meinung, daß Sie seiner Tochter das Leben gerettet haben«, sagte Frick. »Das alles ist für Sie ja noch sehr gut gelaufen, mein Freund.«

»Und für Ineida eigentlich auch.«

»Aber Mr. Collins hat Sie immer noch nicht gerade gern«, sagte Frack. »Ich glaube, er hat etwas gegen Sie persönlich.«

Nudger fuhr sich mit der Zunge im Mund herum; er hatte zu lange geschlafen und seine Zähne fühlten sich pelzig an. Er hatte etwas dagegen, daß David Collins etwas gegen ihn hatte. Er wollte einen Kaffee. Er wollte sich die Zähne putzen.

»Mr. Collins meint, Sie seien jemand, der gewohnheitsmäßig seine Nase in Sachen steckt, die ihn nichts angehen«, sagte Frick. »Da hat er doch gar nicht so unrecht, oder?«

»Ich stecke meine Nase nirgendwo hinein«, sagte Nudger. »Ich gehe ihr nur nach. Er hat doch nur Angst davor, wo sie mich hinführen könnte.«

Frick schüttelte langsam den Kopf. »Nicht Angst, mein Freund. Nur Vorsicht.« Mit seinem schaurigen kleinen Lächeln sagte er: »Wir sollen Ihnen von Mr. Collins etwas geben.«

Er griff in die Innentasche seines blaßgrünen Sportsakkos. Nudgers Gesicht hatte in diesem Moment etwa dieselbe Farbe wie das Sakko.

Doch Frick zog nur einen Umschlag aus der Tasche. Er hielt ihn Nudger hin, der ihn entgegennahm und überrascht sah, daß seine Hände nicht zitterten, als er ihn öffnete.

Im Umschlag steckte eine Fahrkarte zweiter Klasse für den 4:45 Amtrak-Zug *City of New Orleans* nach St. Louis.

Frick sagte: »Mr. Collins möchte, daß Sie mit dem Zug fahren anstatt ein Flugzeug zu nehmen, damit Sie ein Gefühl für Distanz bekommen.«

»Ich mag dieses Gefühl«, sagte Nudger.

Fricks Lächeln wurde breiter, verlor seine entrückte, beunruhigende Qualität und wurde aufrichtig freundlich, gar bewundernd. »Sie haben saubere Arbeit geleistet, mein Freund. Sie haben für Ineida das Richtige getan. Mr. Collins weiß das zu würdigen.«

»Was ist mit Fat Jack?« fragte Nudger.

Fricks warmes Lächeln veränderte sich beinahe unmerklich, wurde plötzlich eisig. Es wurde zu dem erträumten, unangenehmen Lächeln, das Nudger schon früher gesehen hatte.

»Wo Fat Jack jetzt ist«, sagte Frack, »sind die meisten seiner Freunde Alligatoren.«

»Nachdem Fat Jack mit Ihnen geredet hat«, sagte Frick, »ist er zu Mr. Collins gegangen. Er hat es einfach nicht fertiggebracht, auf all das viele eventuelle Geld zu verzichten, manche Leute können eben nichts unversucht lassen. Er hat Mr. Collins gesagt, er werde für eine gewisse Summe Bargeld Ineidas Aufenthaltsort enthüllen, aber es müsse alles ganz schnell über die Bühne gehen.«

Nudger überlief es eiskalt. Marty Sievers war am vergangenen Abend überzeugend genug gewesen, um Fat Jack zu überzeugen, selbst zu versuchen, was Sievers vorgehabt hatte. Aber Fat Jack war nicht Sievers. Niemand war es mehr.

»Und er hat ihren Aufenthaltsort dann wirklich sehr schnell verraten«, sagte Frick, »aber ganz umsonst.« Verblüffenderweise brach er plötzlich in ein leises Kichern aus. Das Lachen einer Frau. »Der Fettsack hat wie ein Wasserfall geredet. Genaugenommen hat er noch geredet, als ihm keiner mehr zugehört hat, hat geredet, bis er nicht mehr reden konnte.«

Nudger schluckte trocken. Er dachte nicht mehr an das Frühstück. Fat Jack war bis zum Schluß ein schlechter Geschäftsmann gewesen, hatte anstatt mit Distanz mit Verzweiflung spekuliert. Vielleicht hatte er in den letzten paar Jahren zu wenig den Blues gehabt und zuviel des süßen Lebens; vielleicht hatte er es sich nicht vorstellen können, ohne dieses Leben weiterzumachen. Nun war das für ihn nicht länger ein Problem.

»Sie sollten besser packen, mein Freund.« Frick klopfte Nudger leicht auf die Schulter. »Der Zug nach Norden fährt auf die Minute pünktlich ab.« Die beiden drehten sich um und gingen aus dem Zimmer.

Nudger machte die Tür hinter ihnen zu. Er schaute auf die Amtrak-Fahrkarte in ihrem rotblauen Umschlag. Er schaute auf seine bloßen Füße. Er schaute auf die Armbanduhr. Er hatte noch viel Zeit, um den Zug zu erreichen. Genaugenommen mußte er noch den Großteil des Tages totschlagen. Aber er hatte keine Lust, ihn hier totzuschlagen oder irgendwo anders, wo ihn jemand, der mit Collins oder Sievers oder Fat Jack zu tun hatte, auftreiben könnte. Er beschloß, aus dem Hotel auszuziehen, den Koffer in ein Bahnhofsschließfach zu stellen, sich ein ruhiges Lokal zu suchen, in dem ihn keiner stören würde, und dort zu frühstücken. Danach würde er ein wenig in New Orleans herumflanieren, sich ein bißchen Jazz von den Straßenmusikanten im French Quarter anhören und vielleicht ein spätes Mittagessen im Bahnhof einnehmen, ehe er in den Zug stieg, der ihn nach St. Louis, nach Hause und zu Claudia bringen würde.

Er duschte, zog sich rasch an und begann zu packen.

Zwei Tage, nachdem Nudger wieder zu Hause war, fand er in seiner Post ein flaches, gefüttertes Päckchen, mit einem New Orleanser Poststempel. Er legte es auf den Schreibtisch und machte es vorsichtig auf.

Das Päckchen enthielt zwei Dinge: einen auf Nudger ausgestellten Scheck von David Collins über mehr als den doppelten Betrag des von Fat Jack nicht mehr einzutreibenden Honorars und eine alte Bluesplatte in der Originalhülle, eine Aufnahme von ›You Got the Reach but Not the Grasp‹ aus den fünfziger Jahren.

Die Klarinette darauf spielte Fat Jack McGee.